Veröffentlicht von
DREAMSPINNER PRESS

5032 Capital Circle SW, Suite 2, PMB# 279, Tallahassee, FL 32305-7886 USA
www.dreamspinnerpress.com

Zuflucht im Käfig
Urheberrecht der deutschen Ausgabe © 2016 Dreamspinner Press.
Originaltitel: Caged Sanctuary
Urheberrecht © 2014 Tempeste O'Riley
Original Erstausgabe. Dezember 2014
Übersetzt von Feliz Faber.

Umschlagillustration
© 2014 DWS Photography.
cerberuspics@gmail.com
Die Illustrationen auf dem Einband bzw. Titelseite werden nur für darstellerische Zwecke genutzt. Jede abgebildete Person ist ein Model.

Deutsche ISBN. 978-1-63216-973-0
Deutsche Erstausgabe. Dezember 2016
Deutsche eBook Ausgabe. 978-1-63216-974-7
Deutsche Erstausgabe. Dezember 2016
v 1.0

Gedruckt in den Vereinigten Staaten von Amerika.

ZUFLUCHT IM KÄFIG

Tempeste O'Riley

Für alle, die einen Geliebten suchen, der über körperliche
Unterschiede hinwegsehen kann.
Für alle, die sich von Herzen danach sehnen, so geliebt zu werden, wie sie sind
und nicht so, wie sie nach Ansicht der Gesellschaft sein sollten.

Ein besonderes Dankeschön an Katy, denn ohne dich hätte es Kade nie gegeben,
und demnach auch für keinen der beiden Männer ein Happy End …
mit einem Rohrstock.

1

WIE AN den meisten Abenden seit seiner Trennung von Gary vor einigen Monaten saß Kade Thorn in seinem Büro in seiner Praxis nahe der Innenstadt von Asheville. Er wollte noch ein paar Dinge fertig machen, um heute einigermaßen zeitig nach Hause gehen zu können. Gerade diktierte er die Notizen zu seinem letzten Patienten in die Spracherkennungssoftware seines Laptops, den er aufgeklappt vor sich auf dem Schreibtisch hatte. Als er damit fertig war, speicherte er die Datei, dann drehte er sich um und schaute aus dem großen Fenster hinter sich. Das Wetter war herrlich, der Himmel strahlend blau, nur hier und da betupft mit weißen Wattewölkchen. Er hatte einen unbeschwerten Sommertag verpasst. Wobei es so etwas für ihn eigentlich seit Jahren nicht mehr gab – seit seinem Abschluss in Zahnmedizin und dem Erwerb seiner Approbation.

Ein leises Klopfen an der Tür riss ihn aus seinen Tagträumen. Kade atmete geräuschvoll aus und rief: „Herein!"

Er machte mit seinem Rollstuhl eine rasche Drehung, als die Tür aufging und Katie, seine beste Freundin und eine seiner Dentalhygienikerinnen, lächelnd den Kopf hereinstreckte. „Komm schon, Kade. Der Tag ist zu Ende und die Woche auch. Die Praxis ist geschlossen, und du musst heute Abend unbedingt mit uns ausgehen."

Der Seufzer, der ihm entfuhr, war nicht zu überhören – und er entging auch Katie nicht, ihrer plötzlich finsteren Miene nach zu schließen. „Ich würde lieber einfach nur nach Hause gehen. Wir sehen uns dann am Montag."

„Ah-ah. Nein. Du verkriechst dich nicht wieder das ganze Wochenende über in deiner Bude. Du musst auch mal rauskommen und Leute kennenlernen." Kade machte den Mund auf, um zu widersprechen, aber sie ließ ihn wie üblich nicht zu Wort kommen. „Keine Patienten, Kade. Leute. Männer, genauer gesagt. Du kannst nicht bis ans Ende deiner Tage leben wie ein Mönch, Schatz."

Damit nervte sie ihn nun schon seit Monaten … nun ja, eigentlich seit Jahren immer mal wieder. Aber es war noch schlimmer geworden, seit sie mit Dane, ihrem „Freund für immer" zusammen war. „Nur weil du mit deinem Mann glücklich bist, heißt das noch lange nicht, dass ich heute Abend mit euch beiden weggehen muss."

Sie hatte Gary nie gemocht, hatte immer behauptet, dass er ihr nie in die Augen sah, wenn er mit ihr sprach.

„Kade …"

„Nein, Katie. Es hat keinen Zweck. Ganz egal, wohin ihr mich mitnehmen wollt – einen Mann, wie ich ihn gerne hätte, werde ich sowieso nirgends finden, und das weißt du ganz genau. Wirklich lieb von dir, dass du mir helfen willst, aber …" Er verstummte mit einer Handbewegung zu seinem Rollstuhl.

„Weißt du, nicht alle Typen sind wie Gary. Jede Menge Leute sitzen im Rollstuhl wie du und haben trotzdem Partner", konterte sie.

Er wusste, dass im Rollstuhl zu sitzen andere Leute nicht daran hinderte, einen Partner zu finden, aber Katie verstand nicht. Für ihn ging es nicht nur darum, einen Mann zu finden, den er mögen und mit dem er sich ein Leben aufbauen konnte, obwohl er an den Rollstuhl gefesselt war. Er brauchte jemanden, dem er vertrauen konnte, jemanden, der auch im Schlafzimmer mit seinen Bedürfnissen und Problemen zurechtkam. Kein Dom wollte einen Sub, der nicht knien konnte, der weder dienen noch seine untere Körperhälfte selbstständig bewegen konnte. Seit seine Beine gelähmt waren, schienen die Doms, mit denen er früher hin und wieder gespielt hatte, ihn nicht einmal mehr wahrzunehmen. Einer davon war sogar Patient bei ihm. Doch der Mann hatte nicht das leiseste Anzeichen eines Wiedererkennens gezeigt, obwohl Kade einer der Boys war, mit denen er früher im Club Fierce gespielt hatte.

„Nicht heute Abend, Katie. Mir ist wirklich nicht danach, okay?" *Bitte, hör' ausnahmsweise einmal auf mich!*

Katie seufzte und verdrehte die Augen, dann richtete sie ihren scharfen Blick erneut auf ihn. Ein leises Lächeln huschte über ihre Lippen. „Na schön, Schatz. Dann sehen wir uns also morgen Abend um sechs."

Um sechs? „Äh, warum?" *Was ist um sechs?*

„Abendessen bei mir, natürlich. Du hast mir versprochen, zu meinem nächsten Grillabend zu kommen, und der findet zufällig morgen statt." Sie lächelte honigsüß, aber er wusste, dass mehr Boshaftigkeit als Güte in diesem Grinsen lag.

Er legte kurz den Kopf in den Nacken, starrte an die Decke und stöhnte auf. Verdammt, das hatte er versprochen. „Du hast doch nicht etwa wirklich für morgen Abend eine Party geplant, oder?"

„Doch."

Er zählte im Kopf bis zehn und presste dann mit zusammengebissenen Zähnen hervor: „Und das sagst du mir erst jetzt?"

„Du hättest ja doch nur versucht, dich irgendwie zu drücken, wenn ich dir früher was davon gesagt hätte", erklärte sie.

Sie kannte ihn zu gut. Er brach nie ein Versprechen, eine Tatsache, für die er sich im Moment hasste. „Na schön."

Kade suchte seine Schlüssel, sein Portemonnaie und den Transportrucksack, der immer über der Rückenlehne seines Rollstuhls hing, zusammen und rollte zur Tür. Katie trat beiseite und ließ ihn vorbei, immer noch mit einem Grinsen auf dem Gesicht. Auf dem Weg nach draußen ging sie neben ihm her, knipste Lichter aus und schloss Türen ab. Harold, sein zahnärztlicher Partner, machte freitags meistens früh Feierabend, und die übrigen Fachkräfte und Büroangestellten waren bereits gegangen.

2

Katie winkte und ging zu ihrem Auto. „Komm nicht zu spät!", rief sie ihm zu.

Kade manövrierte sich rasch zu seinem eigenen Wagen und rutschte auf den Fahrersitz, dann klappte er seinen schwarzlackierten ultraleichten Quickie GT Sportrollstuhl zusammen und verstaute ihn wie üblich im Zwischenraum hinter seinem Sitz. Als Katie neben ihm anhielt, wandte er ihr das Gesicht zu und lächelte schwach. Mit einem Knopfdruck rollte er sein Fenster herunter. „Ich komme. Ich werde sogar lächeln und reden, versprochen. Aber mehr kann ich wirklich nicht versprechen."

„Hmpf! Eines Tages lernst du schon noch, dich als das zu sehen, was du wirklich bist – und nicht nur als das, womit du dich fortbewegst. Und mit Typen, die über deinen Rollstuhl nicht hinwegsehen können, verschwendest du sowieso nur deine Zeit."

Er hatte ihre Aufmunterungsversuche so satt, dass er am liebsten geschrien hätte, aber er durfte sich nicht aufregen. Sie hatte als eine von wenigen Freunden zu ihm gehalten, als seine Familie ihn hinausgeworfen und er ein paar Jahre später seine Beweglichkeit verloren hatte.

„Es wird dir guttun, mal rauszukommen. Wie auch immer, wir reden morgen Abend weiter. Hab' dich lieb!"

Als sie davonfuhr, schaute er ihr stirnrunzelnd nach. Er dachte an das letzte Mal, als sie ihn zu so einer Feier beschwatzt hatte und wie unwohl er sich dabei gefühlt hatte. Fast den ganzen Abend lang war er gezwungen gewesen, sich mit Leuten zu unterhalten, mit denen ihn rein gar nichts verband.

„Vielleicht ist es ja diesmal anders", murmelte er vor sich hin. Er startete sein kleines Hybridauto, ordnete sich in den Verkehr ein und machte sich auf zu seinem sicheren, gemütlichen Haus am anderen Ende der Stadt.

ALS KADE am nächsten Abend bei Katies kleinem Haus ankam, fielen ihm gleich die zusätzlichen Autos auf, die davor parkten. In der Einfahrt war neben ihrem Wagen noch ein Platz frei, wie immer, wenn sie seinen Besuch erwartete. Er parkte, dann stellte er sich seinen Rollstuhl bereit und griff nach dem Blumenstrauß, den er unterwegs besorgt hatte. Sobald er in seinem Rollstuhl saß, hängte er den Rucksack über die Lehne, legte sich die Blumen auf den Schoß und rollte dann über die kurze Rampe – die sie eigens für ihn installiert hatte – hinauf bis vor ihre Haustür. Es waren solche Kleinigkeiten, die sein Herz schmelzen ließen, um derentwillen er gerne ihre frustrierenden Verkupplungsversuche und den Unsinn mit der Ausgeherei ertrug.

Er klopfte an die Tür und wartete. Hoffentlich brauchte sie nicht so lange. Drinnen hörte er Musik und Stimmen, von denen er einige nicht erkannte.

„Kannst du mal bitte aufmachen gehen?", hörte er Katie rufen.

Gleich darauf öffnete sich die Tür und gab den Blick frei auf einen Mann, den Kade noch nie gesehen hatte – einen, um dessen Aufmerksamkeit er sich noch vor wenigen Jahren nach Kräften bemüht hätte. Er war groß, wahrscheinlich über ein Meter achtzig, hatte kurze, blonde Haare, blaugrüne Augen und einen stählernen Blick; er hatte einen festen Mund, aber dennoch volle Lippen und ein Lächeln, bei dem Kade ganz anders wurde.

„Hallo", sagte der schöne Mann mit einer Stimme, die Kade streichelte wie eine zärtliche Berührung.

„Hi. Ähm, ich bin Kade, Kaden Thorn. Katie erwartet mich."

„Hallo, Kade. Ich bin Deacon James", antwortete der Mann. Er trat beiseite, um Kade Platz zum Hereinrollen zu geben, und machte dann die Tür hinter ihm zu. „Katie ist eben in die Küche gegangen, und Dane ist hinten im Garten. Er kämpft gerade mit dem Grill, glaube ich."

„Das kann gut sein", sagte Kade mit einem hölzernen Nicken. Er zog seine leichte Jacke aus – wobei er aufpasste, dass ihm die Blumen nicht vom Schoß rutschten – und rollte zum Kleiderständer. Während er seine Jacke aufhängte, gab er sich große Mühe, gleichmäßig zu atmen und ermahnte sich, dass Deacon für ihn nicht in Frage kam.

Er drehte sich um und wollte sich gerade bei Deacon bedanken, doch da kam Katie ins Wohnzimmer geeilt und begrüßte ihn. „Wie schön! Du hast es geschafft."

„Hab' ich doch gesagt, Katiemaus", neckte er; jetzt, wo er nicht mehr mit dem sexy Anzugträger alleine war, fühlte er sich gleich viel wohler, auch wenn sein Lächeln etwas spröde war.

Er streckte ihr den Blumenstrauß entgegen, und sie lächelte breit und nahm ihm die Blumen ab. „Danke, Kade." Ihr Blick huschte zwischen ihm und Deacon hin und her, und aus dem Lächeln wurde ein pfiffiges Grinsen. „Habt ihr zwei euch schon miteinander bekannt gemacht?"

„Ja. Kann ich dir bei irgendwas helfen?" Er hatte das ungute Gefühl, in einen Hinterhalt geraten zu sein – obwohl sie ihm eigentlich versprochen hatte, so etwas nicht mehr zu machen.

„Nein", antwortete Katie. „Ich mach' nur schnell noch ein paar Sachen fertig. In einer Minute komme ich auch und setze mich zu euch. Möchtest du ein Glas Wein?"

Kade musterte sie mit zusammengekniffenen Augen, nickte aber. Er wusste, wann er verloren hatte. Im Grunde blieb ihm jetzt nichts anderes mehr übrig, als brav mitzuspielen. „Gern."

„Prima. Und du, Deacon?"

Als er dankend annahm, eilte sie in die Küche zurück, Kades Geschenk in den Armen. „Jenn? Könntest du bitte zwei Gläser von dem Wein rausbringen, den ich schon offen habe?"

Kade wusste zwar nicht, wer Jenn war, aber die Erkenntnis, dass sie wahrscheinlich mit dem verführerischen Mr. James hier war, versetzte ihm einen kurzen Stich der Enttäuschung. Bald darauf kam eine langbeinige, rothaarige Frau, bei der es sich vermutlich um Jenn handelte, aus der Küche getänzelt, ein Glas Rotwein in jeder Hand.

„Bitteschön", sagte sie und gab Kade eins von den Gläsern, dann lächelte sie Deacon an und reichte ihm das andere. „Seid nett zueinander, okay?", fügte sie hinzu, ohne den Blick von Deacon zu wenden. „Ich geh' mal den Neandertaler da draußen nerven. Mal sehen, ob ich ihn dazu kriegen kann, sich ein bisschen zu beeilen."

Im nächsten Moment waren Kade und Deacon wieder allein in Katies kleinem, aber gemütlichem Wohnzimmer.

„Magst du dich nicht zu mir setzen, wo wir ja anscheinend nicht gebraucht werden?" Deacon deutete auf das Sofa, das nur ein paar Schritte entfernt stand, dann ging er hin und setzte sich. Kade wusste, dass das hier eine abgekartete Sache war, beschloss aber, nett zu sein. Er rollte hinüber und parkte seinen Rollstuhl neben dem Kaffeetisch. Dann blickte er auf, jedoch ohne Deacon direkt in die dunklen, blaugrünen Augen zu schauen.

„Dane hat mir erzählt, dass du Zahnarzt bist", sagte Deacon, drapierte eine langfingrige Hand über sein Knie und legte die andere lässig auf die Armlehne der Couch.

„Stimmt. Ich bin auf Kieferchirurgie und kosmetische Korrekturen spezialisiert. Harold, mein Partner, macht eher allgemeine Zahnmedizin." Kade strahlte. Die Arbeit war ein unverfängliches Gesprächsthema und lenkte ihn von dem sexy Mann ab, den er vor sich hatte. Nun ja, jedenfalls ein bisschen – bis Deacon lächelte, wobei er den Blick auf ebenmäßige, weiße Zähne freigab und Kade erneut völlig aus der Bahn warf. „Was, äh, was machst du so?"

„Ich bin Architekt bei Dixon, James & Sullivan. Dane ist einer von meinen Zeichnern."

„Oh! Ist das hier eine Betriebsfeier? Tut mir leid", murmelte Kade und stellte sein Weinglas ab, dann löste er die Radbremse und trat den Rückzug an. Warum hatte Katie ihm nicht gesagt, dass das hier eine Sache unter Kollegen war? Da wollte er sich lieber nicht hineindrängen.

„Nein, nein, Kade. Nichts dergleichen." Als Kade das tiefe, leise Lachen hinter sich hörte, rieselte ihm ein Schauer über den Rücken bis in den Unterleib. Selbst etwas so Einfaches wie ein Lachen weckte Kades Verlangen; am liebsten hätte er diesen hinreißenden Mann angefleht, ihm eine Chance zu geben. Er wusste, dass es dumm war, doch dieses Wissen änderte weder etwas an seinen Wünschen noch an seinen Gefühlen.

„Komm zurück."

Sofort kehrte Kade wieder dorthin zurück, wo er sich vor wenigen Momenten noch befunden hatte. Er überlegte gar nicht erst. Er gehorchte einfach.

„Gut. Ich würde dich wirklich gerne ein bisschen besser kennenlernen, aber dafür musst du schon hierbleiben."

5

„Tut mir leid. Ich bin nicht gut in solchen Sachen." Danach fiel Kade nichts mehr zu sagen ein; er zermarterte sich das Hirn, aber vergeblich. Er war wie beschwipst von Deacons Körper, seinem Gesicht und seiner gebieterischen Art.

„Trink' doch erst mal einen Schluck und entspann' dich. So verkrampft zu sein ist bestimmt ungesund für dich." Kade hatte das höchst eigenartige Gefühl, dass Deacon es ernst meinte, dass er ihn wirklich kennenlernen wollte. In seinen Worten klang leichte Besorgnis mit, aber keine Spur von Mitleid, und er schien sich auch nicht über ihn lustig zu machen, wie Kade es von anderen Männern gewohnt war. Er lächelte Deacon zaghaft an und probierte endlich seinen Wein.

„Hey, der ist ja richtig gut. Viel besser als der, den es bei meinem letzten Besuch hier gegeben hat."

„Das stimmt. Mir schmeckt er auch ganz gut."

Erst als Deacon einen weiteren Schluck aus seinem Glas nahm, konnte Kade den Blick von ihm losreißen. Er wollte sich nicht beim Gaffen erwischen lassen. Seit diesem ersten Befehl fiel es ihm ohnehin schon schwer genug, Deacon in die schönen, blaugrünen Augen zu sehen.

Just in diesem Moment kam Katie zurück, gefolgt von Dane. „Hey, schön, dass du kommen konntest, Kade", sagte Dane.

„Danke für die Einladung."

„Ja, ja. Was musste Katie tun, um dich rumzukriegen?", fragte Dane. Sein Grinsen war irritierend und frustrierend zugleich.

„Sei nett, D." Katie gab Dane einen spielerischen Klaps auf den Arm. „Ich hab' ihm gesagt, wann er kommen soll, und hier ist er. Aber wo steckt eigentlich deine Schwester? Essen ist fertig."

Dane stellte einen Servierteller mit Steaks und länglichen, in Alufolie eingewickelten Objekten – Kartoffeln, vermutete Kade – auf den Tisch im Esszimmer und ging wieder hinaus, wobei er etwas von Sargnägeln vor sich hin murmelte.

„Setzt ihr zwei euch doch schon mal an den Tisch, ich hole inzwischen das restliche Essen." Ohne eine Antwort abzuwarten machte Katie sich daran, weitere Speisen aufzutragen.

Kade nickte und erwiderte ihr Lächeln, was sie allerdings nicht mehr mitbekam, da sie bereits weg war. Als er seinen Rollstuhl wendete und in Richtung Esszimmer zu rollen begann, fühlte er zu seiner Bestürzung eine große, warme Hand auf seiner linken Schulter. Kade verkrampfte sich; er rechnete damit, dass Deacon versuchen würde, ihm die Kontrolle über seinen Rollstuhl zu nehmen. Aber das geschah nicht. Deacon ging einfach neben ihm her, ohne seine Hand von Kades Schulter zu nehmen. Die Wärme, die durch sein Hemd drang, erregte ihn und weckte ihn ihm eine schmerzliche Sehnsucht nach etwas, worauf er schon seit Jahren jede Hoffnung aufgegeben hatte. Er schüttelte den deprimierenden Gedanken ab und steuerte seinen Rollstuhl zu der freien Stelle am Tisch.

Erst als er seinen Platz eingenommen hatte, merkte Kade, dass Deacons Hand immer noch auf seiner Schulter ruhte. Deacon beugte sich ein wenig vor; sein Atem, der schwach nach Wein roch, strich über Kades Wange. „Hast du was dagegen, wenn ich mich zu dir setze?", fragte er und deutete auf den leeren Stuhl neben Kade.

„N-nein. Bitte." Kade war so zappelig, dass er befürchtete, seinen Wein über den Mann neben sich zu verschütten. In der Hoffnung, das zu verhindern, faltete er die Hände im Schoß.

„Dankeschön."

Ehe es Kade allzu unbehaglich zumute wurde, kamen Katie, Dane und Jenn zurück, und dann wurden Schüsseln und Teller herumgereicht und alle redeten durcheinander. Kade wartete geduldig, während die verschiedenen Gerichte ausgeteilt wurden; er erschauerte erneut vor Erregung, als er den Brotkorb von Deacon entgegennahm und sich ihre Finger streiften. Er hatte gerade einen Bissen von seinem Steak genommen – medium, so wie er es am liebsten mochte – als Jenn fragte: „Und, Kade, wie ist es so, Katies Chef zu sein?"

Kade kaute rasch und trank einen Schluck Wein, um den Mund zum Sprechen frei zu haben. „Es macht großen Spaß, ehrlich gesagt. Sie arbeitet hart. Bringt sogar schreiende Kinder zum Lachen, also bin ich wirklich froh, dass sie für mich arbeitet. Die anderen Hygienikerinnen sind auch gut, aber ich finde es einfach schön, mit meiner besten Freundin zusammen zu arbeiten", fügte er hinzu und lächelte Katie an. Er wusste, dass er sich glücklich schätzen konnte, sie sowohl in der Praxis als auch zur Freundin zu haben. Sie kannten sich schon seit der Mittelstufe, und er konnte sich ein Leben ohne sie nicht vorstellen.

Katie antwortete mit einem strahlenden Lächeln. „Ich würde nirgendwo anders arbeiten wollen."

„Aber kriegst du es denn nicht irgendwann satt, ständig seine Schwächen ausgleichen zu müssen?", fragte Jenn und sah Katie erstaunt an.

„Schwächen ausgleichen? Das verstehe ich nicht", warf Kade ein, obwohl er das Gefühl hatte, genau zu wissen, was sie meinte.

„Na ja, du kannst schließlich vieles nicht, was ein normaler Mann in deinem Job eben können muss." Jenn streifte Kade mit einem Blick, wandte sich dann aber wieder an Katie. „Stimmt's?"

Das Schweigen am Tisch war ohrenbetäubend. Kade war hin- und hergerissen zwischen dem Wunsch, Danes idiotische Schwester anzuschreien oder sich zu verstecken. Dieser Geisteshaltung war er in den Jahren seit dem Überfall, der ihn den Gebrauch seiner Beine gekostet hatte, nur allzu oft begegnet, aber hier hatte er nicht damit gerechnet. Kade schluckte krampfhaft und legte seine Gabel auf den Tellerrand. „Ich kann nicht gehen wie die meisten Männer, damit hast du recht." Er sprach zwar weiter mit ruhiger Stimme, doch er funkelte die Frau, die ihm gegenübersaß, zornig an. „Aber inwiefern sollte mich das daran hindern, meinen Job zu machen? Ich brauche keine Beine, um ein Skalpell zu halten oder eine Gaumenspalte zu verschließen. Ich brauche sie nicht, um Zähne zu ziehen oder um vor einem neuen Implantat Knochen zu verpflanzen. Meine Beine sind zwar gelähmt, aber meine Hände nicht und mein Hirn auch nicht. Also kannst du mir gefälligst mal erklären, was genau ich in meinem Job nicht kann und wie du dazu kommst, Katie so eine Frage zu stellen?"

Jenn besaß Anstand genug, zu erröten und wegzuschauen, ehe sie antwortete. „Ich wollte nicht … ich meine, ich kann mir einfach nicht vorstellen, wie man in einer Zahnarztpraxis zurechtkommen will, wenn man im Rollstuhl sitzt. Du kannst nicht" –

„Jenn", fauchte Katie, und ihre Stimme war so eisig, dass sie selbst Kades Zorn ein bisschen abkühlte, „Kade ist einer der besten Kieferchirurgen im ganzen Bundesstaat – wahrscheinlich sogar darüber hinaus – und er kommt mit seiner Gehbehinderung inzwischen so gut zurecht, dass sein Terminkalender auf Monate im Voraus ausgebucht ist. Und jetzt", sagte sie, an die anderen drei gewandt, „esst weiter, und guten Appetit. Zum Nachtisch gibt's Apfelauflauf und Vanilleeis."

Kade sah sich rasch um und stellte fest, dass sowohl Dane als auch Deacon Jenn böse Blicke zuwarfen. Gleich darauf begann rundum wieder Besteck zu klappern, und eine leise Unterhaltung setzte ein. Kade jedoch war nicht zum Plaudern aufgelegt, also konzentrierte er sich auf seinen Teller und bemühte sich, Jenns Worte zu vergessen. Was nicht einfach war, da er solche Ansichten schon viel zu oft gehört hatte – auch und gerade von möglichen Partnern. Aber jetzt den Beleidigten zu spielen und Katie damit den Abend zu verderben, kam nicht in Frage, was ihn betraf.

2

NACH DEM Dessert zog Dane Jenn aus dem Zimmer. Deacon war es schwer gefallen, sie nicht in ihre Schranken zu weisen, als sie vorhin so mit Kade gesprochen hatte. Er hatte das Wort ergreifen wollen, aber stattdessen erst abgewartet, was Kade und Katie tun würden. Zwar hatte er mit Freuden gesehen, wie feurig Kade sich verteidigte, aber Deacon sah es nicht gern, wenn jemand für etwas herabgewürdigt würde, wofür er nichts konnte.

Ehe Kade ihm entschlüpfen konnte, neigte Deacon sich zu ihm, atmete seinen leicht erdigen Duft ein und fragte: „Kommst du mit ins Wohnzimmer?"

Kade stockte der Atem, was Deacon hinreißend fand. Doch er behielt seine beherrschte Miene bei und ließ sich bewusst nicht anmerken, wie viel Vergnügen ihm diese einfache Reaktion bereitete.

„Ich, äh, okay. Nur für eine kleine Weile."

„Wunderbar."

Deacon folgte Kade ins andere Zimmer und ließ dabei die ganze Zeit eine Hand auf seiner Schulter liegen. Diesmal wartete er, während Kade zu seinem Platz neben der Couch rollte und nutzte den Moment, um Kades Liebreiz zu genießen. Deacon wäre ihm am liebsten mit den Fingern durch das hellbraune Haar gefahren. Es war leicht gelockt und so geschnitten, dass es ihm über die Augen fiel, wenn er sich in seinem Rollstuhl bewegte. Seine Augen waren von einem bezaubernden hellen Jadegrün, er hatte hohe Wangenknochen und seine Nase war leicht mit Sommersprossen gesprenkelt. Nachdem Kade sich niedergelassen hatte, wählte Deacon seinen Platz so, dass sie nebeneinander saßen.

„Musst du dir eigentlich oft solche Ignoranz bieten lassen?", fragte Deacon.

„Öfter, als mir lieb ist", antwortete Kade achselzuckend, ohne Deacon in die Augen zu sehen. „Ich kannte Danes Schwester vorher nicht; sie ist wohl nicht oft zu Besuch. Aber was soll's. Ist schon okay."

„Nein, Kade, ist es nicht. Sie hat sich völlig daneben benommen und war unhöflich zu dir und zu Katie."

„Möchtet ihr einen Kaffee?", unterbrach Katie. „Ich räum' nur erst noch ein bisschen auf, dann setze ich mich zu euch." Katie zappelte unruhig herum, während sie auf eine Antwort wartete, aber Deacon kam nicht dahinter, ob das an dem dummen Zwischenfall beim Abendessen lag oder ob sie gespannt war, wie er und Kade miteinander auskommen würden. Er wusste, dass Dane ihn eigens für dieses Zusammentreffen mit Kade eingeladen hatte – das war offensichtlich – und er wusste auch, dass Dane seine Machenschaften nie eingestehen würde. Es störte

Deacon jedoch nicht, denn es war schon lange her, seit ihn jemand so sehr fasziniert hatte wie der zurückhaltende Mann neben ihm.

„Ich hätte gern einen." Er warf Katie ein Lächeln zu und konzentrierte sich dann wieder ganz auf Kade.

„Ich auch."

„Wie trinkst du deinen Kaffee, Deacon?"

„Schwarz, bitte. Dankeschön."

„Ich weiß schon, Kade. Zwei Zucker und so blond wie Deacon." Mit einem weiteren Lächeln verschwand sie wieder in der Küche und machte die Tür hinter sich zu.

„Also … Wie lange arbeitet Dane schon für dich?" Kades Stimme war leise, hatte aber nicht mehr diesen leicht niedergeschlagenen Beiklang wie vorhin, als er über Jenns verletzende Fragen gesprochen hatte.

Deacon überlegte kurz, dann antwortete er: „Seit fast zwei Jahren, glaube ich. Er ist einer unserer besten Zeichner. Ich persönlich bin der Meinung, dass er sein Studium fertig machen und als Architekt arbeiten sollte statt als technischer Zeichner."

Kade nickte und entspannte sich sichtlich. „Ich habe einige von seinen Entwürfen gesehen, ein paar Sachen, die er von Anfang bis Ende selbst designt hat. Aber auf mich hört er auch nicht. Ich möchte demnächst meine Küche komplett neu machen lassen und würde ihn gern dafür engagieren."

„Deine Küche? Wieso?" Zu Deacons Freude schien Kade durchaus bereit, ein bisschen offener zu werden, wenn es bei ihrem Gespräch nicht direkt um ihn ging – wobei Kade wahrscheinlich gar nicht klar war, wie viel er dabei trotzdem über sich preisgab.

„Sie ist nicht so rollstuhlgerecht, wie ich das gerne hätte, und außerdem zu dunkel. Schwarze Fronten an Geräten und Küchenschränken sind schön und gut, aber nicht, wenn Decken und Wände auch dunkel sind. Ehrlich gesagt finde ich meine Küche ein bisschen deprimierend. Sie ist so ziemlich das einzige an meinem Haus, was mir nicht gefällt. Ach ja, und die Kanten an der hinteren Terrasse muss ich noch einebnen lassen, damit ich ohne Gefälle ins Haus rein und wieder raus komme."

Na schön, manche Leute konnten sich nur Häuser leisten, die erst noch renoviert werden mussten, überlegte Deacon. Aber ein Zahnarzt verdiente doch sicher genug, um sich von vornherein das zu kaufen, was er wollte, oder etwa nicht? Andererseits – Kade wirkte jung; vielleicht hatte er dieses Niveau an Einkommen und Erfolg noch nicht erreicht. „Du bist noch beim Umbau? Hast du Probleme damit, dich zu entscheiden, was du wie haben willst?"

„Ähm, ja und nein", erklärte Kade und bewegte dabei eine Hand hin und her. „Es liegt eher daran, dass ich andere Dinge für wichtiger halte als der Vorbesitzer. Und einen anderen Geschmack habe, was das Layout und die Farbwahl betrifft." Kades Lippen verzogen sich zu einem leichten Grinsen. „Mein Auto ist für mich umgerüstet, und meine Praxis ist ganz auf meine Bedürfnisse zugeschnitten, von den Behandlungsstühlen bis hin zu unserem OP-Bereich. Nur mein Haus ist noch im Werden."

„Mmm, ich glaube, ich wäre die Dinge in der umgekehrten Reihenfolge angegangen", sagte Deacon, dann lachte er leise. Sein eigenes Haus entsprach haargenau seinen Wünschen und Ansprüchen, von der Beleuchtung über die Holzarbeiten und Einbaumöbel bis hin zu seinem Schlaf- und Spielzimmer.

„Ich kann ja wohl schlecht operieren, wenn ich nicht an meinen Patienten rankomme und nichts sehe", konterte Kade. „Aber mit der Zeit wird schon alles so, wie ich es haben will. Ich lebe allein, also brauche ich mich mit niemandem darum zu streiten, wo welches Möbel hinkommt und wie hoch es sein soll."

Im weiteren Verlauf ihrer Unterhaltung arbeitete Deacon daran, Kade weitere Informationen über sein Hobby – Fotografie – und seine Arbeit zu entlocken. Jedes Mal, wenn er das Gespräch in persönlichere Bahnen zu lenken versuchte, machte Kade dicht. Katie brachte ihnen Kaffee, zog sich dann aber zu Deacons großer Belustigung gleich wieder zurück.

Einige Zeit später hielt er inne, nachdem Kade zweimal kurz hintereinander gegähnt hatte. „Müde?"

„Ein bisschen. Es ist" – Kade schaute auf seine Armbanduhr. „Oh wow, es ist ja schon nach zehn. Ich sollte jetzt wirklich gehen."

„Ich bringe unsere Tassen in die Küche, dann begleite ich dich raus." Deacon würde nicht fragen, nicht, nachdem er gesehen hatte, wie Kade auf Befehle reagierte. Jedes Mal, wenn der liebenswerte Mann gehorchte, begehrte Deacon ihn ein bisschen mehr. Zufrieden mit Kades zustimmendem Nicken trug er ihre Kaffeebecher in die Küche und stellte sie beim Spülbecken ab.

„Ihr zwei scheint euch ja gut zu verstehen", bemerkte Katie, als er sich zum Gehen wandte. Dane stand neben ihr; Jenn trieb sich im Hintergrund herum und blickte missmutig drein – *Gut.* „Er bleibt sonst nie so lange und redet auch nicht so viel mit jemandem, den er nicht kennt."

„Kade scheint ein bezaubernd schüchterner, nachdenklicher Mann zu sein", erwiderte Deacon. „Danke, dass ihr mich eingeladen habt, um mich mit ihm zusammenzubringen."

„Aus dem Grund habe ich dich nicht eingeladen", gab Katie zurück.

„Du nicht, aber Dane schon." Deacon grinste, als Dane einen knallroten Kopf bekam und plötzlich großes Interesse an seinen Schuhen zeigte. „Es macht mir nichts aus. Diesmal jedenfalls."

Deacon lachte leise vor sich hin, als sie alle beide seinem Blick auswichen, und ließ sie mitten in der Küche stehen. Normalerweise hätte er sehr wohl etwas dagegen gehabt, aber da Kade sein Interesse so sehr geweckt hatte, würde er Dane verzeihen.

Als er wieder ins Wohnzimmer kam, stellte er stirnrunzelnd fest, dass Kade nirgends zu sehen war. Gleich darauf kam Kade jedoch wieder ins Zimmer gerollt. „Ah, bist du soweit?"

„Du brauchst mich nicht nach draußen zu begleiten." Jetzt sah Kade ihm wieder nicht mehr in die Augen. Deacon fragte sich, ob das ein Ausdruck seiner devoten Veranlagung war oder eher so etwas wie unangebrachtes Schamgefühl. Wie auch immer, es gefiel ihm nicht. Jedenfalls nicht in der zwanglosen Situation, in der sie sich gerade befanden.

„Kade." Er wartete, bis Kade aufblickte und ihm in die Augen sah, ehe er weitersprach. „Ich weiß, dass ich das nicht *muss*; ich möchte es, sofern es keinen triftigen Grund gibt, warum dir das nicht recht wäre."

„Ich, nein, äh …" Kade holte tief Luft und straffte seine breiten Schultern. „Doch, es wäre mir recht. Sehr sogar. Danke."

„Gut." Deacon trat an die Garderobe, suchte seine Kaschmirjacke heraus und zog sie an, dann nahm er Kades leichtere Wolljacke und brachte sie ihm. Kade streckte erwartungsvoll die Hand aus, doch anstatt ihm die Jacke einfach zu geben, ging Deacon um ihn herum und hielt sie so, dass Kade in die langen Ärmel schlüpfen konnte.

Kade blickte mit rosa überhauchten Wangen durch seine langen Stirnhaarfransen zu ihm auf. „Danke, Sir."

Deacon nickte kurz, erfreut über Kades Reaktion.

In diesem Moment kam Katie dazu. Sie lächelte. „Versuchst du, dich davonzuschleichen, ohne auf Wiedersehen zu sagen?"

„Natürlich nicht", gab Kade zurück. Er streckte sich und umarmte sie fest. „Danke für die Einladung, Katiemaus." Er blickte an ihr vorbei zu Dane und nickte ihm zu. „Einen schönen Abend noch."

Deacon schüttelte Dane und Katie die Hand und verabschiedete sich ebenfalls, dann öffnete er die Tür. Er ging voraus, die Rampe hinunter und direkt auf das einzige Auto in der Auffahrt zu, das er nicht kannte.

„Kade." Als Kade weder aufblickte noch sonst reagierte, versuchte Deacon es erneut. „Kaden?"

„Ja?" Kade hielt inne, seine Autoschlüssel in der einen Hand, die andere bereits am Türgriff.

„Ich würde dich gern wiedersehen. *Bald*."

„Oh." Kade schluckte krampfhaft und packte seine Schlüssel fester, bis seine Knöchel so weiß wurden, dass es selbst bei dem schwachen Licht hier draußen sichtbar war. „Ich glaube nicht … ich bin nicht …"

„Du bist nicht interessiert?" Während ihrer Unterhaltung vorhin war Kade aufmerksam gewesen und hatte oft gelächelt. Deacon war sich sicher, die zaghaften Signale richtig gedeutet zu haben; sie deuteten auf einen Mann hin, der sich die Art von Aufmerksamkeit wünschte, die er ihm geben konnte und nur zu gerne geben wollte. Hoffentlich hatte er da nichts missverstanden.

„Nein! Ich mag dich. Ich meine ..." Kade hielt für einen Moment den Atem an, dann sprach er weiter – eine Geste, die Deacon ausgesprochen liebenswert fand. „Ich würde dich schon gern wiedersehen, und zwar ohne dass ständig jemand um uns herumschwirrt und so, aber ich" – sein Blick senkte sich wieder, und er spielte nervös mit seinen Schlüsseln herum – „ich weiß einfach nicht, ob das wirklich so eine gute Idee wäre."

Deacon neigte den Kopf, ließ Kades merkwürdige Formulierung und den Tonfall seiner Worte auf sich wirken. „Meiner Meinung nach wäre das eine sehr gute Idee."

„Darf ich dich mal was fragen?" Kade sah ihm immer noch nicht in die Augen; er schluckte mühsam und starrte ein Loch in Deacons Brust. „Was Persönliches, meine ich."

Hin- und hergerissen zwischen Belustigung und Neugier stimmte Deacon zu, gespannt auf Kades Frage.

„Bist du ein Dom? Ich dachte nur, so wie du mit mir geredet hast ... falls nicht, tut's mir wirklich leid", sprudelte Kade so hastig hervor, dass der letzte Teil wie ein einziges langes Wort klang.

Mit einem leisen Auflachen richtete Deacon sich zu seiner vollen Größe auf und musterte Kade langsam von Kopf bis Fuß. „Doch, bin ich."

„Ich kann keinem Dom mehr geben, was er von mir verlangen würde."

Die Sehnsucht in Kades Stimme brach Deacon das Herz, aber er ließ sich den Schmerz nicht anmerken. Er trat näher, sodass er Kade noch mehr überragte, und fragte mit bewusst harter Stimme: „Willst du mir etwa vorschreiben, was ich von einem Sub verlange und was nicht?"

„N-nein, Sir. So hab' ich das nicht gemeint, es ist nur, ich kann nicht ..."

Er hasste es, Kade so geknickt zu sehen und ärgerte sich über sich selbst, ihn so in Panik versetzt zu haben. Deacon ging in die Hocke und legte eine Hand über Kades zitternde Hände. „Atme tief ein. Halt' den Atem an. Jetzt ausatmen. Noch mal." Er wartete, bis Kades Atmung sich normalisiert hatte und streichelte ihm dabei mit dem Daumen langsam über das Handgelenk. „So ist's besser. Jetzt pass mal auf. Wenn ich nicht sicher wäre, dass wir für uns eine Lösung finden können – eine, mit der wir beide glücklich und zufrieden sind – hätte ich gar nicht erst gefragt. Außerdem verschwende ich meine Zeit und Energie nicht mit einem Sub, an dem ich nicht interessiert bin."

„Ja, Sir. Ich wollte dich nicht beleidigen. Nur, dass ich eben kein guter Sub mehr sein kann", fügte Kade hinzu. Seine Stimme war so leise, dass Deacon sich vorbeugen musste, um ihn zu verstehen.

„Mit deiner Gehbehinderung zurechtzukommen ist mein Job, nicht deiner. Deiner ist es, dich zu entscheiden, ob du es versuchen willst. Ich kann sehr fordernd sein, aber ich sehe nicht ein, warum du nicht sein solltest, was du bist, nur weil du im Rollstuhl sitzt. Schließlich hast du dich dadurch auch nicht davon abhalten lassen, deinen Beruf weiter auszuüben."

13

„Was?" Kade hob ruckartig den Kopf, ein glückseliges Lächeln auf dem Gesicht, doch seine Stirn war gerunzelt. „Aber ich kann weder knien noch stehen, um mich fesseln zu lassen ... Ich kann nicht einmal mehr die korrekte Grundposition einnehmen."

„Eins nach dem anderen. Die Worte ‚Ich kann nicht' sind ab sofort tabu. Es ist mir bewusst, dass es für dich gewisse körperliche Grenzen gibt. Aber hier und jetzt, wo wir uns vor der Haustür deiner Freundin und meines Angestellten unterhalten, ist eine Diskussion über Limits und Einschränkungen fehl am Platz. Und jetzt zurück zu meiner ursprünglichen Aussage, Kade. Ich möchte dich wiedersehen. Möchtest du nächsten Freitag zu mir zum Abendessen kommen?"

„Ich" – Kade brach ab, da ihm die Stimme versagte, doch er erholte sich rasch. „Ja, gern."

„Wunderbar. Gib mir dein Handy." Kade gehorchte sofort, gab sein Passwort ein und reichte Deacon sein Mobiltelefon. Deacon tippte seine private Handynummer und seine E-Mail-Adresse ein, speicherte beides ab und tätigte dann einen Anruf, um Kades Nummer an sich zu schicken. Sobald er das Klingeln hörte, legte er auf und drückte Kade das Gerät wieder in die immer noch ausgestreckte Hand. „Also, ich schicke dir im Laufe der Woche meine Adresse und den Code für das Eingangstor. Ich werde dich jeden Tag per Telefon, SMS oder E-Mail kontaktieren, damit wir uns ein bisschen besser kennenlernen. Außerdem möchte ich, dass du vor unserem nächsten Treffen über deine tatsächlichen Einschränkungen und harten Limits nachdenkst. Und nein, Dinge wie ‚ich kann nicht knien' reichen mir nicht. Ich bin weder blind noch dumm. Ich weiß, dass du manches nicht kannst. Hingegen gibt es einiges, was du sehr wohl kannst und vieles von dem, was du nicht kannst, lässt sich umgehen."

„Ja, Sir. Danke." Deacon zog eine Augenbraue hoch, wohl wissend, dass Kade noch mehr sagen wollte. „Dafür, dass du mir eine Chance geben willst."

„Du bist ein liebenswerter, attraktiver Mann, Kade. Ich freue mich schon darauf, dich besser kennenzulernen." Deacon stemmte sich hoch, dann beugte er sich vor und hauchte Kade einen Kuss auf die Stirn. „Geh nach Hause und sei schön brav, Boy. Ich erwarte von dir, dass du meine Nachrichten prompt beantwortest. Falls dir das nicht möglich ist, erwarte ich anschließend einen Grund dafür zu hören, keine Ausrede."

Kade schaute auf, hob seinen Blick aber nicht weiter als bis ungefähr auf die Höhe von Deacons Kehle. „Das mache ich. Versprochen."

„Ich danke dir." Deacon trat zurück, während Kade sich und den Rollstuhl ins Auto manövrierte. Sein Gesichtsausdruck wirkte sanft und verträumt. „Fahr vorsichtig. Ich melde mich morgen bei dir", sagte Deacon noch, ehe Kade die Autotür hinter sich zu machte und losfuhr. Deacon blieb stehen und wartete, bis er Kades Rücklichter nicht mehr sehen konnte, erfreut, ihm das Einverständnis zu einem weiteren Treffen abgerungen zu haben. Seine nächste Überlegung galt der

Logistik und den Modifikationen, die nötig sein würden, um bis nächsten Freitag eine praktikable Lösung für sich und Kade zu finden.

Hochzufrieden mit dem Verlauf des Abends stieg Deacon in sein Auto und fuhr nach Hause. Unzählige Möglichkeiten schossen ihm durch den Kopf, und beim bloßen Gedanken an viele seiner Ideen wurde sein Schwanz schon so steif, dass es wehtat.

ZUHAUSE ANGEKOMMEN suchte Kade sich eine Schlafanzugshose heraus und rollte dann ins Badezimmer, das jetzt ganz nach seinen Bedürfnissen konzipiert war – dank einer wasserdichten Schwelle konnte er direkt in die Dusche hineinfahren, was sehr viel einfacher war als die Standard-Badewanne zu benutzen, die er früher gehabt hatte. Frisch geduscht und umgezogen kehrte er ins Schlafzimmer zurück und machte es sich unter der Bettdecke gemütlich. Doch anstatt wie erwartet schnell in Schlaf zu sinken, musste er ständig an das Gespräch mit Deacon und das bevorstehende gemeinsame Abendessen denken. Es war ihm einfach unbegreiflich, wie ein so gut aussehender Mann –und auch noch ein Dom – ihn so, wie jetzt war, begehrenswert finden konnte. Nach seiner Entlassung aus dem Krankenhaus und der Reha hatte Kade anfangs unzählige Stunden damit zugebracht, die Dinge zu recherchieren, die er so gern in den Clubs unternahm, und nach Wegen zu suchen, wie er trotz seiner gelähmten Beine noch dienen konnte. Das Problem war, dass keiner von den Doms, die er kannte oder seither kennengelernt hatte, ihn auch nur eines Blickes gewürdigt hatte. Sein einziger Versuch einer Beziehung seither war kläglich gescheitert.

Er wollte wirklich nicht noch einmal so etwas erleben wie mit Gary! Nicht, dass Deacon auch nur annähernd mit seinem Arschloch von Ex vergleichbar war. Wie freundlich und doch bestimmt Deacon mit ihm über seine Ängste und Sorgen gesprochen hatte – nicht ein einziges Mal hatte er Kade das Gefühl gegeben, wertlos oder eine Last zu sein. Auch hatte jede Berührung, jeder feurige Blick, jeder Befehl Kade verzückt, obwohl das alles nur Kleinigkeiten waren. Nicht ein einziges Mal hatte er sich Deacon gegenüber minderwertig gefühlt.

Im Strudel seiner Gedanken gefangen fragte Kade sich, ob Deacon ihn wirklich als Sub behalten würde, wenn sie erst einmal über das Kennenlernen hinaus waren. Ein winziger Teil von ihm hoffte, dass sie auch außerhalb des Spielzimmers eine echte Beziehung aufbauen konnten – doch er würde sich auch schon freudig mit gelegentlichen Sessions zufrieden geben, falls Deacon sich nicht nur seines Vertrauens, sondern auch seines Respekts als würdig erwies.

Während er über die Reaktionen seines Körpers im Verlauf des Abends nachdachte, ließ er seine Hand von der Brust über seinen Körper abwärts wandern bis zu seiner Leistengegend. Doch ehe sich seine Finger um sein Glied schlossen, fiel ihm ein, dass er sich möglicherweise auf eine Lebenssituation zubewegte, in der ein anderer seine Lust kontrollieren würde. Die Vorstellung ließ ihn erschauern,

15

und aus Achtung vor Deacon nahm er seine Hand weg und beschloss, auf seinen möglichen künftigen Dom zu warten.

Damit war es entschieden. Kade schob und drehte sich herum, bis er auf der Seite lag, boxte sich sein Kissen zurecht und schloss die Augen. Er konzentrierte sich auf seine Atmung und darauf, sich zu entspannen und seine Gedanken und Hoffnungen zur Ruhe zu bringen. Sein letzter bewusster Gedanke galt der Tasche mit seinen Spielsachen, die immer noch ganz hinten in seinem Kleiderschrank versteckt war. Hoffentlich würde er die bald wieder brauchen.

3

KADE ERWACHTE von hellen Sonnenstrahlen, die in sein Zimmer und auf sein Bett fielen. Er drehte sich auf den Rücken, schloss die Augen und reckte sich, so gut er konnte, wölbte den Rücken und streckte die Arme so weit wie möglich über den Kopf. Als er die Augen wieder aufmachte, schaute er nach der Uhrzeit. Der Wecker war nicht gestellt, nicht an einem Sonntag, aber dennoch stellte er zu seiner Überraschung fest, dass es erst acht Uhr war.

Er dachte an den gestrigen Abend zurück. Nun ja, vor allem an das Gespräch mit Deacon draußen bei seinem Auto. Es wollte ihm immer noch nicht in den Kopf, dass ein so gut aussehender, allem Anschein nach einflussreicher und willensstarker Mann wie Deacon sich mit einem unbrauchbaren Sub wie ihm abgeben wollte. Aber selbst wenn Deacon nur unter kurzfristiger geistiger Umnachtung leiden sollte, Kade war dankbar dafür. Ein Teil von ihm hoffte, dass diese neue Beziehung irgendwie klappen würde.

Er wälzte sich auf die Seite und führte sich erneut vor Augen, wie Deacons starke Hand seine Hände gehalten hatte. Wie Deacon in die Hocke gegangen war, um auf Augenhöhe mit ihm zu sprechen statt buchstäblich von oben herab. Ganz ehrlich, dieser Teil hatte ihm in gewisser Hinsicht gefallen, da er in diesem Moment die Bestätigung gebraucht hatte. Das konnte er sich eingestehen – wenn auch ungern – doch er hatte die Gewissheit gebraucht, dass er Deacon etwas bedeutete. Dass der Mann nicht nur Sex von ihm wollte, sondern sich auch um ihn kümmern würde.

Über diesen Aspekt des Ganzen brauchte er am dringendsten Gewissheit. Dass Deacon wirklich *ihn* wollte. Dass er bereit sein würde, mit Kades begrenzten Möglichkeiten zu arbeiten. Dieser Begriff brachte seine Überlegungen ins Stocken. Begrenzungen hieß auch Limits, und Deacon hatte gesagt, dass sie über Limits sprechen würden. Davon hatte er zu seinen Club-Zeiten nicht viele gehabt, also hatte er seit Jahren nicht mehr darüber nachgedacht. Als er sein Augenmerk auf eventuelle Wünsche und Erwartungen richtete, schossen ihm unzählige Möglichkeiten durch den Kopf.

Früher einmal hatte er alles geliebt, von Bondage und Schlägen auf den nackten Po über den Rohrstock bis hin zu langfristiger Orgasmus-Verweigerung. Doch Kade ging davon aus, dass selbst ein Dom, der seinen Problemen aufgeschlossen gegenüberstand, wohl kaum etwas in dieser Art mit ihm machen würde. Wenn ihm seine masochistische Veranlagung nur geholfen hätte, die Operationen und die Reha leichter zu ertragen – aber was er durchgemacht hatte, war nicht im Entferntesten erotisch gewesen und schon gar nicht irgendwie steuerbar.

Statt sich noch weiter in die Vergangenheit zu vertiefen, setzte Kade sich auf, dann stieg er bedächtig aus dem Bett und konzentrierte sich auf seine Hoffnungen und Wünsche für Freitag.

ZURÜCK BEI der Arbeit in seiner Praxis wartete Kade den ganzen Montag über auf einen Anruf oder eine SMS von Deacon, aber vergeblich. Kade war enttäuscht. Er hatte so gehofft, dass es dieses Mal anders wäre, aber vermutlich hatte Deacon es sich bereits anders überlegt.

Doch gleich nachdem Kade am Montagabend nach Hause gekommen war, läutete sein Handy. Er stellte das Essen, das er sich auf dem Heimweg im Restaurant geholt hatte, in der Küche ab und fischte das Telefon aus der Tasche. Auf dem Display stand „Deacon (Sir)", und sein Pulsschlag schnellte in die Höhe. Nach einem Fehlversuch schaffte er es endlich, den Anruf entgegenzunehmen. „Hallo?"

„Hallo, Kade. Wie geht es dir heute Abend?" Deacons sonore Stimme elektrisierte Kade, ließ Gänsehaut auf seinen Armen entstehen und jagte ihm einen Schauer über den Rücken.

„Gut, Sir. Ich bin eben nach Hause gekommen. Wie war dein Tag?" Es klang selbst für seine Ohren lahm, doch er wusste nicht, was er Deacon fragen sollte. Er kannte ihn ja kaum, also war er ziemlich ratlos. Naja, das, und es war schon so lange her, seit jemand Interesse an ihm gezeigt hatte, dass er schon gar nicht mehr wusste, wie das ging.

„Lang", antwortete Deacon mit Humor in der Stimme. „Du hast sehr fürsorgliche Freunde, nebenbei bemerkt."

„Ach ja, wirklich?" Die einzigen Freunde, die Kade einfielen, waren Katie und Dane, und die beiden hatte ihn und Deacon schließlich verkuppelt, also …

„Mmm, wirklich. Dane ist heute in der Mittagspause kurz in meinem Büro vorbeigekommen, um mir höflich Bescheid zu geben, dass es ihm egal ist, ob ich sein Boss bin; es ist mir untersagt, dich in irgendeiner Weise zu verletzen oder zu benutzen. Ich hätte ihn am liebsten gefragt, was genau ich nicht benutzen darf – Flogger? Seile? Handschellen … Sind Schläge auf den Po erlaubt?"

Ein leises Aufstöhnen entschlüpfte Kade, ehe er überhaupt daran dachte, seine Reaktion zu beherrschen. *Seile? Flogger?*

„Oh, diesen Laut höre ich gern. Dir gefällt also die Vorstellung, wie ich all das bei dir benutze?" Die Worte waren als Frage formuliert, aber der Tonfall war ein Befehl, einer, der Kade direkt in den Unterleib fuhr und ihm einen höchst angenehmen Ständer verschaffte.

„Bitte?" Kade dachte an seine früheren Erfahrungen mit Bondage zurück, aber dann kamen ihm wieder seine unbrauchbaren Beine in den Sinn. „Kannst … Kannst du das mit mir machen, so wie ich jetzt bin?", fragte er, ängstlich und hoffnungsvoll zugleich.

„Kann ich und werde ich, wenn wir uns erst einmal ein bisschen besser kennen. Ich habe so wunderbare Pläne für dich, Kade. Es freut mich, dass du dich nach dem sehnst, was ich dir geben will."

Der sachliche Tonfall machte Kade neugierig. Er hätte Deacon gerne nach seinen Plänen für Freitag gefragt, aber er hatte Angst davor, auf Einzelheiten zu drängen. Er wollte Deacon nicht verstimmen und auch nicht zu zuwendungsbedürftig wirken, ehe sie nicht die Regeln ausgearbeitet hatten.

„Spielen wir am Freitag?" *Bitte, sag ja!*

„Erst essen wir zusammen zu Abend und reden über deine Limits, meine Erwartungen und unsere jeweiligen Wünsche an unsere gemeinsame Zeit. Was wir danach tun und wie es von da ab weitergeht wird anschließend gemeinsam entschieden. Aber einstweilen erwarte ich von dir, dass du jederzeit für mich bereit bist, ob wir nun wirklich eine Session abhalten oder nicht."

Kade nickte, wobei er ganz vergaß, dass Deacon ihn nicht sehen konnte. Sein Verstand war schon zu weit Richtung Freitagabend vorausgeprescht, um sich darauf noch konzentrieren zu können.

„Hast du verstanden, Kade?" Deacons Tonfall war etwas schärfer geworden. Er klang nicht verärgert, nur bestimmt.

„Entschuldigung, Sir. Ja, ich habe verstanden und werde mich vorbereiten, ehe ich am Freitag zu dir komme."

„So ist's brav." Danach plauderten sie noch ein paar Minuten lang, verbrachten am Telefon einfach nur Zeit miteinander. Es war nicht entscheidend, gab Kade aber das Gefühl, seinem – hoffentlich – zukünftigen Dom wichtig zu sein, und dabei hätte er nie geglaubt, so etwas je wieder zu empfinden. Bis Kade auflegte, war er so aufgeregt wegen Freitag, dass er von seinem mitgebrachten Abendessen kaum noch einen Bissen hinunterbrachte.

AM DONNERSTAGNACHMITTAG war Kade schon ziemlich mit den Nerven am Ende wegen des für den nächsten Abend geplanten Dates. Er saß gerade in seiner Praxis beim Mittagessen, als ihm sein Computer mit einem Signalton den Eingang einer E-Mail meldete. Er legte sein Sandwich weg, wischte sich die Finger ab und öffnete dann mit einem Mausklick die Mail. Nachdem er sie zweimal durchgelesen hatte, schloss er die Augen und stieß unwillkürlich einen leisen Seufzer aus. Grundlegende „Kennenlern"- Fragen waren okay. Nach seinen weichen und harten Limits gefragt zu werden, kein Problem. Aber dass Deacon wissen wollte, ob Kade bereits einen Keuschhalter besaß oder ob er ihm einen schicken solle? Ja, das brachte ihn fast um.

Nach einem kurzen Moment hatte er sich beruhigt und seine fünf Sinne wieder beisammen. Er brauchte drei Anläufe, bis er mit seiner Wortwahl zufrieden war, aber schließlich schaffte er es, eine Antwort zu formulieren und schickte sie ab. Er hatte darauf gehofft und davon geträumt, dass Deacon unter anderem auch

das von ihm wollen würde. Aber jetzt schwarz auf weiß zu sehen, dass der Dom –
sein Dom? – sich dasselbe wünschte wie er? In seinem Kopf drehte sich alles, und
sein ganzer Körper pochte vor Verlangen.

Fünf Minuten später hatte er eine Antwort von Deacon mit genauen
Anweisungen. „Ich soll meinen Keuschhalter zum Abendessen mitbringen?",
murmelte Kade, während er die E-Mail las. „Oh Gott, hoffentlich meint er damit
das, was ich glaube."

Die Tür zu seinem Büro ging auf, und Katie steckte den Kopf herein. „Da ist
ein" – sie verstummte abrupt, neigte den Kopf leicht nach rechts und starrte ihn an.
„Was?"

„Warum bist du so rot?", fragte sie, kam vollends herein und schloss dann
die Tür. „Was treibst du denn hier drin?"

„Nichts", blaffte Kade und schloss dann hastig sein E-Mail-Programm. Er
hatte Katie nie von diesem Teil seines Lebens erzählt. Sie wusste, dass er schwul
war, aber er hatte ihr nie seine sonstigen Vorlieben und Sehnsüchte anvertraut. Das
hatte er auch nicht vor, jedenfalls nicht, solange zwischen ihm und Deacon noch
alles so in der Schwebe war.

„Mmm-hmm. Guckst du Pornos oder chattest du mit dem süßen Typen von
der Party neulich Abend?"

„Letzteres, wenn du's unbedingt wissen musst." Er wusste, dass er lächelte –
wie fast ständig seit jenem Abend – aber das war ihm egal. Die E-Mails und SMS
machten ihn glücklich. Das Telefonat gestern Abend hatte ihm einen solchen
Ständer beschert, dass er danach ewig bis zum Einschlafen gebraucht hatte.

„Juhu! Na, dann dürfte dich das jetzt noch glücklicher machen. Da ist was
für dich gekommen. Du musst vorne an der Anmeldung dafür unterschreiben",
sagte sie geheimnisvoll, dann öffnete sie die Tür wieder.

„Ich habe nichts bestellt", murmelte Kade, folgte ihr aber aus dem Büro
und den Flur entlang. Er machte ein paar Mal halt, um Patienten oder Angestellte
vorbeizulassen, schaffte es aber schließlich bis zum Empfangsbereich. Der
Mann, der an der Anmeldung stand, hatte eine längliche, weiße, mit jadegrünem
Geschenkband verschlossene Schachtel unter dem Arm.

„Kann ich Ihnen helfen?"

„Lieferung für einen gewissen Kade Thorn", sagte der Mann gelangweilt
und hielt ihm die Schachtel hin.

„Das bin ich."

Kade unterschrieb, nahm die Schachtel entgegen und legte sie sich auf den
Schoß, da er sie erst in seinem Büro aufmachen wollte. Sunny, die Rezeptionistin,
und Katie hatten andere Pläne. „Also … Wollen Sie das nicht aufmachen und
nachgucken, von wem es ist?", drängte Sunny mit großen Augen. Es hätte ihn nicht
überraschen sollen; schließlich hatte er noch nie zuvor private Post in die Praxis
bekommen. Doch da er keine Ahnung hatte, was in der Schachtel war, hielt er es
für klüger, sie nicht vor anderen Leuten zu öffnen.

„Nicht hier. Das ist was Privates." Kade sah sich um, stellte fest, dass einige Patienten ihn neugierig anstarrten und wusste, dass er schon wieder rot wurde. Er schluckte krampfhaft und warf einen Blick auf die Schachtel in seinem Schoß, dann wirbelte er herum und rollte hastig den Flur entlang davon. Er wollte unbedingt wissen, was in der Schachtel war – fast so dringend, wie er nicht beim Auspacken beobachtet werden wollte. Hinter ihm drohten Katie und Sunny ihm kichernd eine Verfolgungsjagd an, falls er nicht bald mit der Sprache herausrückte.

Er gab sich große Mühe, die beiden zu ignorieren, kehrte in sein Büro zurück und schloss diesmal erst die Tür hinter sich ab, ehe er wieder an seinen Schreibtisch ging. Dort stellte er die längliche, schmale Schachtel hin und zog dann vorsichtig das Band ab, um es nicht zu beschädigen. Nervöser, als er eigentlich sein sollte, hob er langsam den Deckel hoch. Weißes Seidenpapier kam zum Vorschein; dazwischen steckte eine cremefarbene Karte.

Kade nahm die Karte heraus und klappte sie auf.

> *Kade,*
> *als ich diese Rose gesehen habe, musste ich an dich*
> *denken. Hoffentlich gefällt dir das Material. Ich liebe nun einmal*
> *Leder. Du nicht auch?*
> *Deacon*

Kade starrte die Karte an; er hatte einen Kloß im Hals bei dem Gedanken, wie reizend Deacon jetzt schon zu ihm war. Niemand schickte ihm Geschenke. Nie.

Voll freudiger Erregung legte er rasch die Karte beiseite und schlug das Seidenpapier auseinander. Darunter lag eine wunderschöne, langstielige Rose aus smaragdgrünem Leder mit zarter schwarzer Spitze zwischen den Blütenblättern. Eine Zeit lang starrte er die Rose nur untätig an. Selbst der Stiel und die Blätter waren aus weichem Leder. Er hatte so etwas noch nie gesehen und konnte kaum glauben, dass sie für ihn sein sollte. Deacon und er hatten noch nicht einmal ihr erstes echtes Date hinter sich, und schon jetzt fühlte er sich höher geachtet als jemals zuvor. Er wusste nicht genau, ob er glücklich sein sollte, dass Deacon so aufmerksam war – oder deprimiert, weil kein anderer je etwas Vergleichbares für ihn getan hatte.

Nachdem er die Rose eine Zeit lang bewundert und behutsam die weichen Blütenblätter gestreichelt hatte, legte er sie ehrfürchtig wieder in ihre mit Satin ausgeschlagene Schachtel zurück. Dann ging er an seinen Computer und schickte rasch eine Dankes-Mail an Deacon. Der Freitagabend konnte gar nicht schnell genug kommen.

AM NÄCHSTEN Abend war Kade schon beim Nachhausekommen das reinste Nervenbündel. Er hatte beim Mittagessen keinen Bissen hinuntergebracht, und

21

vorhin hatte er drei Anläufe gebraucht, um seine Autotür aufzuschließen. Nachdem er sich ins Haus manövriert hatte, stellte er seinen Rucksack auf der Couch ab und zwang sich, tief durchzuatmen. Er musste sich ranhalten, wenn er rechtzeitig fertig werden und pünktlich loskommen wollte, aber erst einmal musste er sich konzentrieren.

Nach einem weiteren kurzen Moment rollte Kade ins Schlafzimmer, wo er sich eilig auszog, und dann weiter ins Bad, um sich zu rasieren und zu duschen. Aber vorher warf er noch einen prüfenden Blick auf die Sachen, die er sich für heute Abend zum Anziehen bereitgelegt hatte. Zufrieden mit seiner Wahl ging er daran, sich fertig zu machen.

Kade reinigte sich gründlich – innerlich und äußerlich – und rasierte sich dann den Intimbereich glatt. Dabei vermied er Deacons ausdrücklichen Anweisungen gemäß jede unnötige Berührung. So kurz vor ihrem Wiedersehen war er fest entschlossen, alles zu tun, um seinen neuen Dom zufriedenzustellen.

Nachdem er geduscht und abgetrocknet war, musterte Kade sich in seinem großen Schlafzimmerspiegel. Wie schade, dass er nichts gegen die Narben auf seinen dünnen Beinen tun konnte. Sie stammten von den Operationen, die er durchgemacht hatte, nachdem ihn an jenem furchtbaren Abend jemand vor ein Auto gestoßen hatte. Er hatte auch eine lange Narbe am Unterarm, aber die hatte ihn nie so gestört wie die an seinen Beinen.

In der Erinnerung durchlebte er noch einmal den Überfall vor einem seiner damaligen Lieblingsclubs. Er hatte einen großartigen Abend dort verbracht und war gerade unterwegs zu seinem Auto, als vier Männer ihn angriffen. Die Tritte und die Schläge mit einem Baseballschläger waren schon schlimm genug gewesen, aber als er es geschafft hatte, der mordlüsternen Bande – denn das hatten sie ständig gebrüllt, dass sie ihn umbringen würden, und dazu vielfältige Beschimpfungen wegen seiner sexuellen Orientierung und seiner „Perversion" – zu entkommen, war seine Erleichterung darüber nur von kurzer Dauer gewesen. Er hatte es gerade mal bis zum Randstein geschafft, ehe einer von den Typen ihn eingeholt und auf die Straße gestoßen hatte. Kade hatte sich nicht schnell genug bewegen können, um dem Auto, den gebrochenen Knochen und der Rückenmarksverletzung zu entgehen. Alles, woran er sich danach – und für Wochen – noch erinnerte, war Schmerz, blendend helles Licht, dann Dunkelheit.

Mühsam nach Luft ringend umklammerte Kade die Armlehnen seines Rollstuhls und zwang seinen Geist zurück ins Jetzt. Er war nicht mehr in der Vergangenheit und hatte kein Interesse daran, diesen Schmerz in seine neue Beziehung mit hineinzubringen. Rasch schlüpfte er in die Sachen, die auf dem Bett bereitlagen – eine dunkelgraue Hose und ein jägergrünes seidenes Button-Down-Hemd – dann zog er sich Socken und Schuhe an.

Nach dem Anziehen brachte er seine Frisur in Ordnung, dann rollte er erneut zu seiner Kommode, auf der ein kleiner schwarzer Beutel lag. Seine Nerven begannen wieder zu flattern, als er den Beutel aufmachte und den Inhalt begutachtete. Deacon hatte ihn aufgefordert, seinen Peniskäfig und die Schlüssel mitzubringen. Noch einmal überprüfte er das Schloss, vergewisserte sich, dass alles funktionierte und einsatzbereit war. Kade hatte den Käfig sorgfältig gereinigt und eingewickelt, ehe er ihn weggepackt hatte – als er die Hoffnung aufgegeben hatte, je wieder für einen Dom begehrenswert zu sein – doch angesichts von Deacons Wunsch, ihm einen Keuschhalter anzulegen, hatte er ihn wieder hervorgekramt und sich mehrmals vergewissert, dass noch in Ordnung war. Er hatte sogar schon daran gedacht, loszugehen und sich einen neuen zu kaufen, aber das wollte er eigentlich gar nicht. Er wollte seinem neuen Dom den anbieten, den er sich ausgesucht hatte und von dem er wusste, dass er perfekt passte.

Zufrieden mit seinen Vorbereitungen packte Kade alle Teile wieder in den Beutel, legte ihn sich auf den Schoß und rollte dann hinaus ins Wohnzimmer, wo sein Rucksack auf ihn wartete. Er verstaute den Beutel sorgfältig im Rucksack, dann sah er sich ein letztes Mal um. Nachdem er sich davon überzeugt hatte, dass er alles hatte, was er brauchte, schloss er die Haustür hinter sich ab und rollte die Rampe hinunter zu seinem Auto.

Eine halbe Stunde später hielt er vor einer umzäunten Wohnanlage, vor einer, die praktisch nach Geld stank. Er holte sein Handy heraus und überprüfte den Code, den er eingeben musste, um hineinzukommen. Den hatte Deacon ihm am Mittwoch geschickt, und Kade hatte ihn brav in seinem Notizblock und in seinem Dateiordner gespeichert *und* ihn dann auch noch an sein Smartphone gemailt, nur für alle Fälle.

Er fuhr durch das wunderschöne Eingangstor und dann langsam die makellosen Straßen entlang, folgte den Richtungsanweisungen, die er zusammen mit dem Code bekommen hatte, und hielt schließlich vor einem großen, zweigeschossigen, viktorianisch anmutenden Anwesen. Der große Garten war tadellos gepflegt, Blumenbeete und Bäume präzise platziert.

Kade schluckte mühsam, als er Deacons Zuhause sah, eingeschüchtert und nervös zugleich. Er hatte nie daran gedacht, nach der räumlichen Aufteilung des Hauses zu fragen. *Wie soll ich mich je in einem Haus zurechtfinden, in dem es Treppen gibt? Oh Gott, das hier klappt nie.*

Während er noch gegen die drohende Panik ankämpfte, bemerkte Kade, dass die Haustür offen stand, und wartete ab, wer aus Deacons Haus kommen würde. Da trat Deacon auf die Veranda und sah Kade direkt an. Seine Miene war ernst, aber einladend. Kade hielt den Atem an und versuchte sich zu beruhigen, während Deacon auf ihn zu geschlendert kam.

4

DEACON WARTETE nicht, bis Kade die Autotür aufmachte, sondern tat es selbst. Er blickte mit einem zurückhaltenden Lächeln auf den Lippen auf Kade hinab, doch seine Augen strahlten. „Komm rein, Kade."

„Ja, Sir." Kade streifte das Haus hinter Deacon mit einem weiteren flüchtigen Blick, dann stellte er sich seinen Rollstuhl zurecht und rutschte auf den Sitz. Er griff nach seinem Rucksack, hängte ihn an seinen üblichen Platz und folgte dann dem perfektesten Hinterteil aller Zeiten.

Er ließ sich Zeit und genoss die Aussicht, während Deacon vor ihm her auf die Veranda zuging. Ganz ähnlich wie letzten Samstag trug er auch heute eine elegante, schwarze Hose, die so gut saß, dass sie bestimmt maßgeschneidert war. Sein Hemd war hellblau, doch das schien die einzige echte Farbe zu sein, die der Mann jemals trug – wenn man die schwere goldene Armbanduhr an seinem linken Handgelenk nicht mitzählte, dieselbe, die er auch bei ihrem ersten Zusammentreffen getragen hatte.

Kades Herz begann erneut heftig zu pochen, als ihm klar wurde, dass zur Veranda eine Treppe hinaufging – genauer gesagt, mehrere Stufen. Dann bemerkte er eine neu installierte Rampe am entgegengesetzten Ende der Veranda, die es ihm erlaubte, mühelos bis direkt vor die Haustür zu rollen. Er nahm sich einen Moment Zeit, um sich umzuschauen. Rechts neben einem großen Fenster stand ein reizendes, weißes schmiedeeisernes Tischchen mit zwei Stühlen. Er würde direkt daran vorbeirollen müssen, um zum Eingang zu gelangen.

„Eine Rampe?", flüsterte Kade. Er konnte es nicht fassen, dass jemand, der ihn erst ein einziges Mal getroffen hatte, seinetwegen einen solchen Aufwand betrieb.

„Ich konnte mir nicht vorstellen, dass du von mir die Stufen hochgetragen werden willst", bemerkte Deacon mit einem Anflug von Humor in der Stimme. Er trat beiseite und hielt Kade die Tür auf. „Komm rein, Boy."

„Ja, Sir." Kade gehorchte dem Befehl, immer noch halb benommen über die Rücksicht, die Deacon ihm entgegenbrachte.

Drinnen angekommen machte Kade große Augen. Der Eingangsbereich war riesig, zwei Stockwerke hoch und mit wunderschönem, schimmerndem Holzparkett ausgelegt. Ein kleiner Ziertisch stand neben einer antiken holzgeschnitzten Garderobe in der Nähe der Tür. Deacon führte ihn in ein geräumiges Wohnzimmer, in dem zwei Sofas und einige Polstersessel aus Leder so angeordnet waren, dass der offene Kamin den Mittelpunkt bildete. Ein großflächiger, kostbarer Teppich bedeckte den Großteil des Fußbodens. Kade hielt an der Teppichkante an, da er ihn nicht mit den Rädern seines Rollstuhls beschädigen wollte.

Deacon ging weiter bis zu einer Bar in der Ecke, dann drehte er sich um und zog eine Augenbraue hoch. Jetzt war seine Miene wieder ernst. „Gibt es einen Grund, warum du nicht weiter hereinkommst?"

Kade nickte. „Ich will nichts kaputt machen", erklärte er mit einem Wink zu dem teuren Bodenbelag.

Deacon lachte leise, und wieder jagte der Laut Kade einen Schauer über den Rücken. „Keine Sorge. Der sieht empfindlich aus, ist es aber nicht. Ich werde nicht erst etwas von dir verlangen und dich dann dafür niedermachen. Ich habe dich in mein Haus eingeladen, in dieses Zimmer. Finde dich damit ab, dass ich, wenn ich dich mit Worten oder Taten zu etwas veranlasse, auch bereit bin, alle etwaigen Konsequenzen zu tragen." Er machte eine Handbewegung in Richtung Bar. „Wein oder Bourbon?"

Alkohol? Kade trank nie Alkohol vor BDSM-Spielen gleich welcher Art. Das war zu gefährlich. Für einen kurzen Moment flammte Enttäuschung in ihm auf, als ihm klar wurde, dass sie demzufolge heute wahrscheinlich nicht spielen würden. Doch ehe er antworten konnte, fügte Deacon hinzu: „Nur ein Glas vor dem Essen. Ich möchte, dass wir beide heute Abend einen klaren Kopf behalten."

Hoffnung erblühte erneut. „Dann Wein, bitte."

Deacon schenkte ihm ein Glas Wein ein und für sich einen kleinen Bourbon. Kade brachte seinen Rollstuhl neben der Couch in Stellung, auf der Deacon sich niederließ. Er nahm das Glas entgegen, trank einen Schluck und lächelte. „Der ist sehr gut."

„Freut mich, dass er dir schmeckt. Hast du gut hergefunden? Kein Problem mit dem Tor?"

„Nein, gar keins. Ich war noch nie in so einer Wohnanlage. Sie ist sehr schön, und dein Haus auch." Die ganze Pracht erfüllte ihn immer noch mit Ehrfurcht, wobei er sich jedoch nicht vorstellen konnte, ganz allein in so einem Haus zu wohnen. Selbst sein eigenes kleines Haus ging ihm manchmal auf die Nerven, wenn es vor lauter Leere in allen Fugen zu knarren schien.

Deacon zuckte die Achseln, eine beiläufige und doch sinnliche Bewegung, die Kades Aufmerksamkeit auf seine breiten Schultern lenkte. „Ich lege Wert auf Privatsphäre und bin ziemlich wählerisch, was mein Zuhause betrifft." Deacon nippte noch einmal an seinem Glas, dann stellte er es beiseite und setzte sich so, dass er Kade das Gesicht zukehrte. „Beunruhigt dich mein Haus oder die Wohnanlage aus irgendeinem Grund?"

„Nein."

„Lüg' mich nicht an. Niemals. Ich habe dein Gesicht gesehen, als ich dich vorhin draußen begrüßt habe. Keine zwei Sekunden später wärst du wieder weggefahren."

Kade überlegte, wie er seine Panik und Besorgnis erklären sollte; er wusste nicht, ob jemand anders das verstehen würde. Er seufzte, mehr aus Frust über seine Ängste als über Deacons beharrliches Fragen nach Dingen, die er nicht beantworten wollte. „Ich bin nicht in derselben Einkommensgruppe wie du, ganz offensichtlich, und in einem zweistöckigen Anwesen gibt es zwangsläufig Treppen. Und die sind ein ziemliches Problem mit meinem Rollstuhl. Außerdem war ich noch nie zuvor bei einem Dom zuhause", fügte er hinzu, den Blick fest auf seine Hände geheftet.

„Hmm ... Deine Einkommens-Paranoia werde ich mal fürs Erste ignorieren, da du finanziell bestens für dich selbst sorgen kannst. Was die Sache mit den Treppen betrifft – das halte ich für einen merkwürdigen Grund zum Weglaufen. Erklär' mir das. Und schau mich an, wenn du mit mir sprichst. Falls ich je so tiefe Unterwerfung von dir wünsche, sage ich dir das."

„Ja, Sir." Kade hob zaghaft den Kopf und begegnete Deacons Blick. Sofort verlor er sich in der Schönheit seiner Augen. Das leuchtende Blau seines Hemdes verlieh ihnen eine hypnotisierende bläulich-silberne Farbe, wie Kade sie noch nie gesehen hatte. Erst nach einer Weile schüttelte er seine Benommenheit ab. „Treppen bedeuten, dass ich auf das Erdgeschoss beschränkt bin, und in solchen Häusern sind, äh, manche Zimmer, die wir vielleicht später brauchen könnten, normalerweise im ersten Stock." Er spürte, wie sich die Röte in seinen Wangen und über seinen Hals nach unten ausbreitete, während er sprach. Erneut schaute er weg. „Ich ... Entschuldigung?"

„Du bist ja wirklich reizend!", lachte Deacon. „Soll das heißen, es stört dich, dass das Spielzimmer und die Schlafzimmer oben sind – und das ist deine Rechtfertigung dafür, dass du weglaufen wolltest?", fragte er, als er schließlich wieder ernst wurde.

Kade gefiel der Gedanke, dass sein Dom ihn reizend fand, aber es gefiel ihm überhaupt nicht, für seine sehr berechtigten Vorbehalte ausgelacht zu werden. Er setzte sich aufrecht hin. „Das ist nicht lustig."

„Ja und nein. Dass du mich für so oberflächlich halten kannst ist nicht lustig, da hast du recht. Dass du dich von etwas so Banalem so aus der Fassung bringen lässt, das schon. Doch, ja, mein Spielzimmer ist oben, genau wie mein Schlafzimmer, die Gästezimmer und einige weitere Zimmer, die ich gerne von Zeit zu Zeit benutze." Deacon wurde ernst. „Hast du denn nicht an mein Versprechen gedacht, eine Lösung für deine Mobilitätsprobleme zu finden?"

„Na ja, doch, aber ..."

„Und habe ich nicht bereits dafür gesorgt, dass du mein Haus ohne fremde Hilfe betreten und wieder verlassen kannst?"

Kade dachte an die neue Rampe draußen. Er nickte erneut und schämte sich dabei immer mehr. Allerdings sah er keine Lösung für das Problem mit den Treppen. Eine einfache Rampe würde nicht ausreichen, um ein ganzes Stockwerk zu überbrücken. Er hatte beim Hereinkommen einen flüchtigen Blick auf die Treppe erhascht. Sie war breit, aus Holz, mit einem noblen Treppenläufer und einem kunstvoll geschnitzten Geländer. Auf keinen Fall würde jemand so etwas beschädigen wollen, nur um ihm einen Gefallen zu erweisen. Verdammt, er wollte selbst nicht, dass diese Treppe um seinetwillen beschädigt wurde. „Ja?"

„Wenn die Zeit für solche Belange reif ist, werde ich dir die Treppe hinauf helfen. Ebenso wie ich Recherchen angestellt und Wege für dich ausgearbeitet habe, mir als Sub zu dienen, obwohl dir manches nicht möglich ist, was allgemein erwartet wird." Deacon griff nach Kades Händen und hielt sie sanft fest, streichelte ihm mit den Daumen leicht über die Handgelenke. „Aber bis dahin haben wir noch ein gutes Stück Weg vor uns. Ich habe Fragen, und ich gehe davon aus, dass du mir ebenfalls viele stellen möchtest."

Kade nickte, hingerissen von der Art, wie Deacon ihn berührte. „Ja, stimmt. Zu deinen Plänen fürs Spielzimmer und auch zu anderen Dingen."

„Gut." Deacon musterte ihn von Kopf bis Fuß, ein eigentümliches Lächeln auf den Lippen. „Sitzt du eigentlich immer so abgesondert, oder bist du einfach nur nervös? Ich weiß, dass manche Leute ihren Rollstuhl anscheinend nie verlassen, aber mir gefällt die körperliche Distanz nicht, die das zwischen uns schafft."

Kade erwiderte das Lächeln. Er kannte auch einige von diesen Leuten, aber er hasste es, immer nur in seinem Rollstuhl sitzen zu bleiben. „Nein", sagte er und schüttelte zur Bekräftigung den Kopf. „Wenn ich bei Katie zu Besuch oder zuhause bin, setze ich mich normalerweise auf die Couch. Neulich Abend habe ich das nicht getan, weil ich dich nicht kannte und ... na ja ... weil ich mich geniert habe, vermutlich."

„Das brauchst du nicht. Wir sollten jetzt ins Esszimmer gehen, aber nach dem Essen kommst du bitte zu mir auf die Couch. Ich möchte dich kennenlernen, nicht nur eine Session mit dir halten und dich dann nach Hause schicken."

Kade war so überwältigt, dass er zitterte. Er wollte einen Dom, aber er wollte auch die Chance auf eine vollwertige Beziehung mit diesem begehrenswerten Mann. Er hatte versucht, sich keine zu großen Hoffnungen zu machen, aber wenn es zwischen ihnen nur um Sex gegangen wäre – das wäre trotzdem eine schreckliche Enttäuschung gewesen. Nicht, dass er deswegen abgelehnt hätte, aber ... „Danke, Sir."

„Nichts zu danken. Wenn du mir bitte folgen würdest – ich habe Hunger, und schließlich habe ich dich zum Essen eingeladen."

KADE GENOSS das Abendessen in vollen Zügen. Er beobachtete Deacon, während sie sich unterhielten – über Asheville und Umgebung, das Haus, Kades Praxis und Deacons Architekturbüro – über alles Mögliche, nur nicht über ihre zukünftige Beziehung. Das Essen war wunderbar: Scampi auf Rosmarinspießchen mit Karotten-Couscous und frischem Schnittlauch, serviert mit getoasteten Baguette-Scheiben, gedämpften frischen grünen Bohnen und gebratenen Champignons. Doch noch besser als das Essen an sich war es, Deacon beim Essen zuzusehen. Der

Mann bewegte sich mit einer Geschmeidigkeit, die selbst so etwas Simples wie den Akt der Nahrungsaufnahme äußerst sinnlich machte.

Bei einem Date mit jemandem von außerhalb der Szene hätte es Kade sehr viel weniger ausgemacht, dass ihre geplante Beziehung nicht zur Sprache kam. Doch unter den gegebenen Umständen war er mehr als nur ein bisschen verwundert. Er hatte erwartet, dass sie über Limits sprechen würden und darüber, was sie sich jeweils von ihrer gemeinsamen Zeit erhofften. Aber so war er hin- und hergerissen zwischen Enttäuschung und Verwirrung.

Nach dem letzten Bissen legte Kade Messer und Gabel weg, wie er es als Kind gelernt hatte, und wartete, bis Deacon auch fertig war. Es dauerte nicht lange.

„Bist du satt, Kade?"

„Ja, vielen Dank. Es war köstlich."

„Ich wünschte, ich könnte diesen Verdienst für mich beanspruchen, aber ich tauge leider in der Küche herzlich wenig." Verwirrt setzte Kade zu der Frage an, wer denn dann gekocht habe, aber Deacon sprach weiter, ehe er auch nur ein Wort herausbrachte. „Ich habe eine Haushälterin, die zufällig auch eine großartige Köchin ist. Sie hat das alles zubereitet."

„Ich habe sie gar nicht gesehen."

„Ihr Name ist Rose, und sie ist gegangen, als du gekommen bist."

„Oh." Nun, das war nicht so ungewöhnlich. Als er klein war, hatten seine Eltern auch eine Köchin und Haushälterin gehabt. „Dann richte ihr doch bitte meinen Dank und meine Anerkennung aus."

Deacon streifte ihn mit einem Blick voller – Stolz? Vielleicht? „Da freut sie sich bestimmt. Kaum jemand denkt daran, sich bei den Leuten zu bedanken, die hinter den Kulissen arbeiten. Also, wenn du jetzt bitte wieder ins Wohnzimmer gehen würdest? Ich mache uns einen Kaffee, und dann können wir uns über all die Dinge unterhalten, auf die du schon die ganze Zeit über so gespannt bist."

„Möchtest du, dass ich vorher den Tisch abräume?"

Deacons rechte Augenbraue ging in die Höhe, und sein einer Mundwinkel bog sich leicht nach oben. „Nein", antwortete er schlicht und winkte Kade erneut in Richtung Wohnzimmer.

„Danke, Sir." Kade wischte sich ein letztes Mal den Mund ab, dann legte er die Serviette neben seinen Teller. Nach einem weiteren Blick zu Deacon wendete er seinen Rollstuhl und rollte hinüber ins andere Zimmer. Dort wechselte er dann auf die Couch über, da Deacon ihn vor dem Essen darum gebeten hatte.

Nachdem er seinen Platz eingenommen hatte, bugsierte er seinen Rollstuhl neben die Couch, wo er nicht im Weg war, wenn Deacon sich zu ihm setzen wollte. Bald darauf roch er aromatischen Kaffeeduft, und nur wenig später trat Deacon ins Wohnzimmer, zwei Kaffeetassen aus feinem Porzellan in den Händen. Sein Gesichtsausdruck war sanft.

„Ich danke dir, Kade." Deacon deutete mit einem Kopfnicken auf den Rollstuhl, dann reichte er ihm eine der Tassen.

Mit einem Blick in seine Tasse stellte Kade fest, dass der Kaffee so war, wie er ihn am liebsten mochte. „Das weißt du noch?", flüsterte er, über jedes vernünftige Maß hinaus gerührt. Es war schließlich nur Kaffee, aber trotzdem.

„Natürlich." Deacon machte es sich neben Kade bequem. Er ließ etwas Platz zwischen ihnen, wandte ihm aber das Gesicht zu. „Ein paar Dinge möchte ich gleich von vornherein ganz offen sagen, jetzt, wo du etwas Zeit mit mir verbracht hast und wir unter uns sind. Ich möchte dich als Sub annehmen, aber ich wünsche mir auch eine echte Beziehung. Ich halte nichts davon, mir in irgendwelchen Clubs einen Sub für eine Nacht zu suchen. Ich teile nicht gern mit anderen, und meiner Ansicht nach geht es in jeder wirklich guten Dom/Sub-Beziehung um mehr als um das, was im Spielzimmer passiert."

„Genau das will ich auch. Ich war in der Club-Szene aktiv, bis …" Kade verstummte; die Erinnerung an die Nacht nach seinem letzten Besuch in einem Club blitzte erneut vor seinem geistigen Auge auf. „Ich, äh, ich war noch nie länger als ein, zwei Stunden mit einem Dom zusammen, vielleicht allenfalls mal für ein Wochenende. Und seit ich im Rollstuhl sitze, hat kein Dom mich auch nur angeschaut."

Deacon runzelte die Stirn. „Du warst noch nie in einer echten Beziehung?"

„Ich hab's mal mit einer Vanille-Beziehung probiert, aber die ist schon seit über einem Jahr zu Ende. Ich hätte mich gar nicht erst darauf einlassen sollen, ehrlich gesagt, aber Gary schien mich zu mögen, und na ja, da dachte ich mir eben" – Kade schluckte und blickte auf seine Hände hinab. Er wusste, wie erbärmlich das klang, aber er musste ehrlich sein. „Besser, ich nehme, was ich kriegen kann, selbst wenn ich nicht ganz zufrieden damit bin. Aber er, äh, er wollte das, was ihm meine Brieftasche seiner Meinung nach verschaffen konnte, keinen Krüppel wie mich."

„Erstens will ich nie wieder hören, wie du dich mit diesem Wort bezeichnest." Kade nickte, als Deacon nicht sofort weitersprach. „Zweitens ist mit Sicherheit keiner von uns beiden aus finanziellen Gründen am anderen interessiert." Deacon streckte die Hand aus und fuhr mit seinen langen Fingern an Kades Kehle entlang, dann hob er ihm sanft das Kinn an, sodass Kade gezwungen war, ihm in die Augen zu sehen. „Und drittens, ich liebe Vanille – in Kuchen oder Eiscreme. Vanille ist für vieles gut, aber im Schlafzimmer kann ich nichts damit anfangen. Das heißt nicht, dass wir im Bett nicht auch mal Deacon und Kade sein können statt immer nur Sir und Boy, aber der Normalfall wird das nicht sein."

„Ja, Sir. Ich danke dir." Kade lächelte, versuchte, all die Hoffnung und Freude, die er bei Deacons Worten empfand, in dieses Lächeln zu legen.

„Ich weiß, was ich mag. Aber von dir weiß ich bisher nur, dass du Orgasmuskontroll-Spiele magst und dich gern fesseln lässt. Ich weiß nicht, was du dir sonst noch von unserer gemeinsamen Zeit erhoffst, und wir haben auch noch nicht über deine Limits und Einschränkungen gesprochen."

Während der vergangenen Woche hatte Kade oft über diese Fragen nachgedacht, sich aber dennoch nicht in allen Fällen auf die richtige Antwort festlegen können. Er wusste, was er mochte, er war sich nur nicht sicher, wozu Deacon bereit war, welche Hindernisse er zu umgehen gewillt war und was er verweigern würde. Selbst als er noch gesund und normal gewesen war – nun ja, so *normal*, wie er nur sein konnte – war er gelegentlich auf Doms gestoßen, die ihm nicht das geben konnten oder wollten, was er sich ersehnte. Kade konnte nur hoffen, dass es diesmal nicht so war.

„Stimmt, ich mag Orgasmuskontrolle und Fesselspiele verschiedener Art, aber früher mochte ich auch Nippelklemmen, den Rohrstock, Schläge mit der bloßen Hand auf den Po und den, äh, Flogger?" Kade schluckte mühsam, sprach aber weiter. „Ich habe so was seit Jahren nicht mehr gemacht, also ist meine Toleranz für manche Dinge wahrscheinlich nicht mehr sehr hoch. Und …"

„Und?" Deacons Stimme war neugierig, aber sanft. Kade wusste nicht, was er gerade für ein Gesicht machte, da er ihn im Moment einfach nicht anschauen konnte. „Du musst hundertprozentig ehrlich zu mir sein, Boy. Ich werde nur dann etwas mit dir machen, wenn wir auf derselben Wellenlänge sind."

Mit einem Nicken zwang Kade sich zum Weiterreden. „Ich habe kaum Gefühl in den Beinen, also hätten Dinge wie Rohrstock oder Flogger keinen großen körperlichen Effekt auf mich und könnten sogar gefährlich sein, wenn du nicht sehr vorsichtig damit umgehst."

„Du machst das wirklich gut, Kade." Deacon hielt Kades Hals mit seiner starken Hand umfasst; mit dem Daumen streichelte er ihm erneut die Kehle. „Ist das nur bei deinen Beinen so?"

Kades Verstand arbeitete wie rasend, ängstlich und unfähig, den genauen Wortlaut von Deacons Frage zu erfassen.

„Kade!", blaffte Deacon und riss ihn damit aus seiner Grübelei. „Konzentriere dich ausschließlich auf mich. Deine Ängste und Dämonen haben hier und jetzt nichts zu suchen."

„Sir." Kade holte tief Luft und zwang sich zur Ruhe. Er vergewisserte sich mit einem kurzen Blick, ob Deacon wütend war, sah aber nichts als Besorgnis in seinem Gesicht. „Tut mir leid. Die Rückenmarksverletzung bedeutet, dass meine Beine gelähmt sind, und wegen der Nervenschäden habe ich nur sehr wenig Berührungsempfindung in den Beinen und kann sie nicht selbstständig bewegen. Aber mein Hintern ist immer noch hundertprozentig in Ordnung und voll funktionstüchtig, und mein Genitalbereich auch."

Er fuhr zusammen, als Deacon laut auflachte und schließlich kichernd ein „Gut zu wissen" hervorstieß.

5

DEACON KÄMPFTE gegen das Lachen an und gewann nur mit Mühe die Beherrschung zurück.

Oh Gott, Kade brachte ihn noch um mit diesen plötzlichen Anfällen von Offenheit. Na gut, vielleicht nicht mit der Offenheit, sondern vielmehr mit der witzigen Art, wie er bisweilen damit ankam.

Mit wiedergefundenem Ernst musterte er Kade aufmerksam, ohne die Hand vom Hals seines neuen Boys zu nehmen. „Ich sehe diesbezüglich keine Probleme, da ich weder Interesse daran noch die Absicht habe, dir zu schaden. Dir erotische Schmerzen zuzufügen ja; dir ernsthaft wehzutun, nein. Was ist mit Safewörtern? Ohne die spiele ich nicht. Sicher, gesund und *nur* einvernehmlich."

„Ähm, kann ich mir neue aussuchen? Ich will … Ich meine, ich möchte nichts aus der Vergangenheit hier haben."

„Natürlich. Du brauchst eins für ,Rot': Schluss, aufhören, die Session ist zu Ende. Und wähle auch eins für ,Gelb': Pause, es stimmt etwas nicht, was behoben werden kann, und dann kann die Session weitergehen. Ich werde sie ebenfalls einsetzen, falls es mir nötig erscheint." Er hatte das bisher nur einmal getan, aber seiner Meinung nach riskierte ein Dom, der leugnete, dass manche Dinge während einer Session auch ihn negativ beeinflussen konnten, ernsthafte Verletzungen für sich und seinen Sub.

„Du willst ein Safewort?" Das tiefe V zwischen Kades Augenbrauen und die Art, wie seine Stimme in die Höhe ging, gaben Deacon zu denken. Mit was für Doms hatte der Mann früher bloß zu tun gehabt? Er fragte jedoch nicht nach.

„Ja. Also, wie lauten deine Wörter?"

Kade blieb eine Zeit lang stumm. Es war ihm leicht anzusehen, dass er nachdachte, statt in Panik zu verfallen oder die Frage zu ignorieren. Deacon hatte noch nie einen Sub so gründlich über Safewörter nachdenken sehen, aber er fand die Ernsthaftigkeit, mit der Kade das Thema anging, ausgesprochen liebenswert.

Als Kade schließlich wieder aufblickte, lächelte er zaghaft. „Da du mir Farben als Ausgangsbasis gegeben hast, wähle ich *Zimt* und *Zitrone* als meine Safewörter."

„Wunderbar, Kade. Ich weiß, dass du das Spielzimmer sehen wolltest, und ich würde es dir gerne zeigen, aber vorher haben wir noch einige weitere Dinge zu bereden. Hast du mitgebracht, worum ich dich gebeten hatte?" Der fragliche Gegenstand würde bald gebraucht werden, wenn er seine Pläne für den begehrenswerten neuen Boy in die Tat umsetzen wollte.

31

„Ja, habe ich." Kade lächelte und atmete tief durch. „In dem Rucksack, der an meinem Rollstuhl hängt."

Kade rutschte herum, bis er seinen Rollstuhl zu fassen bekam. Deacon machte keine Anstalten, einzugreifen oder ihm zu helfen, da sein Boy offensichtlich so viel Wert auf Selbstständigkeit legte. Mit dem Rucksack in der Hand drehte Kade sich wieder um und nahm ihn auf den Schoß. Er holte einen kleinen schwarzen Beutel heraus und hängte dann den Rucksack wieder über die Rückenlehne des Rollstuhls. Das metallische Klimpern, als er den Beutel neben sich auf die Couch legte, erfüllte Deacon mit prickelnder Vorfreude. Er konnte es kaum erwarten, das Ding zu benutzen.

„Den habe ich schon sehr lange, aber er war jahrelang nicht in Gebrauch. Ich, äh … ich habe ihn noch mal gereinigt und mich vergewissert, dass alles funktioniert", sprudelte Kade hervor und verhaspelte sich schier dabei.

„Biete ihn mir an, wenn du möchtest, dass ich ihn in Besitz nehme. Deine Unterwerfung muss freiwillig sein, Boy." Deacon setzte sich etwas breitbeiniger hin; sein Schwanz war bereits hart und begierig. Er hatte noch nicht die Absicht, Kade zu nehmen – erst brauchten sie Zeit, um Vertrauen und eine Bindung zueinander aufzubauen – aber schon allein beim Gedanke daran sehnte er sich nach Kades völliger Hingabe.

Kades tiefes, zittriges Durchatmen verriet, wie dringend er sich das hier wünschte, das mit ihnen. „Bitte, Sir." Seine Stimme war kräftiger, als Deacon erwartet hatte. „Ich möchte, dass du meinen Peniskäfig und die Schlüssel dazu in Besitz nimmst." Mit erhobenen Händen, die Handflächen nach oben gewandt, bot er ihm den Beutel dar. Sein Blick war zu Boden gerichtet und seine Haltung kam der korrekten Position so nahe, wie es auf einer Couch sitzend nur möglich war.

Statt den Beutel entgegenzunehmen, beugte Deacon sich vor, hob Kade hoch und setzte ihn sich vorsichtig auf den Schoß. Er schlang ihm einen Arm um die Taille, weil er Körperkontakt mit ihm haben wollte und auch, um ihn in der neuen Position zu stützen. Kade ruderte mit den Armen und hätte beinahe den Käfig fallen lassen.

„Sir?"

„Du warst zu weit weg, Boy." Deacon unterdrückte mühsam ein Lächeln bei dem ungläubigen Blick, den sein Boy ihm zuwarf. „Ich nehme dein Angebot an." Mit seiner freien Hand griff er nach dem Beutel und legte ihn beiseite, dann umfasste er Kades Wange. Er spürte Kade erschauern, was sein Verlangen nach ihm nur noch mehr steigerte. Langsam fuhr er mit dem Daumen an der Kante von Kades Unterlippe entlang. Kades Lippen teilten sich, und ein leises Aufkeuchen drang mit seinem Atem heraus. *So empfindsam.*

Kade beugte sich vor und öffnete den Mund etwas weiter. Deacon drehte Kades Gesicht zu sich und ließ dann seine Hand weiter nach hinten gleiten, umfasste Kades Nacken. Sein Griff hinderte den Boy daran, sich weiter nach vorn zu beugen. Kades Atem wurde schneller, und er schloss die Augen. Deacon wartete noch einen

Moment, dann neigte er den Kopf und presste seine Lippen auf den weichen, süßen Mund, der ihn schon den ganzen Abend über verlockt hatte.

Zuerst übte er kaum Druck aus, sodass sich ihre Lippen nur leicht berührten. Doch schon bald wollte er mehr von seinem Boy und machte den Kuss inniger, zeichnete mit der Zunge die Konturen von Kades Lippen nach und ließ sie dann dazwischen gleiten, um ihn zu schmecken und zu erforschen. Nach einer Weile begann Kade den Kuss zaghaft zu erwidern, und gleich darauf saugte und leckte er hungrig an Deacons Zunge. Seine Gier überraschte Deacon; er wusste, dass Kade schon eine ganze Weile mit niemandem mehr zusammen gewesen war, aber irgendwie hatte er nicht mit dem nackten Verlangen gerechnet, das sein Boy ihm hier zeigte. Als er zurückwich, wimmerte Kade leise, versuchte aber nicht, ihn daran zu hindern. „Sehr schön gemacht, Boy", flüsterte Deacon, dann holte er sich einen weiteren Kuss.

Kades Finger zuckten, aber er ließ sich einfach von Deacon küssen und griff nicht nach ihm. *Das geht nicht an.* „Lass mich dich hören, Boy, und berühre mich."

Gleich darauf wühlten sich Kades Finger in Deacons kurzes Haar. Anfangs war der Kontakt zaghaft, aber als er seinen Angriff auf Kades Mund fortsetzte, griff sein Boy fester zu und gab einige leise Seufzer von sich. Jeder Laut trieb Deacon weiter voran, schürte sein Verlangen nach seinem Boy noch mehr. Schließlich wich er erneut zurück, da er es allmählich an der Zeit fand, die Sache in den ersten Stock zu verlegen.

„Ich möchte dich noch viel besser kennenlernen, aber jetzt möchte ich dich erst mal in meinem Spielzimmer haben, auf dem Bett."

Kade öffnete blinzelnd die Augen; sein glasiger Blick war sehr befriedigend. „Ja, Sir. Aber, äh, wie?" Seine Augen weiteten sich, als Deacon ihn neben sich absetzte, aufstand und sich mit beiden Händen die Hose glattstrich.

Deacon nahm den Beutel mit Kades Peniskäfig an sich, dann ging er um die Couch herum und blieb neben Kades Rollstuhl stehen. „Ich habe oben leider keinen zweiten Rollstuhl für dich, also muss ich den hier zuerst raufbringen. Sei geduldig. Ich bin gleich wieder bei dir." Ohne auf eine Antwort zu warten, schob Deacon den Rollstuhl aus dem Wohnzimmer und auf die Treppe zu. Dabei blitzte kurz die Erinnerung an seinen letzten Boy in ihm auf, aber an den wollte er jetzt nicht denken. Untreue konnte Deacon nicht hinnehmen. Falls es zwischen ihm und Kade gut lief, würde er sich eine langfristige Lösung für das Problem mit der Treppe überlegen müssen. Aber einstweilen reichte es für seine Bedürfnisse völlig, Kade zu tragen – und nicht nur, weil er seinen Boy irgendwie ins Spielzimmer hinaufbringen musste.

Sobald der Rollstuhl oben an der Treppe bereitstand, betrat Deacon das Zimmer, das sie benutzen würden, und legte den Beutel auf den Nachttisch. Er nahm sich einen Moment Zeit, um sich umzuschauen und die Ergänzungen zu begutachten, die er im Laufe der vergangenen Woche hier vorgenommen hatte. Die Bambusstäbe warteten in einer Ecke auf ihren Einsatz. Nahe dem Fußende des Bettes stand einer von zwei hochlehnigen Sitzsäcken, die er besorgt hatte, das Gegenstück dazu unten in der Frühstücksnische. Falls Kade über Nacht blieb, würden sie den morgen früh brauchen. Außerdem gab es noch eine neue Bondage-Sling und neue Seile, die er allerdings heute noch nicht benutzen würde. Deacon streifte auch die Kommode mit einem Blick, da er hoffte, bald einige seiner Lieblings-Utensilien herausholen zu können. Er wollte Kade vor allem die Flogger und die Nippelklemmen zeigen, aber auch andere Dinge wie das Wartenberg-Rad. Zufrieden mit dem Gesamtaufbau kehrte Deacon ins Erdgeschoss zurück; er konnte es kaum erwarten, die Session zu beginnen.

Als er wieder ins Wohnzimmer kam, saß Kade auf der Couch, wie Deacon ihn zurückgelassen hatte, aber er rang die Hände und kaute so heftig an seiner Unterlippe, dass Deacon sich Sorgen um den misshandelten Körperteil machte. „Entspann' dich, Boy. Du bist nicht allein. Ich würde dich nie ohne eine Möglichkeit zur Fortbewegung allein lassen."

Kade nickte, gab seine Lippe frei und atmete tief durch. „Tut mir leid, Sir. Ich wollte nicht andeuten …"

Deacon bemerkte, wie angespannt Kade immer noch wirkte, und begriff. Neugierig und verärgert zugleich fragte er: „Hat dir das mal jemand angetan? Dir deinen Rollstuhl weggenommen und dich einfach so irgendwo sitzen lassen?"

Kade zuckte die Achseln und sank noch mehr in sich zusammen.

„Sprich es aus, Boy. Ich kann dich nicht beschützen, schon gar nicht vor deinen Dämonen, wenn du sie vor mir versteckst." Kades Reaktion sagte ihm, dass irgendjemand sehr wohl Kades Gehbehinderung gegen ihn ausgenutzt hatte, und nicht nur verbal oder um ihn zu meiden. Deacon wusste, dass er ein finsteres Gesicht machte, war aber nicht allzu besorgt deswegen, da Kade den Blick fest auf seine Hände geheftet hielt.

„Gary, mein Ex, hat das gemacht, um mir *Hausarrest* zu erteilen, wenn er sauer auf mich war. Nach dem letzten Mal habe ich ihn rausgeworfen, aber …"

Deacon trat näher und ging neben Kade in die Hocke, wie er es am ersten Abend getan hatte. „Sieh' mich an, Kade."

Kade hob ruckartig den Kopf, die Augen weit aufgerissen, und schluckte. „Ja?"

„Ich werde dich disziplinieren wenn nötig, aber ich verspreche dir, dass ich nie deinen Rollstuhl oder deine Bewegungsfreiheit als Waffe gegen dich einsetzen werde. Ein Dom nimmt sich die Unterwerfung nicht, der Sub gibt sie. Das weißt du doch, oder?" Als Kade nickte, fuhr er fort: „Dann küss' mich noch mal, und danach trage ich dich zu deinem Rollstuhl und zeige dir mein Spielzimmer."

Ohne zu warten, da er Kade unbedingt begreiflich machen wollte, wie sehr er bereits jetzt begehrt und geschätzt wurde, drang Deacon auf ihn ein und begann an Kades Lippen zu knabbern und zu saugen. Er schob seine Wut auf den Ex beiseite; er würde nicht zulassen, dass der Mann ihnen in die Quere kam, weder hier und jetzt noch in ihrer Beziehung. Nur Sekunden später schlang Kade ihm die Arme um den Hals und warf sich in den Kuss. Kades leises Seufzen und Wimmern fuhr Deacon geradewegs in den Unterleib und steigerte noch seine Begierde.

Schließlich riss Deacon sich los und schnappte an Kades Lippen nach Luft, während sie sich beide mühsam beruhigten. Sobald er einigermaßen sicher war, dass er wieder laufen konnte, berührte Deacon noch einmal flüchtig Kades Lippen mit seinen, dann richtete er sich auf. „Halt' dich gut an mir fest, Boy. Ich will nicht, dass dir etwas zustößt", befahl er. Dann bückte er sich, hob Kade behutsam hoch und wartete, bis er sich an das Gewicht in seinen Armen gewöhnt hatte.

Mit ganz vorsichtigen Schritten trug Deacon Kade die Treppe hinauf in den ersten Stock, setzte ihn in seinen Rollstuhl und trat zurück.

DEACON BEUGTE sich vor und drückte Kade einen einzelnen, leichten Kuss auf die Stirn. „Folge mir", befahl er.

Kade löste die Bremse und folgte seinem Dom, aufgeregt und nervös zugleich wegen des Zimmers, das er gleich sehen würde. Immer wieder sagte er sich, das Deacon ihn nicht eingeladen hätte, wenn er es nicht ernsthaft mit ihm versuchen wollte. Aber dennoch drängten sich hin und wieder Erinnerungen an Zurückweisungen, weil er *wertlos* und *unbrauchbar* war, in sein Bewusstsein. Er schob diese Gedanken beiseite und beeilte sich, rollte in das Zimmer hinein und hielt hinter Deacon an. Sein Blick schweifte durch den Raum, von dem eleganten, mit weichen, silberfarbenen Laken bezogenen Bett über diverse Einrichtungsgegenstände und Spielsachen, sogar einen – er legte den Kopf schräg – Sitzsack? Merkwürdig, so etwas in einem Spielzimmer vorzufinden. Doch da Deacon gewiss nie etwas ohne Grund tat, hatte er sich zweifellos etwas dabei gedacht.

Deacon zog sich Schuhe und Socken aus, blieb aber ansonsten voll bekleidet. „In diesem Zimmer erwarte ich dich stets nackt und bereit für mich vorzufinden. Später werde ich dir Zeit geben, alles hier zu untersuchen, da ich dir von Zeit zu Zeit auch befehlen werde, etwas zu holen, zu benutzen oder für eine Session vorzubereiten. Ich erwarte von dir, mir jederzeit zu gehorchen. Falls dich einmal etwas daran hindert, musst du mir das sofort sagen. Und ich will auch den Grund dafür wissen, Boy. Hast du verstanden?"

Der Kommandoton und die Art, wie Deacons Stimme tiefer und bestimmter geworden war, kaum dass sie das Zimmer betreten hatten, verschafften Kade den bisher besten Ständer seines Lebens. Kade stand auf Männer, die wussten, was sie wollten und von einem Sub unbedingten Gehorsam erwarteten. Er nickte und erwiderte: „Ja, Sir." Dann hielt er inne und dachte über seine Instruktionen nach. „Soll ich mich jetzt ausziehen ... oder ist das jetzt nur eine Lehrstunde für die Zukunft?"

„Mmm, ich habe sehr wohl die Absicht, mit dir zu spielen, Boy. Also ja, entkleide dich. Rechts von dir steht ein Tischchen. Da hast du deine Kleidung abzulegen, ordentlich gefaltet." Mit diesen Worten kehrte Deacon ihm den Rücken und stolzierte davon. Am anderen Ende des Raums blieb er vor einer Kommode stehen und zog die oberste Schublade auf.

Um ihn nur ja nicht zu enttäuschen und dankbar für das bisschen an Intimsphäre, schlüpfte Kade rasch aus seinen Sachen. Er faltete jedes Stück, ehe er es auf den kleinen Tisch legte. Sobald er ganz nackt war und wieder aufrecht in seinem Rollstuhl saß, rollte er weiter ins Zimmer und hielt ungefähr in der Mitte des Raums an. Er beugte sich leicht nach vorn und verschränkte die Arme hinter dem Rücken, um der Präsentations-Position so nahe zu kommen, wie es ihm bei seiner mangelnden Balance und seiner Unfähigkeit zu knien nur möglich war. Dann senkte er den Blick, konzentrierte sich auf einen Punkt auf dem Fußboden knapp vor seinen Füßen und wartete.

Wenige Minuten später kamen Deacons Füße und Beine in sein Blickfeld. Der Mann umkreiste ihn langsam. Kades Atmung beschleunigte sich, während er wartete, und stockte fast völlig, als er endlich die erste Berührung von Deacons Fingern an seiner Schulter spürte. Die Finger glitten an seiner Wirbelsäule entlang nach unten und strichen ohne anzuhalten über einige der dünnen Narben, von denen seine Haut dort übersät war. Einige stammten von dem Angriff, andere vom massiven Gebrauch des Rohrstocks in seinen jüngeren Jahren. Auf letztere war er stolz und hoffte, bald mehr davon zu haben.

„Sehr gut, Boy. Du machst mir jetzt schon Freude", lobte Deacon, dann kam er um ihn herum und blieb vor ihm stehen. „Jetzt aufs Bett mit dir."

Sobald Deacon ihm den Weg freimachte, rollte Kade zur Plattform und ging daran, in das breite Bett überzuwechseln. Ehe er sich entscheiden konnte, ob er sitzen bleiben oder sich hinlegen sollte, trat Deacon wieder vor ihn hin. „Wunderschön", schnurrte er und berührte sanft Kades glattrasierten Schambereich, dann richtete er sich wieder auf.

Kades Herz pochte wie wild, und er strahlte über das Lob.

„Sitzt du stabil genug?"

„Ja, Sir."

„Gut. Entkleide mich."

Beim Klang der tiefen Kommandostimme überlief Kade ein Zittern, aber er fing sich rasch wieder. Er lehnte sich an die Polster und Kissen, um etwas mehr Halt zu haben, dann zog er gehorsam Deacons Hemd aus dem Hosenbund und knöpfte es auf. Deacon half mit einer kurzen Bewegung nach, und das seidige Material glitt ihm von den Schultern und den Armen. Kade schob die Finger unter den Saum von Deacons Unterhemd und streifte es hoch, soweit er konnte; dann hob Deacon die Arme und zog es sich selbst vollends aus. Gebannt vom Anblick der breiten, muskulösen Brust hielt Kade für einen Moment inne und starrte nur; bei der Vorstellung, all die leicht behaarte Haut berühren und schmecken zu dürfen, lief ihm das Wasser im Mund zusammen.

Auf ein Räuspern von Deacon hin senkte Kade den Blick und konzentrierte sich wieder auf seine Aufgabe. Als er die Beule in Deacons Hose sah, war sein Magen wie zugeschnürt; der Stoff tat kaum etwas dazu, die Erregung seines Doms zu verbergen. Den Gürtel aufzuschnallen, die Hose aufzuknöpfen und den Reißverschluss zu öffnen dauerte nur wenige Sekunden. Sein Innerstes krampfte sich vor Vorfreude zusammen, und seine Hände zitterten, als er Deacons Hose vorsichtig über die Boxershorts nach unten schob, bis sie seinem Sir als Stoffbündel zu Füßen lag.

„Ich, äh …" murmelte Kade, doch er brauchte nichts weiter zu sagen. Deacon trat schweigend aus den Hosenbeinen und gab ihm die Hose. Kade faltete sie und legte sie auf den wachsenden Stapel neben sich.

Erneut blickte Kade kurz auf, da er sich nicht sicher war, ob Deacon die Unterhose anbehalten wollte – die meisten Doms, mit denen er zusammengewesen war, hielten sich bis zum letzten Moment bedeckt. Ihre Blicke trafen sich und hielten einander fest.

„Alles, Boy."

Kade sammelte sich wieder und schob die Finger unter den Gummizug, dann schälte er Deacon vorsichtig aus seinen Boxershorts. Peinlicherweise entschlüpfte ihm ein Wimmern, als Deacons Schwanz freikam und er ihn in seiner vollen Pracht vor sich sah. Wie gern hätte er sich jetzt vorgebeugt und die glitzernden Tropfen abgeleckt, die die dicke Eichel zierten. Doch dazu hatte er noch keine Erlaubnis erhalten. Stattdessen nahm er das letzte Kleidungsstück entgegen, faltete es und legte es zu Deacons übrigen Sachen.

Deacon nahm den Stapel und brachte ihn weg, dann hob er Kade hoch, platzierte ihn auf einen Stoß Kissen am Kopfende des Bettes und setzte sich neben ihn.

„Fühlst du das?", fragte Deacon und streichelte Kades Oberschenkel, auf und ab, ohne dabei sein Gesicht aus den Augen zu lassen.

Kade war sich darüber im Klaren, dass er beobachtet wurde, aber seine gesamte Aufmerksamkeit galt Deacons Händen und wie nahe sie seinem Penis waren. „Sch-schwach. Mehr wie den Eindruck einer Berührung, falls das einen Sinn ergibt. Ich finde es trotzdem schön", fügte er rasch hinzu. Sein Dom sollte schließlich nicht denken, dass Kade das Streicheln nicht gefiel – und er genoss es wirklich, wenn auch in diesem Fall mehr psychisch als körperlich.

„Und das?" Deacon ließ seine Finger über Kades Bauch weiter nach oben wandern, umkreiste die harten Nippel und zupfte ein paarmal daran.

„Aah … Sir!", schrie Kade auf und bog unbewusst den Rücken durch. Er hatte schon so lange nichts anderes mehr gefühlt als seine eigenen Hände und Spielsachen, dass er fürchtete, ohne Erlaubnis zu kommen und ihnen beiden damit den Abend zu verderben.

Das tiefe, leise Lachen lenkte ihn etwas ab, während Deacon ihm weiter aufreizend den Bauch und die Brust streichelte. „Ich liebe Edging-Spiele, Boy. Du hoffentlich auch, denn für dich ist das Ziel noch in sehr weiter Ferne."

Kades unaufhörliches Wimmern und Stöhnen wäre ihm peinlich gewesen, hätte Deacon ihm nicht gesagt, dass er diese Laute hören wollte. Nicht dass Kade sie hätte zurückhalten können, selbst wenn er gewollt hätte. Sein Dom verstand es meisterhaft, ihn mit jeder Berührung, jedem Zwicken aufs Neue zu überraschen.

Als die Berührungen plötzlich aufhörten, fand Kade nur mit Mühe die nötige Konzentration, um hinter den Grund dafür zu kommen. Bis er begriff, was vor sich ging, hatte Deacon bereits den Penisring-Teil seines Käfigs offen. Ganz benebelt vor Lust sah Kade zu, wie Deacon ihm den ersten Ring anlegte, der sein Glied und den Hodensack umschloss, und dann den zweiten, der um den unteren Teil seines Penisschafts ging. Die Ringe steigerten Kades Empfindsamkeit und sein Verlangen nur noch mehr. Sie waren eng, aber nicht schmerzhaft. Sich endlich wieder in seinem Käfig zu sehen, machte Kade schwindlig. Die Tatsache, dass sein Dom ihm die Ringe angelegt hatte, rührte ihn fast zu Tränen. *Er soll stolz auf mich sein können!*

„Sehr schön, Boy. Wunder-, wunderschön." Das Lob ging Kade durch und durch und ließ sein Herz noch heftiger pochen, obwohl es inzwischen in seiner Kehle zu sitzen schien.

6

NACHDEM DEACON ihn das dritte – oder schon das vierte? – Mal bis kurz vor dem Höhepunkt gereizt und ihm dann das letzte kleine bisschen vorenthalten hatte, das ihm mit Sicherheit einen Wahnsinns-Orgasmus beschert hätte, richtete er sich zwischen Kades Beinen auf und lächelte ihn an. „Rutsch' mal ein Stück weiter nach oben, Boy."

Kade stemmte sich hastig hoch und lehnte sich ans Kopfteil des stabilen Betts. Er hätte gern gewusst, was als nächstes kam, konnte sich aber auf nichts anderes konzentrieren als auf Deacon und seine Befehle. Sekunden später kniete Deacon breitbeinig über Kade, sodass sein Schwanz nur Zentimeter von Kades gierigen Lippen entfernt war. Er streichelte sich mit langsamen, gemächlichen Bewegungen – eine Folter für Kade.

Kade ließ den Anblick auf sich wirken: Deacons Penis war lang, etwas länger als seiner, aber nicht ganz so dick. Die Eichel war groß und perfekt geformt und glitzerte bereits feucht. Kade sah, wie weitere Tropfen aus dem Schlitz quollen; es machte ihn fast verrückt vor Begierde. Er atmete tief ein, schwelgte in dem dunklen, moschusartigen Duft, der ihn einhüllte und durchdrang. „Bitte", flehte er, ohne sich darum zu kümmern, ob ihm das in diesem Moment gestattet war oder nicht.

„Arme über den Kopf, Hände ans Kopfteil. Lass sie dort."

Kade brauchte nur wenige Augenblicke, um dem Befehl nachzukommen; er vibrierte vor Verlangen. Deacon beugte sich vor und bestrich Kades Lippen mit der klaren Flüssigkeit. Kade leckte die Feuchtigkeit eifrig ab und wischte mit der Zunge über Deacons Schwanz. Sobald er ihn von allen Säften gesäubert hatte, öffnete er den Mund und wartete. Als Deacon weiter vorrückte und ihm seinen Schwanz in den Mund schob, musste Kade gegen seinen drohenden Orgasmus ankämpfen. Kein anderer hatte je so gut geschmeckt, keiner seinen Mund je so perfekt ausgefüllt.

Deacon ließ ihn den Blowjob jedoch nicht kontrollieren; er legte ein gemächliches Tempo vor und fickte Kade in den Mund. Kade beteiligte sich, so gut er nur konnte; er setzte Lippen und Zunge ein, summte und lutschte vor verzweifeltem Verlangen, den Samen seines Herrn in sich aufzunehmen. Er folgte der dicken Ader an der Unterseite mit der Zunge, machte die Wangen hohl, um den Sog zu verstärken und reizte den Schlitz, steckte die Zungenspitze hinein, als Deacon sich für einen Moment zurückzog.

Minuten später, viel zu früh für Kade, wurde Deacon schneller, stieß tiefer in seinen Mund. Leises Stöhnen und Ächzen drang zwischen seinen eleganten Lippen hervor. Schließlich brüllte er: „Schluck', Boy!" und belohnte Kade mit Schuss um Schuss der zähen, salzigen Flüssigkeit.

Kade schluckte gierig, um sich nur ja keinen Tropfen entgehen zu lassen. Er lutschte weiter an Deacons Schwanz, huldigte ihm, bis sein Dom sich mit einem leisen Zischen zurückzog. Kade zitterte vor Verlangen.

„Begabt und sexy. Womit habe ich nur so viel Glück verdient, Boy?"

Darauf wusste Kade keine Antwort, also zuckte er nur die Achseln und leckte sich die Lippen, die sich ganz geschwollen anfühlten. Er genoss das Gefühl. „Danke, Sir."

„Nichts zu danken, Boy. Komm her." Deacon legte sich auf die Seite und zog Kade mit, bis er ihn mit dem ganzen Körper umschlingen konnte. So blieben sie für eine Weile; Deacon liebkoste und beschwichtigte Kade, der immer noch vibrierte vor Verlangen.

Kade war immer noch erregt, aber körperlich und seelisch so auf das fixiert, was Deacon ihm gegeben hatte, dass er kaum mitbekam, wie Deacon aus dem Bett schlüpfte.

„Du musst was trinken." Eine Flasche Wasser tauchte in Kades Blickfeld auf. Er nickte gehorsam, stützte sich auf einen Ellbogen und trank in kleinen Schlucken. Dabei merkte er, dass seine Kehle sich ein bisschen wund anfühlte, wenn auch nicht allzu schlimm. Als er weiter trank, ließen die Beschwerden nach.

„Das hat gut getan. Danke", murmelte Kade, immer noch ein bisschen benebelt, aber so glücklich wie noch nie, seit er zurückdenken konnte – und dabei war er noch nicht einmal gekommen. Diese Tatsache belustigte ihn, und seine Hoffnung wuchs. Er hoffte, Deacon würde sich weiterhin als sein leibhaftiger, fleischgewordener feuchter Traum erweisen. Kade wurde unsanft aus seiner Träumerei gerissen, als sich plötzlich etwas Kaltes, Hartes um seinen überhitzten, wenn auch fast völlig erschlafften Penis schloss. „Aah!"

Deacon lachte glucksend. „Ich hab' dir doch gesagt, dass du ihn tragen wirst und heute Nacht auf Entzug bist. Sitzt er bequem?"

Kade starrte auf seinen eingesperrten Schwanz hinab und begutachtete die Sache für einen Moment, dann nickte er. „So bequem, wie's nur geht – dafür, dass ich immer noch geil bin", erwiderte er grinsend.

„Gut. Genau so will ich dich haben." Deacon zog Kade an sich, bis sein Kopf auf Deacons Brust ruhte. Kade spürte, wie ihm ein sanfter Kuss auf den Scheitel gedrückt wurde. „Ich habe dich vorher nicht gefragt, aber ich möchte, dass du über Nacht hier bleibst. Ich werde jedoch nicht darauf bestehen, zumal du nicht gewusst hast, dass du frische Kleidung und so weiter mitbringen sollst."

„Äh …" Kade hätte wirklich gerne eingewilligt, aber er hatte seine Medikamente nicht dabei – außer den Schmerzmitteln – und er kannte sich hier nicht aus, wusste nicht einmal, wo die Toilette war. Außerdem hatte er, wie Deacon bereits festgestellt hatte, keine Kleidung zum Wechseln dabei, und er hatte morgen Nachmittag Dienst in der zahnärztlichen Sprechstunde einer Wohlfahrtseinrichtung.

Aber … „Ich habe mich geduscht und umgezogen, ehe ich hierhergekommen bin. Mit dem, was ich anhatte, komme ich bis morgen klar, wenn ich vor der Arbeit noch mal zuhause vorbeigehen und mich umziehen kann. Ja, ich … Ich würde gern bleiben, aber was, wenn ich nachts mal raus muss?"

Von jemand anderem herumgerollt zu werden war ein merkwürdiges Gefühl, aber Kade wehrte sich nicht, als Deacon ihn auf den Rücken drehte. Plötzlich war sein ganzes Sichtfeld von Deacon ausgefüllt, in dessen Blick eine unerwartete Sanftmut lag. „Ich zeige dir, wo alles ist, und du stellst dir deinen Rollstuhl bereit, wie du es bei dir zuhause tun würdest. Falls du dich verirrst oder unsicher wirst, ruf einfach, dann helfe ich dir. Ich will, dass du dich hier wohlfühlst. Bei mir."

Kade schaffte ein leichtes Nicken; ihm schwirrte der Kopf von der Erkenntnis, dass er erwünscht genug war, um über Nacht bleiben zu dürfen. Er wusste nicht genau, was er davon halten sollte, setzte sich aber wieder in seinen Rollstuhl. Dort brauchte er einen Moment, um sich so zu arrangieren, dass er sich mit dem Peniskäfig nichts abquetschte. Es war schon sehr, sehr lange her, seit er ihn zum Schlafen getragen hatte, aber noch nie zuvor hatte er ihn im Rollstuhl getragen.

Deacon führte ihn im Obergeschoss herum und überließ ihn dann im Badezimmer sich selbst. Nach kurzer Zeit lag er wieder in dem breiten Bett in Deacons Armen, immer noch unbefriedigt, aber in der Gewissheit, dass es an Deacon war, ihm die Erlösung zu gewähren oder vorzuenthalten. Er fühlte sich sicher und gewollt – ein Gefühl, das er für immer verloren geglaubt hatte. Sein letzter Gedanke, ehe der Schlaf ihn übermannte, war *Hoffnung*. Hoffnung auf etwas Echtes mit Deacon, sowohl im Spielzimmer als auch außerhalb.

DEACON LAG auf dem Rücken und starrte an die Decke. Kade, eng an ihn geschmiegt, schnarchte leise neben ihm. Er blickte auf den Mann hinab, der ihm schon jetzt wichtiger war, als er erwartet hatte. Sein Boy war zweifellos begabt. Deacon unterdrückte das Stöhnen, das ihm bei der Erinnerung an gestern Abend zu entschlüpfen drohte. Wie es sich angefühlt hatte, in diesem heißen, hübschen Mund zu sein … was Kade mit Lippen und Zunge mit ihm angestellt hatte, war wahrscheinlich in den meisten Staaten illegal. Doch was ihm zu schaffen machte, was seine Gedanken nicht zur Ruhe kommen ließ und ihm den Schlaf raubte, war die drängende Frage, wie er am besten für seinen Sub sorgen sollte. Denn behalten wollte er ihn definitiv. Noch nie in seinen beinahe vierzig Lebensjahren war ihm jemand so schnell unter die Haut gegangen. Als er von Kade das mit seinem Arschloch von Ex erfahren hatte – dass er ihm den Rollstuhl weggenommen hatte – da hatte Deacon gegen den Impuls ankämpfen müssen, den Wichser aufzuspüren und ihm ein bisschen mehr Respekt beizubringen. Doch sein wichtigstes Anliegen war es, den liebenswerten Mann Vertrauen zu lehren, echtes Vertrauen.

41

Geräusche aus dem Erdgeschoss rissen ihn aus seinen Gedanken, und Deacon beschloss, dass es Zeit zum Aufstehen war. Er brauchte ein, zwei Minuten, um sich aus Kades Griff zu befreien, ohne ihn zu wecken. Nachdem er es geschafft hatte, huschte Deacon über den Flur und in sein Zimmer. Rasch streifte er sich Pyjamahosen und seinen Bademantel über. Ehe er hinunterging, suchte er eine weitere Hose für Kade heraus und ließ sie neben ihm auf dem Nachttisch zurück. Sie war Kade wahrscheinlich zu weit, aber darin sah Deacon kein allzu großes Problem, da Kade sie ganz bestimmt nicht beim Herumlaufen verlieren würde. Gleich darauf tadelte er sich für die gedankliche Wortwahl.

Seiner Meinung nach war Kade keineswegs ein gebrochener Mann, doch er wusste, dass Kade selbst sich exakt so sah, wenn es um Sex, Beziehungen und seine Eignung als Sub ging. Während er leise die Treppe hinunter und auf die große Küche zuging, grübelte er weiter über Wege nach, seinem Boy zu helfen.

„Morgen, Mr. James", sagte Rose, als er durch die Küchentür kam. „Hat Ihr Freund hier übernachtet? Bleibt er auch zum Frühstück?"

Hin- und her gerissen zwischen Belustigung über ihre Fragen und dem Glücksgefühl, dass Kade noch da war, lächelte Deacon und nickte. „Kade schläft noch, und ja, er wird mit mir frühstücken. Aber das mache ich diesmal selbst."

„Sie – ja, Sir." Ihr Grinsen war völlig außer Kontrolle.

„Seien Sie nett zu ihm, wenn ich ihn runterbringe. Er ist ziemlich nervös, und ich will nicht, dass er in Panik gerät."

„War ich denn schon mal unhöflich zu einem von Ihren Gästen?", fragte sie ungläubig, stemmte die Hände in die Hüften und sah ihn prüfend an.

„Rose", konterte Deacon, „ich sage das nicht, weil ich Ihnen so was unterstellen will, sondern weil er viel Schlimmes erlebt hat, seitdem er wegen des Überfalls damals an den Rollstuhl gefesselt ist. Auch wenn er es mir nicht gesagt hat – er rechnet unverkennbar allen Ernstes damit, von anderen Leuten missachtet und schlecht behandelt zu werden."

Die Falten auf ihrer Stirn wurden tiefer, aber sie ließ die Hände sinken. „Oh je, der Arme."

„Er hat mich übrigens gebeten, Ihnen seinen Dank und seine Anerkennung für das Essen gestern Abend auszurichten." Deacon zwinkerte. „Anscheinend haben Sie einen Fan."

„Ach, nun ja, das zeigt nur, dass er Geschmack hat. Also dann, wenn Sie das Frühstück für sich und ihren Freund machen, soll ich dann schnell fertig aufräumen und gleich einkaufen gehen, damit ich aus dem Weg bin, oder brauchen Sie mich hier noch?"

Deacon legte den Kopf schief und musterte sie aufmerksam. Sie ging samstags normalerweise nur einkaufen und in die Reinigung, um seine Sachen hinzubringen und abzuholen, daher wunderte er sich offen gesagt ein bisschen, warum sie so früh schon da war. „Tun Sie, was Sie für nötig halten und nehmen Sie

42

sich den Rest des Tages frei. Es ist Samstag, Rose. Ihr kurzer Tag, haben Sie das etwa vergessen?"

„Oh nein, Sir, das ist mir schon klar. Nein, ich wollte eigentlich nur wissen, ob Sie vielleicht irgendwas extra brauchen, was Spezielles. Es ist schon so lange her, dass Sie jemanden zu Besuch hatten, der nicht *nur* ein Freund war."

„Sehr lieb von Ihnen, sich so viele Gedanken zu machen, aber ich versichere Ihnen – ich bin durchaus imstande, Kaden Frühstück zu machen und mich um ihn zu kümmern. So, und jetzt muss ich hier alles vorbereiten, ehe ich Kade wecken gehe und ihn runterbringe."

Deacon stellte einen der Stühle aus der Frühstücksnische beiseite, dann ging er den zweiten hochlehnigen Sitzsack holen, den er extra für Kade gekauft hatte. Als er ihn an den freien Platz stellte, freute er sich schon darauf, Kade dort sitzen zu sehen.

Für einen Moment erinnerte er sich wieder daran, wie Kade ihm gesagt hatte, dass er nicht knien konnte. Wie verloren er da geklungen hatte. Deacon warf einen weiteren Blick auf das Kissen, auf dem Kade beim Frühstück sitzen würde. Hoffentlich würde ihm das dieselben Gefühle verschaffen wie einst, wenn er an Deacons Seite gekniet hätte.

DEACON BEIM Essen zuzusehen war ein Hochgenuss. Wie sich seine Wangenmuskeln bewegten, wie seine Kehle arbeitete, wie er sich nach jedem Bissen die Lippen leckte – das alles zusammen erzeugte einen Kurzschluss in Kades Hirn und führte dazu, dass sein immer noch eingesperrter Schwanz Anstalten machte, in seinem Gefängnis hart zu werden.

„Schaust du mir gern beim Essen zu, Boy?"

Kade leckte sich die Lippen und nickte. „Ja, Sir." Er blickte von dem ungewöhnlichen Kissen, auf das Deacon ihn vorhin beim Betreten der hübschen kleinen Frühstücksnische in der großen Küche gesetzt hatte, zu ihm auf und lächelte ihn an. Seinen neuen Dom und Lover. Bei diesen Worten wurde ihm ganz schwindlig vor Glück, obwohl er sie noch nicht laut ausgesprochen hatte. „Du bist wunderschön."

Deacon lachte leise. „Du bist hier der Schöne, Kade." Er beugte sich zu ihm herab und drückte ihm einen sanften Kuss auf die Lippen, ehe er ihm einen weiteren Bissen Rührei anbot. Als Kade schluckte, streichelte Deacon ihm sanft den Hals. „Hast du irgendwelche Pläne für heute?"

Kade lächelte erneut und nickte. „Ich habe heute Nachmittag Dienst in der Free Clinic. Die zahnärztliche Sprechstunde dort wird von Zahnärzten und Hygienikerinnen rein ehrenamtlich gehalten, und heute ist einer von meinen Tagen. Ich, äh, ich hatte nicht damit gerechnet, immer noch hier zu sein, also …"

„Also hast du die Dinge nicht mitgebracht, die du für die Arbeit brauchst. Das ist kein Problem. Ich sorge dafür, dass du rechtzeitig dort bist."

„Wirklich?" Er wusste nicht genau, was er davon halten sollte, dass Deacon sich wie selbstverständlich in Kades Tagesplan mit einbezog. Aber das spielte eigentlich nur dann eine Rolle, wenn er dafür lange genug hierblieb. Irgendwie gefiel ihm der Gedanke.

„Natürlich. Es ist bewundernswert, denen zu helfen, für die bestimmte Dienstleistungen ansonsten unerschwinglich wären. Meine Firma leistet Unterstützung beim Bau und bei der Renovierung von Wohnungen für die Armen. Ich helfe anderen aus Überzeugung. Als Miteigentümer der Firma bin ich heute nur noch selten direkt involviert. Aber früher, als ich mich noch hochgearbeitet habe, war ich oft dabei, so wie unsere Jungs und Mädels heute."

Kade nickte langsam. „Dane hat mir von einigen dieser Projekte erzählt, an denen er mitgearbeitet hat." Sein Blick hing an Deacons eleganten Händen, während er Ei und Toast aß und dann Kade wieder einen Bissen reichte.

„Er ist ein guter Mann, und er arbeitet hart. Wenn es um solche Dinge geht, ist er immer einer der ersten, der sich freiwillig meldet."

Als Deacon sich zu ihm herabbeugte und ihm einen weiteren sanften Kuss gab, konnte Kade nicht mehr an sich halten und platzte heraus: „Ich danke dir."

Deacon richtete sich wieder auf und neigte den Kopf zur Seite. „Wofür?", fragte er und streichelte zärtlich Kades Ohrmuschel.

„Für das Kissen. Das Frühstück. Dafür, dass du das Risiko eingehst mit mir." Kade wusste, dass das wahrscheinlich nicht viel Sinn ergab, aber ihm tat das Herz weh vor lauter Glück. Vor allem darüber, *wo* er war.

Mehrere Emotionen huschten so rasch über Deacons Gesicht, dass Kade sie gar nicht alle einzeln ergründen konnte. Schließlich setzte sein Sir eine erfreute Miene auf und lachte leise. „Wir müssen wirklich an deinem Selbstbild arbeiten, Boy. Vorläufig sollst du wissen, dass du mir sowohl im Spielzimmer als auch außerhalb davon gefällst. Offen gesagt möchte ich dich gleich heute Abend wiedersehen. Das heißt, falls es dir nicht zu viel wird. Ich will nicht, dass du dich überanstrengst oder zu Schaden kommst."

„Heute Abend?" *Wirklich? So bald schon mehr Zeit mit ihm?* Kade konnte es kaum fassen, war aber trotzdem hellauf begeistert. Normalerweise war er nach der Arbeit zwar sehr müde, aber andererseits hatte er dann normalerweise einen vollen Arbeitstag hinter sich, keinen halben wie heute. „Das schaffe ich schon."

„Falls nicht, sagst du es mir." Deacons Tonfall machte Kade klar, dass das ein Befehl war, keine Frage und keine Bitte.

„Ja, Sir. Wirst du, äh …" Kade blickte auf seine auf dem Schoß gefalteten Hände hinab, da er nicht wusste, wie er seine Frage formulieren sollte.

„Boy", sagte Deacon mit sanfterer Stimme und fasste Kade am Kinn, „werde ich was?"

„Wirst du mir den Käfig vor der Arbeit abnehmen, oder soll ich ihn bis heute Abend anbehalten?"

Deacon fuhr Kade mit seinen langen Fingern durchs Haar und kraulte ihm leicht den Kopf. Er gab ein nachdenkliches Summen von sich. „Ich möchte schon, dass du ihn anbehältst, aber ich weiß auch, dass du ihn nicht mehr gewohnt bist. Und du wirst bei der Arbeit sein." Er hielt inne und starrte auf Kade hinab. Seine Hand bewegte sich stetig weiter.

Kade hielt den Atem an. Er hoffte, den Käfig anbehalten zu dürfen, bis Deacon ihm Erlösung gewährte, aber er wagte ihn nicht darum zu bitten. Es stand ihm nicht zu, und er wusste wirklich nicht, was Deacon wollte. Das war ihm sowieso wichtiger als seine eigenen Wünsche, also beschloss er, Deacon die Wahl zu überlassen.

„Du lässt ihn an bis heute Abend, aber nur, wenn du so arbeiten kannst. Ich gebe dir einen von den Schlüsseln und verlasse mich darauf, dass du diese Entscheidung selbst triffst. Behalte ihn *nicht* an, falls das dich oder deine Patienten gefährdet, Boy. Hast du verstanden?"

Kade begann zu nicken, noch ehe Deacon zu Ende geredet hatte. „Ja, Sir. Danke! Wobei ich meine Patienten nie absichtlich einem Risiko aussetzen würde", fügte er hinzu, da er nicht recht wusste, was er von dem Vorwurf halten sollte.

„Das steht für mich außer Zweifel, Kaden."

Kade hob ruckartig den Kopf und suchte sofort Deacons Blick. „Du. Warum hast du dann … ach, schon gut. Bitte entschuldige, dass ich dich in Frage gestellt habe." *Bitte sei nicht böse oder enttäuscht!* Abgesehen vom Gebrauch seines Safewortes hatten einige seiner früheren Doms empört oder enttäuscht reagiert, wenn er außerhalb des einleitenden Meinungsaustausches irgendwas hinterfragt hatte.

„Weil ich nicht möchte, dass du dich verletzt oder mir zu deinem Nachteil gefällig zu sein versuchst, Boy. Es ist genau wie mit deinen Safewörtern, Kade: Ich erwarte, dass du sie einsetzt, wenn nötig."

„Ja, Sir, aber bisher habe ich sie noch nicht gebraucht."

„Mach' dir nicht so viele Sorgen", sagte Deacon. Jetzt klang seine Stimme wieder sanft. „Frühstücken wir fertig." Und damit griff er wieder nach seiner Gabel.

7

„ALSO … WIE war dein Wochenende?", trällerte Katie hinter ihm, als Kade am Montagmorgen den Praxisflur entlangrollte.

Kade seufzte. Er hatte gewusst, dass das kommen würde. Und während er von seiner Zeit mit Deacon in jeder Hinsicht hellauf begeistert war, mochte er eigentlich niemanden davon erzählen – aus einer abergläubischen Furcht heraus, die ganze Sache damit irgendwie zu vermasseln. Deacon war der netteste, heißeste Dom, dem er je ins Auge gefallen war. Wobei er immer noch nicht wusste, wie er das überhaupt geschafft hatte.

Das andere Problem dabei war: Katie wusste nichts von seiner devoten Veranlagung, also würde sie das meiste von dem, was geschehen war, wahrscheinlich sowieso nicht verstehen. Seitdem Kade im College einmal den Fehler gemacht hatte, einem Freund davon zu erzählen – von seiner Vorliebe, sich sexuell dominieren zu lassen – hatte er sich geschworen, nie wieder mit jemandem außerhalb der Szene über seinen Lebensstil zu reden. Besten Dank auch. *Freak* und *krank* ließ er sich wirklich nicht gern nennen, und das wollte er nicht noch mal durchmachen müssen.

„Am Samstag war es rappelvoll, da bin ich gar nicht dazu gekommen, dich zu fragen. Aber so, wie du gestrahlt hast und so hibbelig, wie du warst, nehme ich mal an, dass dein Date am Freitag gut gelaufen ist", fuhr sie fort, als er nicht gleich antwortete.

„Wir haben bei ihm zuhause schön zu Abend gegessen, Fräulein Naseweis." Er warf ihr über die Schulter hinweg ein breites Lächeln zu. „Und am anderen Morgen gemütlich zusammen gefrühstückt." Ehe sie etwas darauf erwidern konnte, brachte er seinen Rollstuhl wieder in Schwung und verschwand rasch in seinem Büro, wobei er sich nur mit Mühe das Lachen verkneifen konnte. Er erwähnte weder den Käfig – den er bis gestern Nachmittag getragen hatte, als sein Sir ihm den besten Blowjob und Orgasmus seines Lebens gegeben hatte – noch die Nippelklemmen, die er dabei ebenfalls getragen hatte. Nein, diese Leckerbissen behielt er für sich. Bei der bloßen Erinnerung daran bekam er schon wieder einen Ständer.

„Oh nein, so kommst du mir nicht davon!" Katie stürmte in sein Büro, stemmte die Hände in die Hüften und starrte ihn an. „Du bist über Nacht geblieben?" Ein Grinsen breitete sich auf ihrem Gesicht aus. „Wirklich?"

Kade erwiderte das Lächeln und nickte, dann seufzte er, weil er einfach nicht anders konnte. „Er ist fantastisch, Katie."

„Das war aber ein süßer Seufzer, Schatz. Also, dass du über Nacht geblieben bist heißt was? Du warst mit ihm *zusammen*, oder? Wirst du ihn wiedersehen? Ich meine, es war nicht nur ein Abendessen und Sex, stimmt's?"

„Gott, was bist du heute neugierig. Ja, ich bin über Nacht geblieben. Zweimal. Ja, wir werden uns wiedersehen. Und nein, es war nicht nur Sex." Sie hatten bisher noch nicht einmal „richtigen" Sex miteinander gehabt. Er kannte einige Männer, hatte sogar von einigen Doms gehört, die keinen Analsex mochten, doch daran lag es seiner Meinung nach bei Deacon und ihm nicht. Er hatte jedoch nicht gefragt, da ihm vor der Antwort bange war. „Er hat mich für nächstes Wochenende wieder eingeladen."

Den Samstagabend und den größten Teil des Sonntags hatten sie fast nur mit Kuscheln und Reden zugebracht. Kade fand es wunderbar, dass Deacon so gern schmuste, aber hoffentlich würden sie beim nächsten Mal ein bisschen mehr machen als das und Oralsex. Vor allem, da Kade die Bondage-Schlinge und die Seile im Spielzimmer gesehen hatte. Er hatte Deacon sogar gesagt, wie gern er sich fesseln und von seinem Herrn gnadenlos ins Verhör nehmen ließ.

„Erde an Kade", unterbrach Katie seine Gedanken an Deacon. „Ich bin sicher, dass er dich mag. Was sollte ihn daran hindern?"

Kade deutete auf seinen Rollstuhl, und wieder zeigten seine alten Ängste ihre hässlichen Fratzen, ehe er es schaffte, sie beiseite zu schieben.

„Ach was", winkte Katie ab. „Er hat gewusst, dass du im Rollstuhl sitzt und nicht gehen kannst, als er sich mit dir verabredet hat, du Dussel. Das ist kein Grund zur Sorge."

Als sie den Mund aufmachte, um weiterzureden, schnitt er ihr das Wort ab. „Hast du keine Opfer vorzubereiten?" Er musterte erst sie und dann seinen Monitor. „Ich weiß jedenfalls, dass wir heute Patienten haben."

„Du Schlingel", schimpfte sie, kicherte aber dann: „Na schön, ich hör' ja schon auf. Fürs Erste. Aber vergiss nicht, ich will nur, dass du glücklich bist, Kade. Deshalb stelle ich solche Fragen."

Er breitete die Arme aus und wackelte mit den Fingern. Gleich darauf lag sie in seinen Armen und stieß einen Seufzer aus. „Ich weiß, Katiemaus, und meistens finde ich es ja auch nett, wenn du so einen Wirbel um mich machst. Es ist nur … ich weiß nicht. Ich möchte unsere gemeinsame Zeit vorerst für mich behalten. Okay?"

„Ja, okay. Nicht zu fassen, dass ausgerechnet Dane einen Mann für dich gefunden hat", maulte Katie und trat zurück. „Ernsthaft, wie kann ein Hetero-Mann dir ein Date besorgen, wenn ich das nicht schaffe?"

„Hör auf zu schmollen, Süße. Davon kriegst du nur Falten in dein hübsches Gesicht. Jetzt lächle, geh an die Arbeit und überleg' dir schon mal, wie du's deinem Freund heimzahlen kannst, dass er sich so gut mit schwulen Männern auskennt."

Kade kicherte immer noch, als Katie sein Büro verließ. Er konnte sich nicht erinnern, je so glücklich gewesen zu sein. Ja, er hatte immer noch Angst, aber im

Moment gaben die Zweifel anscheinend Ruhe, ließen ihn atmen und das Leben genießen. Hoffentlich würde alles weiter so gut laufen.

Wieder allein in seinem Büro nahm Kade sich erst noch ein paar Minuten Zeit, um wie üblich seine Dehnübungen für die Beine zu machen. Das tat er mehrmals pro Tag, sowohl seiner Gesundheit als auch seinem Wohlbefinden zuliebe – und jetzt auch in der Hoffnung, Deacon besser gefällig sein zu können. Während er seinen Computer hochfuhr, um seinen Terminkalender zu überprüfen – was er jeden Tag tat, obwohl er nie einen Termin oder eine OP vergaß – piepste sein Handy. Als er hinsah, fand er eine SMS von Deacon vor.

Ich wünsche dir einen schönen Tag, Boy. Du sollst wissen, dass ich an dich denke.

Mit einem strahlenden Lächeln im Gesicht und einer ganz ungewohnten Leichtigkeit im Herzen wandte Kade sich dem Beginn seines Arbeitstags und den Vorbereitungen für seine Patienten zu.

DEACON ÖFFNETE die Tür und trat aus seinem Büro ins Vorzimmer, wo seine Assistentin arbeitete. Da sie nicht an ihrem Schreibtisch war, blickte er sich suchend um. „Lina?"

„Einen Augenblick, bitte!", erklang ihre körperlose Stimme. Gleich darauf kam sie um die Ecke, zwei Tassen Kaffee in der Hand. „Ja, Sir?"

„Ich bin ... Moment mal, ist der für mich?", fragte Deacon erstaunt, als sie ihm eine der Tassen überreichte.

„Aber natürlich. Es ist elf Uhr dreißig."

„Stimmt." Er hasste es, dass sie ihn so gut kannte. „Eigentlich wollte ich gerade gehen. Zu meinem Termin um zwei bin ich aber rechtzeitig wieder da."

Lina sah zu ihm auf mit ihren großen braunen Augen, bei denen ihm immer der Ausdruck *Rehaugen* einfiel. „Sie haben heute keine Verabredung zum Mittagessen, Mr. James."

Ein Kichern entschlüpfte ihm, als er auf die zierliche, kleine Frau hinabblickte, die ihn und sein Büro besser bewachte als jeder Soldat. Sie war energisch, fürsorglich und loyal, aber leider auch manchmal aufdringlich, und natürlich musste sie das ausgerechnet heute sein. „Ich darf doch wohl noch ein Sozialleben haben, oder?"

Sie aus der Fassung zu bringen war eine der Freuden daran, eine persönliche Assistentin zu haben. „Last Minute. Ich bin rechtzeitig zurück, also seien Sie einfach so fröhlich und höflich wie immer und halten Sie mir lästige Störenfriede vom Leib, während ich beim Mittagessen bin."

Daraufhin schmunzelte sie und nickte. „Natürlich. Viel Vergnügen."

Zwanzig Minuten später saß Deacon im *Fierce*, einem hiesigen BDSM-Club, an einem kleinen Tisch, trank Kaffee und wartete auf Sam Skyler, der schon seit dem College sein bester Freund war. Aus seinen Gedanken gerissen, als der Stuhl gegenüber von ihm über das Parkett scharrte, blickte er auf.

„Hey, Deacon. Was führt dich um diese Zeit hierher? Deine Nachricht war ein bisschen kryptisch."

„Tapetenwechsel?"

Sam schnaubte. „Das kannst du deiner Großmutter erzählen, Mann. Im Ernst, was ist los? Du kommst doch sonst nie in den Club, also …"

„Es geht um Kade." Deacon hasste es, einen anderen Dom um Hilfe zu bitten, auch wenn er ihn als Mensch noch so sehr schätzte. „Ich habe ein paar Ideen, und ich habe auch einiges recherchiert, aber ich bin mir einfach zu unsicher, wie weit ich bei ihm gehen kann und wie schnell ich vorgehen soll. Was meinst du – wärst du eventuell bereit, morgen Abend vorbeizukommen und Jake mitzubringen? Einem anderen Sub würde Kade vielleicht offener sagen, was er wirklich will – im Gegensatz zu dem, was er denkt, das ich will."

„Ich rede mit Jake. Zwingen werde ich ihn allerdings nicht, falls ihm dabei nicht wohl ist."

„Natürlich nicht. Ich kenne ihn nicht so gut, deshalb wollte ich ihn nicht selbst fragen. Außerdem würde ich das sowieso nie tun, ohne dir vorher Bescheid zu geben." Deacon massierte sich die Schläfen.

„Was setzt dich denn dabei so unter Stress? Du bist doch sonst immer Mr. Cool persönlich."

Ja, das war einmal – ehe der liebenswürdigste, attraktivste Sub aller Zeiten darauf gezählt hatte, dass Deacon ihn wollte, ganz gleich, was passierte. Dass er wusste, wie weit er ihn treiben konnte, ohne ihn zu brechen. Dass er ihm seine Lust am Schmerz geben konnte, ohne ihm zu schaden … „Kade hat panische Angst davor, dass mir die Änderungen, die er braucht, irgendwann zuviel werden könnten. Deshalb kann ich mich im Moment weder darauf verlassen, dass er seine Safewörter einsetzt, noch darauf, dass er überhaupt wegen irgendwas den Mund aufmacht."

„Das ist … ich würde sagen, das ist nicht in Ordnung, aber du hast mir ja das mit seinem Rollstuhl und so erzählt. Das muss hart für ihn sein."

„Einmal das, und anscheinend war die Szene, also die Doms, die er damals kannte, nicht mehr an ihm interessiert, als er erst einmal im Rollstuhl saß. Ich habe ihn bisher noch nicht allzu sehr gedrängt, über den Unfall und die daraus resultierenden Veränderungen in seinem Leben zu reden, aber wenn du sehen würdest, wie scheu er manchmal ist …"

„Wir werden dir und deinem Boy helfen. Also, von meiner Seite aus kann ich dir das versprechen, wobei ich mir nicht vorstellen kann, dass Jake da irgendwas dagegen haben wird. Du weißt, dass er das Wohlergehen der Haus-Subs persönlich nimmt."

Deacon nickte, denn er hatte schon öfter gehört, mit welcher Leidenschaft Jake die anderen Subs, die für den Club arbeiteten, beschützte. Einmal hatte er sich sogar schwere Verletzungen zugezogen, als er einem Jungen geholfen hatte, der zuhause misshandelt wurde.

Sam klatschte in die Hände; der laute Knall erschreckte sowohl Deacon als auch einen vorbeigehenden Angestellten. „Ich rede mit Jake, und falls uns nicht gerade so was wie ein Weltuntergang dazwischen kommt, sehen wir uns dann morgen Abend bei dir."

„Wunderbar! Und danke, Sam."

„Kein Problem. Du weißt doch, ich steh' immer hinter dir."

KADE SASS auf seiner Terrasse, den Blick auf die umgebenden Berge und den Nachthimmel gerichtet, und genoss den Hauch von Frost in der Abendluft. Von allen Orten, die er bereist hatte, waren die Berge immer noch das Schönste, was er je gesehen hatte. Als sein Handy klingelte, schreckte er auf, doch der Klingelton – *„Uprising"* – brachte ihn zum Lächeln. Den hatte er letzte Woche heruntergeladen und Deacon zugewiesen, und jedes Mal, wenn er ihn hörte, begann sein Herz wie wild zu pochen.

Er tastete ungeschickt nach seinem Handy und bekam es gerade noch rechtzeitig zu fassen, ehe die Mailbox ranging. „Hallo?"

„Hallo, Boy. Wie geht es dir heute Abend?"

Gott, er liebte Deacons tiefe Stimme; sie war so dunkel und sinnlich, und dabei gab sich der Mann nicht einmal besondere Mühe. „Gut, Sir. Bleibt es bei unserer Verabredung für morgen Abend?" *Bitte, sag ja!*

„Natürlich, und diesmal bringst du deine Tasche mit."

Ja! „Ja, Sir. Ist schon gepackt." *Na toll, das klingt schon wieder viel zu eifrig, verdammt.* „Ich meine" –

„Entspann' dich, Kade. Ich freue mich über deinen Enthusiasmus. Ich habe einiges für uns geplant, unter anderem mindestens eine ausgiebige Session im Spielzimmer. Würde dir das gefallen, Boy?"

Kade entschlüpfte unwillkürlich ein Stöhnen. „Gott, ja. Bitte", fügte er flüsternd hinzu. Er hatte die ganze Woche über nur an Deacon denken können. Am Montag und Mittwoch hatte Deacon ihn abends eingeladen. Nach dem Essen hatten sie es sich im Wohnzimmer gemütlich gemacht, Filme geguckt und sich unterhalten – sowohl während des Essens als auch hinterher beim Kuscheln auf der Couch.

Jedoch hatte er Deacon nur ein einziges Mal oral befriedigen dürfen. Ansonsten hatte Deacon ihm nichts gestattet, was auch nur im Entferntesten als Sex aufgefasst werden konnte, ganz gleich, wie geil Kade war und wie gerne er ihm mehr gegeben hätte. In gewisser Hinsicht war das fast grausam, nicht, dass er das Deacon jemals sagen würde. Nein, er hatte sich die allergrößte Mühe gegeben, seine Enttäuschung nicht zu zeigen. Und genau das würde er wieder tun, wenn nötig. Sich alles zu vermasseln, indem er zu schwach oder zu gierig erschien, kam

50

nicht in Frage. Sein Entschluss stand fest: Er würde alles tun, um seinem Dom zu gefallen und ihm alles zu geben, was er verlangte. Er konnte nur hoffen, dass Deacon mehr von ihm verlangen würde als bisher.

Das zufriedene Grummeln an seinem Ohr holte ihn wieder zurück in die Gegenwart.

„Da bin ich aber froh. Außerdem wartet hier morgen eine Überraschung auf dich. Mach' dich darauf gefasst und bereite dich vor, wie ich es dir erklärt habe. Aber diesmal möchte ich, dass du auch deinen Käfig trägst." Kade musste an den feurigen Blick denken, den Deacon ihm bei ihrem letzten Treffen zugeworfen hatte, als er Kade untenrum glattrasiert und im Käfig gesehen hatte.

Meinte er mit „Überraschung" eine vollständige Session? Analverkehr? Was zum Teufel sollte das heißen? „Ja, Sir. Ich werde morgen exakt deinen Wünschen entsprechend bereit sein."

„Ich bin außerordentlich zufrieden mit dir, Kade. Ich hoffe, du weißt das. Aber es ist schon spät und ich weiß, dass du deinen Schlaf brauchst. Ich wollte nur hören, wie es dir geht. Gute Nacht, Boy."

„Gute Nacht, Sir", antwortete Kade, aufgeregt und dennoch ganz entspannt.

Deacons Anweisungen gaben ihm Hoffnung, ebenso wie die Tatsache, dass Deacon ihn angerufen hatte, um sich nach seinem Befinden zu erkundigen. Nachdem er aufgelegt hatte, steckte Kade das Handy wieder ein und rollte zurück ins Haus, wobei er ernsthaft bezweifelte, dass er heute Nacht Schlaf finden würde.

NACH SEINEM letzten Patienten am Freitag raste Kade geradezu nach Hause, so aufgeregt, dass er kaum seine Haustür aufbekam. Deacon erwartete ihn! Er musste sich fertig machen! Hoffentlich hieß das wirklich das, was er glaubte. Die Sache mit ihm und Deacon musste einfach klappen; nichts wünschte Kade sich sehnlicher. Natürlich steigerte die Tatsache, dass Deacon ihn diese Woche schon zweimal zu sich eingeladen hatte, noch seine Vorfreude.

Kade warf seinen Rucksack auf die Couch und ging sich dann schnell duschen und umziehen – wobei „schnell" ein eher relativer Begriff war, wenn man mit einem Rollstuhl und Beinen, wie er sie hatte, zurechtkommen musste. Aber das hatte er mit einkalkuliert, hatte absichtlich seinen letzten Patienten früher einbestellt als sonst an einem Freitag. Er trocknete sich ab, setzte sich wieder in seinen Rollstuhl und rollte zurück ins Schlafzimmer. Kade manövrierte sich auf sein Bett und verbrachte die nächsten fünfzehn Minuten mit Dehnübungen. Dann legte er sich auf den Rücken, griff nach dem zweiteiligen Penisring, der zu seinem Käfig gehörte, und streifte ihn sich behutsam über. Das Gefühl von kaltem Stahl auf seiner frisch rasierten Haut jagte ihm einen wohligen Schauer über den Rücken. Als er sich wieder konzentrieren konnte, sammelte er die übrigen Teile des Käfigs ein und fügte ihn zusammen. Er hoffte, Deacon damit glücklich zu machen. Letztes Wochenende hatte ihm der Käfig ja anscheinend sehr gut gefallen. Bei der Erinnerung an ihre letzte Session stockte Kade der Atem, und sein Schwanz versuchte sich aufzurichten – aber natürlich schaffte er das nicht in seinem engen Gefängnis.

Mit einem letzten Blick auf seinen eingesperrten Penis setzte Kade sich wieder auf und mühte sich durch den langsamen Prozess des Anziehens und Fertigmachens. Dafür brauchte er immer Zeit, aber der Käfig war immer noch ungewohnt, also musste er noch besser aufpassen als sonst, um sein bestes Stück nicht zu beschädigen. Mit einer Verletzung *dort* bei seinem Dom aufzutauchen war vermutlich keine gute Idee. Als er endlich angezogen war, suchte Kade seine Sachen zusammen – Handy, Schlüssel, Rucksack, Reisetasche – und rollte hinaus zu seinem Auto. Vorher vergewisserte er sich aber noch, dass er die Haustür richtig abgeschlossen hatte.

Als er sich und seine Sachen schließlich im Auto hatte, holte Kade tief Luft, richtete ein stilles Gebet an alle Gottheiten, die gerade zuhörten, und fuhr los – zu Deacon und hoffentlich auf ein denkwürdiges Wochenende zu.

8

BEI DEM Anblick, der sich ihm bot, war Kade zuerst mehr verwirrt als verletzt, obwohl letzteres rasch die Oberhand gewann. Er hatte sich nichts weiter dabei gedacht, als Rose, Deacons niedlicher kleiner Hitzkopf von Haushälterin, ihm die Tür aufgemacht und ihn ins Wohnzimmer geschickt hatte. Bei seinen Besuchen letzte Woche hatte er ein paarmal mit ihr gesprochen. Und Deacon und er waren schließlich kein Paar; was zählte es schon, dass sie ein paarmal vor dem Fernseher miteinander geschmust und sich nett unterhalten hatten? Während er blinzelnd gegen die Tränen ankämpfte, hatte er das bedrückende Gefühl, jetzt die Antwort darauf zu kennen.

Ein wunderschöner Mann kniete vor Deacon; er war hochgewachsen, schlank und – das wusste Kade noch von früher – imstande, jeden Dom zufriedenzustellen, den er je gekannt hatte. Kade hatte den Mann nach dem Überfall nur einmal kurz gesehen und seither nie wieder. Der schöne, verführerisch perverse, geniale Jake Prism lag vor *seinem* Deacon auf den Knien!

Kades Gedanken kehrten zurück zu jener Nacht, die er am liebsten vergessen würde, obwohl er wusste, dass das unmöglich war. Er war gerade aus dem Fierce gekommen, wo er mit Jake und einem Dom, den er nicht näher kannte, einen großartigen Abend verbracht hatte. Er spielte nicht oft mit anderen Subs, aber Jake war immer lustig und so leidenschaftlich, dass Kade nur zu gerne mitgekommen war, als der Dom sie beide für den Abend ausgewählt hatte. Alles lief bestens, bis er draußen und schon fast bei seinem Auto war.

„Hey, du Schwuchtel!"

Kade ging schneller, in der Hoffnung, es bis zu seinem Auto zu schaffen. Die Männer verhöhnten ihn weiter, und Kade biss sich auf die Zunge, um nichts darauf zu erwidern. Bis ihn dann einer von ihnen am Arm packte und herumriss. „Lass los", verlangte er und versuchte, sich dem eisernen Griff zu entwinden.

„Oooh, guck mal, plötzlich spuckt die Tunte große Töne", spottete einer von den Typen.

Kade zählte fünf Männer, war sich aber nicht sicher, denn mindestens einer von ihnen war jetzt hinter ihm. Der plötzliche, schmerzhafte Schlag auf den Rücken war mit nichts zu vergleichen, was Kade je erlebt hatte. Weder mit dem köstlichen Biss des Rohrstocks noch mit dem erregenden Brennen des Floggers, nicht einmal mit der grellen Schärfe eines Peitschenhiebs. Nein, das hier war grausam, ein Schmerz, den sein Verstand nicht einfach so verarbeiten konnte. Er schrie auf und stürzte. Die Beschimpfungen gingen weiter, steigerten sich von „Schwuchtel" und „Tunte" zu Tiraden darüber, wie sie ihn umbringen würden, wenn sie ihm erst einmal seine Abartigkeit aus dem Leib geprügelt hätten, die die Welt vergiftete. Von da an gab es für ihn nur noch das vage Aufblitzen von Stiefeltritten in die Rippen und den Rücken, von Fausthieben ins Gesicht und an die Brust und von Schlägen mit etwas, von dem er später erfuhr, dass es ein Baseballschläger aus Aluminium war – bis zu dem Moment, als er es schaffte, sich aufzurappeln und wegzulaufen.

Kade wusste nicht wie, aber irgendwie hatte er es geschafft, ihnen zu entkommen. Vielleicht hatte jemand die Schlägerbande erschreckt oder was, keine Ahnung, er war nur dankbar gewesen. Leider holte ihn einer der Männer ein, als er gerade bis zur Ecke gekommen war und auf die Straße zulief. Im nächsten Moment hatten ihn zwei Hände von hinten geschubst, und danach – grelles Licht, Schmerz, und dann das Nichts. Erst zwei Wochen später war er wieder aufgewacht, und an das Meiste, was direkt danach geschehen war, konnte er sich nur verschwommen erinnern.

„Kade!", blaffte Deacon. Seine laute, angespannte Stimme holte Kade wieder in die Gegenwart zurück, aber dadurch hörten weder die qualvollen Erinnerungen auf noch der Schmerz, einen anderen Mann zu Füßen seines Doms knien zu sehen. Oder vielmehr des Mannes, den er für seinen Dom gehalten hatte. „Boy, was ist los?"

Verwirrt blickte Kade auf, und erst da stellte er fest, dass Deacon inzwischen neben ihm kauerte und sein Gesicht mit beiden Händen umfasst hielt. „Sir? Warum …?" Er hätte gern gewusst, warum Deacon ihn eingeladen hatte, wenn er bereits ersetzt worden war. Aber mehr brachte er nicht heraus, ehe seine Stimme versagte und ihm eine Träne über die Wange rann.

„Kaden." Deacons Stimme war sanfter und sein Blick besorgter als je zuvor, was nur dazu beitrug, Kade noch mehr zu verwirren. „Was hast du? Warum zitterst du denn so?"

Kade wischte sich die Augen, verärgert über sich selbst, weil er so viel von seinen Gefühlen zeigte. „Ich … gar nichts. Es ist nur …" Sein Blick fiel auf Jake, der in der Nähe stand. „Was macht Jake hier?"

„Sam und sein Sub sind auf einen Sprung vorbeigekommen, und ich habe sie gebeten, hierzubleiben und dich kennenzulernen. Also warum." Letzteres war keine Frage, sondern eine nachdrückliche Aufforderung.

Ohne nachzudenken senkte Kade den Blick und antwortete wahrheitsgemäß. „Er hat an deiner Seite gekniet. Ich dachte – es spielt keine Rolle, was ich dachte. Ich sollte einfach gehen und euch in Ruhe lassen. Tut mir leid", fügte er mit fast erstickter Stimme hinzu.

„Du bleibst gefälligst hier, Boy." Deacon drehte sich zu Jake um und gab ihm einen Wink, doch der Grund dafür war Kade ein Rätsel. „Jake, komm her."

Jake reagierte nicht auf Deacons Befehl, was Kade noch mehr verwirrte – warum sollte Jake Deacon nicht gehorchen? Das ergab keinen Sinn.

„Jake, bitte komm zu Kade. Ich rede mit Sam, falls er verärgert ist, aber Kade braucht dich jetzt sofort."

Gleich darauf kniete Jake an Kades anderer Seite, dasselbe süße Lächeln wie schon vor Jahren, als Kade ihn gekannt hatte, auf seinem schönen Gesicht. „Ich habe nicht vor deinem Dom gekniet, Kade. Ich war da, wo Sam, mein Sir, mich zurückgelassen hat, als er aus dem Zimmer gegangen ist. Kurz bevor du reingekommen bist." Jakes Fingerspitzen streiften Kades Handrücken wie ein Hauch. „Es tut wirklich gut, dich wiederzusehen."

„Du ... Sam? Wer ist Sam, und Moment mal, wirklich?" Kades Blick huschte von Jake zu Deacon, als die Hoffnung erneut in seiner Brust aufflammte.

„Kade, Jake ist nicht mein Boy. Er gehört Sam, und als ich erfahren habe, dass ihr euch kennt, wollte ich dir eine Freude machen. Ich hoffte, du würdest vielleicht gern ein bisschen Zeit mit einem alten Freund verbringen. Und könntest du mir jetzt vielleicht mal sagen, was sonst noch in deinem Kopf vorgegangen ist?"

Kade starrte ihn nur an, unwillig, seinen ganzen dummen Erinnerungsmüll vor Jake oder gar vor Sam, dem geheimnisvollen Unbekannten, auszubreiten.

„Du hast ausgesehen, als hättest du körperliche Schmerzen und hast angefangen zu zittern", redete Jake ihm gut zu. Er rührte sich nicht von Kades Seite.

Kade drehte den Kopf und sah Jake in die Augen. „An diesem letzten Abend, als wir ..." Er konnte nicht. Er konnte einfach nicht über diese Nacht reden.

Jakes Augen weiteten sich und er schluckte mühsam. Alle Farbe wich aus seinem sonnengebräunten Gesicht. „Du meinst den letzten Abend, an dem du im Fierce warst. Unsere letzte gemeinsame Session mit einem Dom?"

Kade nickte, ohne einen der beiden Männer anzusehen. Er wusste, dass Jake nicht so war wie die anderen, die ihn gemieden und ignoriert hatten. Aber er hatte es nicht ertragen können, Jake gesund, perfekt und begehrenswert zu sehen und dabei zu wissen, dass ihm durch die Verletzungen ein wesentlicher Teil seines Lebens, seines Ichs, für immer verschlossen sein würde. Er hatte Jake weggeschickt, nachdem die Ärzte ihm mitgeteilt hatten, dass die Wirbelsäulenverletzung seine Nerven dauerhaft geschädigt hatte und seine Beine für immer gelähmt bleiben würden.

„Das verstehe ich nicht." Deacons Stimme war kräftig, aber Kade hörte ihm die Verwirrung an. „Ihr hattet eine gemeinsame Session mit einem Dom, und das ist irgendwie was Schlimmes?"

Kade antwortete nicht; er konnte nicht. Glücklicherweise schien Jake nicht dasselbe Problem zu haben. „Das haben wir früher ein paar Mal gemacht, als ich noch Haus-Sub im Fierce war. An dem Abend, bevor Kade überfallen wurde, hatte einer von den anspruchsvolleren Doms uns beide für eine Session ausgesucht. Er war damals Stammkunde im Club." Jake holte tief Luft und berührte erneut Kades Hand. „Ich weiß, du hast gesagt, du willst mich nie wiedersehen. Aber ich dachte, da du jetzt wieder in der Szene bist, findest du es bestimmt okay, wenn wir zu Besuch kommen. Es tut mir leid, Kade. Es tut mir so leid."

„Äh, ich will ja nicht stören, aber kann mir vielleicht mal jemand sagen, warum ihr zwei euch um meinen Zahnarzt drängelt?"

Kade hob ruckartig den Kopf; diese Stimme kam ihm irgendwie bekannt vor. Als er sah, wem sie gehörte, war er schockiert. Da stand einer seiner Patienten. Der Mann war deutlich über ein Meter achtzig groß, hatte dunkelblondes Haar, dunkelblaue Augen und, wie Kade aus persönlicher Erfahrung wusste, schöne, perfekte Zähne in einem leicht schiefen Lächeln. Wobei letzteres gerade durch Abwesenheit glänzte. „Mr. Skyler? Was machen Sie denn hier?"

„Einen Freund besuchen. Also, würde mir endlich mal einer erklären, was hier los ist?"

„Das ist Kade, Sir", sagte Jake, da niemand sonst das Wort ergriff. Deacon streichelte weiter Kades Gesicht und Hals, aber er schien genauso neugierig auf den Rest der Geschichte zu sein wie Mr. Skyler. Sam. „Ich habe dir von ihm erzählt, und Mr. James auch."

„Moment mal, mein Zahnarzt ist Deacons neuer Boy und dein alter Freund?" Das Kichern fand Kade nicht nett, aber er sagte nichts dazu. „Huh. Normalerweise erkenne ich einen Sub aus aller Weite. Aber den Sub, von dem du geredet hast, hätte ich nie mit meinem Zahnarzt in Verbindung gebracht."

„Ist aber so", sagte Kade; seine Stimme war seit dem Moment, als er Jake heute zum ersten Mal gesehen hatte, nicht mehr so kräftig gewesen. „Jedenfalls glaube ich das", fügte er mit einem weiteren Blick zu Deacon hinzu.

„Wegen einer einzigen kleinen Panikattacke kommst du mir nicht davon, Boy. Wir haben bereits über deine Ängste gesprochen." Der Ton, den Deacon anschlug, jagte Kade einen Schauer über die Haut, einen, der sich um sein Rückgrat ringelte und tief in seinem Unterleib niederließ. „Also, alles in Ordnung mit dir?" Als Kade nickte, stand Deacon auf und winkte alle ins Esszimmer. „Ich habe dir dein Kissen bereitgelegt, Kade."

Kade blickte sich um, und erst da bemerkte er, dass neben Deacons Platz das hochlehnige Sitz-Ding, das Deacon ihm besorgt hatte, auf ihn wartete. Er lächelte in der Hoffnung, Deacon würde ihn trotz seines Benehmens dort sitzen lassen. „Darf ich?"

„Natürlich." Deacon trat vor, hob ihn aus seinem Rollstuhl und setzte ihn auf das stuhlähnliche Kissen, wie er es schon zweimal bei ihrem gemeinsamen Frühstück getan hatte.

Deacon schob den Rollstuhl aus dem Weg, setzte sich an den Tisch und legte Kade sofort eine Hand auf den Nacken. Die Berührung war wohltuend auf eine Art, die Kade nicht erklären konnte, aber dennoch genoss. „Danke, Sir."

„Gern geschehen. Ich wollte dich meinem Freund Sam vorstellen und dir Gelegenheit bieten, Zeit mit Jake, seinem Sub, zu verbringen. Da Jakes Gegenwart für dich mit schmerzhaften Erinnerungen verbunden ist, würde ich es verstehen, wenn du dich dabei unwohl fühlst. Aber Sam und ich sind hier noch nicht ganz fertig."

„Nein!" Kade war selbst ganz erschrocken über seinen Tonfall. Er hatte nicht schreien wollen. „Tut mir leid, Sir. Ich meine, nein, jetzt, wo ich alles verstehe, bin ich nicht mehr aufgebracht. Ich würde mich sehr gerne ein bisschen mit Jake unterhalten, falls sein Dom es erlaubt?"

„Ich schreibe Jake nicht vor, mit wem er reden und mit wem er befreundet sein darf. Somit könnt ihr zwei euch unterhalten, soviel ihr wollt – falls Jake das möchte." Sam sah auf Jake hinab und lächelte. „Würdest du immer noch gern Zeit mit deinem Freund verbringen?"

„Sehr gern, vielen Dank. Berührung?"

Die Frage machte Kade neugierig. Bat Jake um Erlaubnis, berühren zu dürfen oder berührt zu werden? Ehe Kade dahinter gekommen war, sprach Sam erneut. „Natürlich, mein Kleiner. Was das betrifft – Deacon, hättest du was dagegen, wenn wir die beiden mal kurz alleine lassen würden? Ich wollte dich eigentlich was fragen. Ist mir eben erst wieder eingefallen."

Wenige Minuten später war Kade seit drei Jahren zum ersten Mal wieder allein mit Jake. Er starrte ihn nur an; sein alter Freund war immer noch so süß und sexy wie eh und je. Er war eher klein, in etwa so groß wie Kade … nun ja, als er noch stehen konnte, also ungefähr eins fünfundsiebzig. Er hatte weiches, schwarzes Haar, hellblaue Augen und sonnengebräunte Haut, die das ganze Jahr über beinahe golden wirkte. Außerdem lächelte er Kade schüchtern an; so lange Kade zurückdenken konnte, hatte er noch nie einen solchen Blick auf sich gerichtet gesehen.

„Das vorhin tut mir wirklich leid", sagte Kade.

„Ist schon okay, Kade. Ich … weißt du, als Mr. James uns gesagt hat, wer sein neuer Sub ist, war ich total begeistert, dass du wieder in der Szene bist. Ich hätte nie gedacht, dass dich das Wiedersehen mit mir so aus der Bahn werfen würde." Jakes Mundwinkel bogen sich nach unten. „Aber falls du mich wirklich nicht hier haben willst, gehe ich wieder."

Bei Jakes leise gesprochenen Worten konnte Kade das Lächeln nicht länger zurückhalten, das sich über sein Gesicht ausbreiten wollte. „Ich möchte nicht, dass du gehst, Jake. Es ist nur … Ich kann es nur immer noch nicht fassen, wie ein Mann wie Deacon mich begehrenswert finden, geschweige denn für längere Zeit behalten wollen kann."

„Kade" –

„Nein, lass mich ausreden. Sieh mal, ich habe es oft bereut, dass ich dich damals weggeschickt habe, und ich wäre schon längst mal auf dich zugekommen. Aber ich konnte mich einfach nicht dazu überwinden, dorthin zu gehen, wo ich dich am wahrscheinlichsten gefunden hätte."

„Hast du denn nie versucht, ins Fierce zu gehen oder in einen der anderen Clubs in der Gegend? Wir hätten uns riesig gefreut, dich wieder bei uns zu haben!"

Kade schüttelte den Kopf und rollte die Schultern, um die wachsende Verkrampfung aus den Muskeln zu vertreiben. „Nach meiner Reha habe ich tatsächlich ein paarmal versucht, an Veranstaltungen teilzunehmen, aber da hat mich keiner auch nur angesehen. Doms, mit denen ich zusammen war, sogar welche, mit denen wir beide gemeinsam gespielt hatten, haben mich völlig ignoriert. Und die anderen Subs sind mir ausgewichen; na ja, jedenfalls die, die nicht über den Krüppel getuschelt haben, der ständig im Weg ist."

„Das hätte nicht jeder getan", beharrte Jake. „Ich sowieso nicht, und wenn Sam gesehen hätte, dass jemand so behandelt wird, hätte er denen auf der Stelle Bescheid gestoßen."

Kade zuckte die Achseln. Es war passiert, und nicht nur mit Doms, die er gekannt hatte. Vor Gary hatte ihn kein Mann wirklich beachtet. Andererseits, nach Gary wäre er wahrscheinlich geflüchtet, selbst wenn ein Mann das getan hätte. Das heißt, bis Deacon … Kade rätselte immer noch, warum er bei Deacon das Risiko eingegangen war, aber bisher war er froh darüber. „Es ist, wie es ist. Mit jemandem wie mir zusammen zu sein, ist schwer. Das weiß ich. Ich kann die einfachsten Dinge nicht mehr tun, nicht mal knien, so wie du jetzt."

„Nein, aber offensichtlich hast du einen Dom gefunden, dem so was nicht wichtig ist und der deinen Rollstuhl nicht als Hindernis ansieht." Jake beugte sich vor und zog Kade in eine sanfte und doch warmherzige Umarmung.

Bei Jakes erster Berührung erschauerte Kade. Er vermisste Körperkontakt, selbst einfache, freundschaftliche Umarmungen. Abgesehen vom Händeschütteln mit seinen Patienten und von Katies Umarmungen wurde er kaum jemals berührt – bis er Deacon kennengelernt hatte. Ehe ihm richtig bewusst wurde, was er tat, hatte er schon die Arme um Jake geschlungen, so gut er konnte, und ihn fest an sich gedrückt. „Danke", flüsterte Kade.

„Jederzeit, K. Wir waren vor dem Rollstuhl gute Freunde, und ich möchte, dass wir das wieder sind, trotz allem, was passiert ist." Jake wich zurück, ohne Kade jedoch ganz loszulassen. „Ich hoffe, du schließt mich jetzt nicht mehr aus. Ach, und wenn du mal wieder ins Fierce kommen willst, mit deinem Dom oder einfach nur so, dann besorge ich dir eine Gratis-Mitgliedschaft", fügte Jake augenzwinkernd hinzu.

„Und wie willst du das machen?"

„Ganz einfach. Der Club gehört mir und Sam gemeinsam."

„Dir – was?"

„Vor ungefähr anderthalb Jahren hat Jerry, einer der beiden Besitzer des Fierce, seine Hälfte an Sam verkauft. So haben wir uns übrigens kennengelernt. Und vor ungefähr sechs Monaten habe ich dann Wes, dem zweiten Besitzer, die andere Hälfte abgekauft – auf Sams und Wes' Drängen hin."

„Wow!"

„Jake", unterbrach Sams Stimme von der Wohnzimmertür her ihr Gespräch, „meinst du, du könntest Kade wieder loslassen? Jetzt bräuchte ich dich mal." Als Kade Sams breites Grinsen sah, entspannte er sich etwas. Trotzdem gefiel ihm die

Vorstellung nicht besonders, alleine zurückzubleiben, während alle anderen sich unterhielten.

„Klar." Jake gab Kade frei und stand anmutig auf. Er neigte sich zu Kade und legte ihm eine Hand an die Wange. „Was bin ich froh, dass ich um Erlaubnis für Berührung gebeten habe." Er zwinkerte. „Kommst du hier kurz alleine klar? Soll ich dir deinen Rollstuhl näher ran schieben?"

„Er wird nicht lang allein sein, mein Kleiner."

„Trotzdem, Sir. Er sollte nicht ohne seinen Rollstuhl sein, wenn niemand in der Nähe ist. Das ist ihm gegenüber nicht fair."

Kade griff ein, ehe der Disput noch in einen Streit ausarten konnte, und legte eine Hand auf die, mit der Jake sein Gesicht umfasst hielt. „Schon gut, Jake. Deacon wird mir helfen, falls nötig. Ich will genau hier sein, wenn er wiederkommt."

„Ich verstehe. Entschuldige."

„Aber nein. Danke, dass du so fürsorglich bist."

DEACON STAND in der Küche und wartete auf Sam und Jake, Sams Partner und Sub. Nicht zu fassen, dass Sam einen Sub unter Vertrag genommen hatte und mit ihm zusammenlebte, und dann auch noch einen so niedlichen und eigensinnigen. Sam hatte immer geschworen, nie eine Langzeitbeziehung eingehen zu wollen und Deacon sogar für seine Abneigung gegen Gelegenheitssex verspottet. Früher einmal waren Deacon und Sam auf der Suche nach neuen Subs gemeinsam durch die Clubs gezogen. Doch während Sam bis zu seiner Begegnung mit Jake damit weitergemacht hatte, war Deacon schon mit Mitte Zwanzig davon abgekommen, als er seinen ersten Langzeit-Sub angenommen hatte. Danach hatte er noch andere Boys gehabt, doch Deacon schob die Erinnerung an Kades Vorgänger beiseite und konzentrierte sich wieder auf das Jetzt und darauf, was er Jake fragen musste. Er hatte Jake gleich gemocht, als er ihn kennengelernt hatte, und freute sich aufrichtig für seinen Freund. Hoffentlich konnten Sam und Jake ihm bei Kade helfen.

Deacon blickte auf, als Jake, gefolgt von Sam, die Küche betrat. „Danke, dass du dich mit Kade unterhalten hast."

Jake schüttelte den Kopf. „Das war keine Gefälligkeit. Wir waren Freunde, und ich habe ihn ehrlich vermisst. Ich habe versucht, mit ihm in Verbindung zu bleiben, aber außer zur Arbeit geht er anscheinend nie irgendwo hin. Und, na ja … er hat damals gesagt, dass er mich nie wiedersehen will." Jakes strahlendes Lächeln war nicht zu übersehen. „Ich bin so froh, dass er sich's anders überlegt hat."

„Ich wünschte, ich hätte gewusst, dass dein neuer Sub und mein Zahnarzt ein und derselbe sind", grummelte Sam. „In seiner Praxis ist er immer sehr beherrscht, fast distanziert. Hätte ich nie gedacht."

Deacon zuckte die Achseln. „Ich habe ihn nie bei der Arbeit erlebt, aber das ist jetzt nebensächlich. Eigentlich wollte ich dich gerade fragen", sagte er, an

Jake gewandt, „ob du mir bei dem, was ich dieses Wochenende mit Kade vorhabe, helfen würdest."

„Ich?", fragte Jake. Er legte den Kopf schief und nagte an seiner Unterlippe. „Ich habe nichts dagegen, mit anderen zu spielen, falls Sam das wünscht, aber …"

Deacon und Sam brachen in schallendes Gelächter aus.

„Nein, Liebling", sagte Sam. „Deacon möchte wissen, an welche von Kades Limits und Vorlieben du dich noch erinnerst."

„Oh!", quiekte Jake und bekam einen knallroten Kopf. „Ich … ich wollte nicht …"

„Schon okay, Jake", grinste Deacon. Sam hatte ihn schon vorgewarnt, dass Jake seine Frage wahrscheinlich so auffassen würde. Natürlich war es gut zu wissen, dass Jake eventuell später für eine gemeinsame Session mit Kade zu haben sein würde. Vielleicht. „Ich kann verstehen, wie du auf diesen Gedanken kommst. Aber was ich im Augenblick wirklich brauche, ist dein Gedächtnis."

9

DIE FRAGE, was Deacon wohl gerade für Pläne schmiedete, gab Kade ziemlich zu schlucken. Er wusste, dass die anderen in der Küche über ihn sprachen, konnte aber nichts hören, da die Tür zu war.

Sam kam zurück ins Wohnzimmer und setzte sich zu ihm. Er war nett und höflich, doch Kades Anspannung ließ erst nach, als Deacon und Jake ebenfalls wieder ins Zimmer traten.

Das Abendessen mit Jake und Sam verlief sehr angenehm. Kade saß auf seinem speziellen Kissen und Deacon fütterte ihn, berührte ihn aber auch sonst ständig mit einer Hand. Ob er ihm mit den Fingern durchs Haar fuhr, mit den Fingerspitzen die Kehle streichelte oder ihm nur die Hand auf die Schulter legte, Deacon hatte anscheinend beschlossen, die ganze Zeit über Körperkontakt mit Kade zu halten. Wobei Kade nicht viel besser war; Deacon erlaubte ihm, während des ganzen Essens mit einer Hand sein Bein umschlungen zu halten.

Für Jake hatte neben Kade ebenfalls ein Kissen bereitgelegen, wenn es auch dünner war und nicht die hohe Lehne hatte, die Kade brauchte. Dass Jake richtig darauf kniete störte Kade kaum, als er den stolzen Blick sah, mit dem Deacon ihn betrachtete.

Deacon ließ ihn während des ganzen Essens den Käfig tragen, und das war ein Erlebnis, das Kade nicht so schnell vergessen würde. Nicht mit den aufreizenden Küssen nach jedem Bissen Obst beim Dessert, dem bestrumpften Fuß, der seinen Hodensack und seinen eingesperrten Schwanz anstupste und liebkoste, und dem Wissen, dass Jake neben ihm dasselbe durchmachte.

Als die beiden Männer wieder gingen, beugte Jake sich zu Kade herab. Doch anstatt ihn nur zu umarmen, erschreckte er Kade mit einem leichten, flüchtigen Kuss auf die Lippen, ehe er sich verabschiedete. Kade saß immer noch wie erstarrt da, als die Haustür sich längst hinter den Gästen geschlossen hatte und er wieder mit Deacon in dem großen Haus alleine war.

„Bist du bereit, mit nach oben zu kommen, Boy?" Deacons Stimme war tiefer als zuvor in Anwesenheit ihrer Freunde; bei dem gebieterischen Ton wäre Kades eingesperrter Schwanz am liebsten steif geworden. Es war nicht angenehm, doch selbst diesen leichten Schmerz genoss er irgendwie.

„Ja, Sir. Soll ich erst noch meine Tasche holen?" Kade starrte auf Deacons Kehle; er konnte einfach nicht wegschauen, wollte aber zugleich seine Bereitschaft zur Unterwerfung zeigen.

Deacon umfasste Kades Wange und zeichnete mit dem Daumen die Kontur seiner Unterlippe nach. „Das wäre eine gute Idee. Ich habe einiges für uns geplant, also holst du am besten alles, was du brauchst, ehe wir raufgehen."

Kade blieb auf der Couch sitzen, während Deacon seinen Rollstuhl und seine Tasche die verzierte Treppe hinauftrug. Diesmal wusste Kade, was er zu tun hatte; nachdem Deacon ihn ebenfalls nach oben getragen hatte, rollte er direkt auf die Tür zum Spielzimmer zu. Drinnen zog er sich aus, faltete die einzelnen Kleidungsstücke zusammen und legte sie auf den kleinen Tisch neben der Tür. Es war ein umständlicher Prozess – wegen seiner Beine würde sich das auch nie ändern – aber er war zuversichtlich und erwartungsvoll, und deshalb fand er es auch längst nicht mehr so schlimm, dass er so lange brauchte. Anschließend rollte er in die Mitte des Zimmers, brachte sich so korrekt wie möglich in Position und wartete.

Deacon bewegte sich hinter ihm durchs Zimmer; Kade konnte ihn hören, aber nicht sehen, was Deacon gerade machte, denn dazu hätte er den Kopf drehen müssen.

Als Deacon endlich wieder etwas sagte, fuhr Kade leicht zusammen. Er hatte sich danach gesehnt, Deacons Stimme zu hören, aber in diesem Moment nicht damit gerechnet. „Du musst absolut ehrlich zu mir sein, Boy. Versprich mir, deine Safewörter zu benutzen, falls nötig." Deacon stand hinter ihm; eine große Hand ruhte jetzt auf seiner Schulter, die andere massierte ihm den Nacken. „Du wirst gefesselt sein und eine Augenbinde tragen. Ich will heute Abend den Rohrstock benutzen. Der Käfig kommt ab, aber ob du Erlösung findest oder nicht, entscheide nach wie vor ich."

Kade erschauerte. Was Deacon da beschrieb, wünschte er sich so sehnlich, dass er die köstliche, frische Schärfe des Schmerzes fast schon schmecken konnte. Er nickte, doch dann überlegte er noch mal. Seine früheren Doms hatten ihn mit dem Rohrstock meistens auf den Hintern oder die Beine geschlagen. In den Beinen hatte er kaum Gefühl, und sein Hinterteil war bestimmt auch nicht die beste Wahl, da er ständig darauf saß. Er kaute an seiner Unterlippe und überlegte, wie er seine Frage formulieren sollte, um keinen falschen Eindruck zu erwecken. Denn er wollte Deacon nur zu gerne zu Diensten sein. „Wo, äh, welcher Körperteil wird deine Schläge empfangen, Sir?"

„Dein Rücken, Boy. Du sollst sie spüren, aber ich will, dass du deine Selbstständigkeit behältst. Keine Sorge. Sobald wir begonnen haben, wird nicht mehr gesprochen." Deacons Atem streifte Kades Ohr. „Aber ich will dich stöhnen hören. Ich will deine Schreie. Alles, was du an Lust und Schmerz empfindest, wird laut zum Ausdruck gebracht." Er richtete sich auf und fügte mit lauterer Stimme hinzu: „Hast du verstanden?"

Kades Nicken war schnell und sein Lächeln breit, obwohl er wusste, dass Deacon es nicht sehen konnte. Es war ihm egal. Er vibrierte vor Verlangen, Deacon gefällig zu sein und alles zu empfangen, was Deacon ihm geben wollte.

„Ich muss die Worte hören. Ich habe dir doch gesagt, dass ich nicht ohne Einwilligung spiele."

„Entschuldigung. Ja, Sir. Danke, dass du mir die Chance gibst, dir zu dienen."

„Gut."

Deacon ging um Kade herum und blieb vor ihm stehen. Seine Füße waren nackt, ebenso sein Oberkörper, aber seine schwarze Hose saß immer noch tief auf seinen Hüften. Er nahm Kade den Käfig ab, jedoch nicht die Ringe um seinen Penis und Hodensack. Dann legte er Kade bäuchlings auf ein großes, keilförmiges Seitenschläfer-Kissen. Nachdem er ihn darauf ausgerichtet hatte, nahm Deacon ein langes, aufgerolltes schwarzes Seil zur Hand. „Ich werde dir die Augenbinde als letztes anlegen. Fürs Erste bleibst du einfach entspannt und sagst mir Bescheid, falls irgendwas wehtut."

Kade blieb stumm. Er wünschte, Deacon würde sich beeilen.

Doch anstatt sich weiter mit dem Seil zu beschäftigen fing Deacon an, Kade zu massieren. Er begann an Kades Schädelbasis und arbeitete sich über seinen Rücken bis zu seinem Hinterteil vor, zog ihm die Hinterbacken auseinander, ohne mit dem Streicheln und Kneten aufzuhören. Kade stöhnte bereits, als Deacon sein eines Bein seitlich abspreizte. Gleich darauf wurde sein anderes Bein spiegelbildlich dazu in Position gebracht, was Kade verwirrte. Es war eine merkwürdige Stellung, die einem seitlichen Spagat ähnelte. Doch der Grund dafür war ihm ein Rätsel.

Als nächstes kam der lange Bambusstab zum Einsatz, den Kade vorhin in der Ecke neben der Kommode gesehen hatte. Deacon platzierte ihn etwas unterhalb von Kades Leistenbeuge, parallel zu seinen Beinen, sodass sein schmerzhaft steifer Schwanz angehoben wurde und das Kissen kaum noch berührte. Kades Beine bildeten keine ganz perfekte Linie mit dem Stab, und Kade beschloss, künftig mehr Dehnungsübungen zu machen, um für seinen Herrn beim nächsten Mal besser zu sein.

„Wunderschön, Boy. Fesseln aus schwarzem Seil werden großartig zu deiner Haut passen."

Deacon fing mit Kades rechtem Fuß an, band den Knöchel an dem Bambusstab fest und arbeitete sich dann in einem kunstvollen Gittermuster an seinem Bein entlang nach oben bis zu Kades völlig bloß liegendem Hinterteil. „Nicht zu eng? Ich möchte nicht, dass du einen Krampf bekommst oder dir einen Muskel zerrst. Was du an Schmerzen empfindest, soll beabsichtigt sein und dich zum Fliegen bringen."

„N-nein, Sir. Ich trainiere meine Beine, um sie so gesund wie möglich zu halten, und ich bekomme keine Krämpfe, wie manche anderen sie haben."

Deacon hielt inne, um die Haut unter seinen Händen zu streicheln. Seine Fingerspitzen geisterten über Kades Anus und Damm, leicht und doch zugleich erregend. Kade wimmerte und bebte, er wollte, brauchte mehr. Dort hatte Deacon ihn bis jetzt noch nie berührt, obwohl er ihm schon an jenem ersten Abend befohlen hatte, sich innerlich wie äußerlich zu säubern und bereit zu halten.

„Ich liebe die Laute, die du von dir gibst." Deacon streichelte weiter aufreizend Kades Rosette, dann ließ er seine andere Hand weiter nach unten gleiten, um Kades Eier zu streicheln und leicht zu drücken. „Ich sollte vielleicht ein Foto von dir machen, wenn ich fertig bin. Dann könntest du selbst sehen, wie sexy du jetzt aussiehst."

Kade stöhnte und hoffte Deacon damit verständlich zu machen, wie dringend er sich das wünschte. Er legte sonst nicht sonderlich viel Wert darauf, sich selbst zu betrachten. Aber er wollte sehen, was Deacon mit ihm machte. Was das Endresultat sein würde.

Deacon machte sich daran, Kades linkes Bein genauso zu fesseln wie das rechte. Seine Lobesworte gingen weiter – für die Laute, die Kade von sich gab, wie reizend er mit seinen weit gespreizten, gefesselten Beinen aussah. Als Deacon mit beiden Beinen fertig war, griff er nach einem weiteren Seil. Er zog Kade die Arme über den Kopf, Handgelenke zusammen und fesselte ihm mit demselben Gittermuster die Unterarme bis zu den Ellbogen aneinander.

„Gott, so bist du wunderschön." Deacons Stimme war heiser, triefte vor Sex und versprach die denkbar herrlichsten Freuden. „Jetzt die Augenbinde."

Als Kade genau so war, wie Deacon ihn haben wollte – Hintern hochgestreckt, sodass sein Schwanz mit der Spitze gerade noch das merkwürdige Keilkissen berührte, Arme über dem Kopf gefesselt – kam Deacon um ihn herum und vergewisserte sich, dass die Augenbinde dicht saß. „Siehst du noch was?"

Kade schüttelte verneinend den Kopf.

„Gut. Ich gebe dir jetzt ein paar Schläge mit der flachen Hand auf den Po, damit du dich wieder an den Schock gewöhnst, geschlagen zu werden. Wenn du soweit bist, werde ich mit dem Flogger weitermachen und dann mit dem Rohrstock." Kade hatte den Rohrstock schon immer gemocht, gleich von Beginn seines Trainings an; er hatte keinen Zweifel, dass das immer noch so sein würde. „Wie lauten deine Safewörter noch mal?"

„Zitrone für gelb und Zimt für rot, Sir."

„Perfekt, Boy. Und vergiss nicht, ich will deine Lust hören."

Ehe Kade erneut nicken konnte, traf ihn der erste Schlag von Deacons Hand – nicht hart, aber spürbar. Vom dritten Schlag an breitete sich Wärme über seine Haut aus. Es tat nicht weh, aber Kades Schwanz war härter als je zuvor, und seine Muskeln spannten sich erwartungsvoll an. Die folgenden Schläge brachten ihn wieder zum Stöhnen; sein Herz pochte und ihm schwamm der Kopf vor Erregung und Verlangen.

Deacon flüsterte unablässig lobende Worte und hielt zwischendurch einmal kurz inne, um Kade zärtlich den Hintern und den Rücken zu streicheln. Danach machte er nicht mehr lange weiter, aber Kade wusste ja, dass es sich nur um eine Art Aufwärmübung handelte.

Deacon ging um ihn herum, und zum ersten Mal berührte etwas anderes als Deacons Hand leicht Kades Rücken. Sein Atem stockte.

„Bist du bereit?"

Kade nickte und stöhnte auf, da er seine Begeisterung nicht in Worte fassen durfte.

Deacon begann seinen Rücken mit einem Flogger zu bearbeiten. Er ließ es langsam angehen, doch schon der erste Schlag entriss Kade wieder ein Stöhnen. Er drängte sich den Hieben so gut er konnte entgegen; ihr brennender Schmerz erblühte auf seiner Haut und verwandelte sich rasch in Lust. Kade verlor sich in der Freude und Wollust an jedem einzelnen Schlag.

Als Deacon aufhörte und ihm plötzlich mit den Händen über den Rücken strich, die erhitzte Haut zu reiben begann, stöhnte Kade auf. Sein Körper schrie nach mehr, und Kade hätte Deacon am liebsten darum angefleht. Gerade noch rechtzeitig fiel ihm ein, dass ihm das nicht zustand – diese Entscheidung traf ganz allein sein Herr.

„Wunder-, wunderschön. Deine Schreie sind ein wahres Geschenk. Doch jetzt ist es Zeit für mehr, Boy. Wir beginnen mit drei Hieben. Du zählst sie mit, und du darfst mir auch danken, wenn du möchtest. Aber sonst kein Wort, vergiss das nicht."

Nur ein Wimmern entschlüpfte Kade, als er zitternd und wortlos um den Rohrstock bettelte, den Deacon ihm versprochen hatte. Sein Schwanz wurde noch härter und ihm stockte der Atem, als er den Rohrstock durch die Luft pfeifen hörte. Als der erste Schlag auf seinen Rücken klatschte, schrie Kade auf. Der Schmerz war so scharf, dass er das Mitzählen vergaß, bis er Deacons Stimme hörte. „Zählen, Boy."

„Eins", schluchzte Kade. „D-danke, Sir."

Der zweite Schlag traf ihn weiter oben und schmerzte noch schlimmer, weil Kade dort bereits Schmerzen hatte und weil er so erregt war. Er schrie erneut auf. „Zwei", stieß er mühsam hervor, kaum noch zum Sprechen imstande.

Beim dritten Hieb brüllte Kade. Sein Körper krümmte sich unwillkürlich, doch der Schmerz verwandelte sich in Wogen von Lust und Glückseligkeit, auf denen sein Geist schwerelos dahintrieb. Hände berührten ihn, eine umfasste seinen pulsierenden Schwanz. Finger drangen in ihn ein, dehnten ihn, glitten ein und aus.

Er hatte keine Ahnung, wie viel Zeit verstrichen war, als Deacons Stimme durch den Nebel drang, der seinen Geist umgab. „Komm für mich, Boy. Zeig' mir, wie viel du fühlst."

Ein Freudenschrei, ein lautes „Sir!" brach aus ihm heraus, und er stürzte ins Nichts. Die Welt versank, und zurück blieben nur Lust, wie er sie noch nie erlebt hatte und die Freude, seinen Herrn zufriedengestellt zu haben.

Irgendwann später öffnete Kade blinzelnd die Augen. Für einen Moment war er verwirrt: statt gefesselt auf dem Boden lag er auf der Seite, und Deacon hielt ihn eng umschlungen. Der Druck gegen seinen Rücken tat stellenweise höllisch weh, aber das hatte ihn vermutlich nur länger zwischen Sein und Nichtsein schweben lassen. Deacon hatte einen Arm um ihn gelegt und liebkoste seine Haut mit den Fingerspitzen.

„Willkommen zurück", murmelte er an Kades Ohr.

„Was? Äh, danke", krächzte Kade. Sein Hals tat weh, aber damit hatte er gerechnet. Er wusste, dass er geschrien hatte wie am Spieß. Blieb nur zu hoffen, dass die Nachbarn nichts davon gehört hatten.

Das tiefe, polternde Lachen an seinem Rücken brachte ihn zum Lächeln.

„Gern geschehen. Hier", fuhr Deacon fort und half ihm, sich umzudrehen. Deacon war völlig nackt und hielt ihm eine Flasche an die Lippen, gab ihm schluckweise kühles Wasser zu trinken. „Schön vorsichtig. Sobald ich sicher bin, dass es dir gut geht, mache ich dir einen heißen Tee. Deine Kehle muss ja ganz wund sein."

Kade trank weiter, aber die Idee mit dem heißen Tee fand er genial. Es war schon sehr lange her, seit er so geschrien hatte, aber *Gott!* „Ein Tee wäre schön, falls es dir nichts ausmacht."

„Ruh' dich aus. Ich bin gleich wieder da."

Deacon zog sich eine Schlafanzugshose an und verließ das Zimmer. Kade rollte sich wieder zusammen, umarmte Deacons Kopfkissen und drückte es fest an seine Brust. Er sah die Welt um sich herum immer noch ein bisschen wie im Nebel.

Deacon kam mit einer kleinen Teetasse in der Hand zurück, die er auf den Nachttisch stellte. Er streifte die Hose ab, legte sich wieder ins Bett und zog die Augenbrauen hoch. „Muss ich mir Sorgen machen?", fragte er mit Blick auf das Kissen, das Kade immer noch umklammert hielt.

„Nein." Kade ließ rasch das Kissen los, und Deacon lachte in sich hinein.

Er rutschte herum und zog Kade hoch, bis er an seiner Brust lehnte. Dann drückte er ihm die Tasse in die Hand. „Trink, und dann schlaf, Boy. Du hast das toll gemacht. Ganz großartig."

Kade trank und fand die Wärme wohltuender als die Flüssigkeit. Deacon streichelte ihn unablässig, hauchte ihm Küsse auf die Stirn, die Wangen und, nachdem Kade ihm die leere Tasse zurückgegeben hatte, auch auf die Lippen.

Sie legten sich wieder hin, und Kade schmiegte sich sofort wieder an Deacon, so gut er nur konnte. Kurz vor dem Einschlafen schaffte er es noch, einen Gedanken in Worte zu fassen, wenn auch seine Stimme nicht so laut war wie normal. „Das war, du warst ... wundervoll."

Er glaubte noch zu hören, dass Deacon ihn das wahre Wunder nannte, aber er war zu müde und zu glücklich, um sich zu konzentrieren. Nur einen leisen Seufzer brachte er noch zustande, ehe Deacons Herzschlag und das Heben und Senken seiner Brust ihn vollends in Schlaf wiegten.

DEACON SAH Kade beim Schlafen zu. Der Mann in seinen Armen erstaunte ihn zutiefst. Er hatte Kade in einem vor Beginn ihrer Session aufgestellten Spiegel aufmerksam überwacht und war dankbar, den Moment seines Übergangs von Schmerz/Lust zu Subspace und Glückseligkeit nicht verpasst zu haben. Deacons aufrichtige Besorgnis, Kade könnte vielleicht nicht bereit oder nicht fähig sein, sowohl den Flogger als auch den Rohrstock zu verkraften, hatte sich als unbegründet herausgestellt. Kade hatte seine Erwartungen weit übertroffen und damit fast Deacons Pläne über den Haufen geworfen. In diesem Moment hätte er um ein Haar seinem Verlangen nachgegeben und sich mit einem einzigen Stoß tief in seinen Boy hineingerammt. Doch wenn er sich zum ersten Mal in Kade vergrub, wollte er das außerhalb des Spielzimmers tun, ohne den Schmerz. Er musste seinem schönen, eigensinnigen Boy unbedingt zeigen, dass er als Mann so begehrenswert war wie als Sub.

Ein Seufzer entschlüpfte ihm, als er Kade über den Kopf streichelte. Er hing jetzt schon viel mehr an diesem Mann, als er eigentlich sollte, aber sein Herz hörte eben nicht auf seinen Verstand. Deacon runzelte die Stirn. Er wusste nicht einmal, ob Kade wirklich eine Beziehung wollte oder nur so ausgehungert war nach Berührung und Dominanz, dass er auf Deacons Annäherungsversuche einging, ganz gleich, wer der Dom war. Deacon wusste, was er wollte. Aber er wusste auch, dass Kade noch nicht bereit war, eine längerfristige Beziehung einzugehen. Hoffentlich würde sich das mit der Zeit ändern.

Statt weiter zu grübeln und sich damit um den Schlaf zu bringen wie beim letzten Mal zwang Deacon seinen Verstand zur Ruhe und konzentrierte sich auf Kades langsame, gleichmäßige Atemzüge.

„Dich behalte ich, Boy", flüsterte er, legte sich bequemer hin und zog Kade enger an sich. „Du weißt es noch nicht, aber irgendwann wirst du wirklich mir gehören. Und wenn die Zeit gekommen ist, wirst du mehr als einen Käfig für mich tragen."

Das letzte, was er hörte, war ein gedämpftes „Behalte mich, bitte" von Kade. Er war nicht mehr wach genug, um dahinterzukommen, ob Kade ihn gehört hatte oder nicht. Hoffentlich nicht, obwohl ihn der Gedanke, dass wenigstens ein Teil von Kade länger als nur eine Nacht bei ihm bleiben wollte, vor Freude zittern ließ.

10

„KADE", FLÜSTERTE Deacon. Er hielt seinen Boy immer noch in den Armen und schmiegte sich an seinen Rücken, zärtlich, aber bereits wieder erregt.

Das Stöhnen, mit dem Kade sich enger an ihn kuschelte, steigerte nur Deacons Verlangen, zum nächsten Teil seines Plans überzugehen. „Morgen, Sir."

Es hätte nur einen kleinen Ruck gebraucht, und Deacons Schwanz wäre mühelos in Kades warmen, engen Hintern geschlüpft. Aber das wollte er jetzt noch nicht. „Guten Morgen. Wenn du soweit bist, gehst du bitte ins Bad und machst dich für den Morgen fertig. Danach möchte ich, dass du – nur in Pyjamahosen, bitte – oben an der Treppe auf mich wartest."

Kade drehte sich mit dem Gesicht zu Deacon. Er bekam die Augen noch nicht ganz auf und seine Haut war immer noch weich vom Schlafen. Für Deacon hatte er noch nie besser ausgesehen. „Okay." Er kuschelte sich an Deacons Brust; sein Atem streifte kitzelnd durch die Haare dort. „Käfig oder nicht?"

„Noch nicht, Kade. Später lege ich ihn dir an, aber fürs Erste habe ich andere Pläne. Ich komme bald wieder, also ruh' dich noch ein bisschen aus, wenn du willst, dann mach' dich fertig." Deacon drückte ihm einen Kuss auf den Scheitel, seufzte und umarmte ihn fest. Sie mussten über den gestrigen Abend sprechen, aber ... später.

Deacon ging in die Küche und begann, ein leichtes Frühstück für sich und Kade vorzubereiten. Kurz darauf kam Rose herein, einige Einkaufstüten in den Händen. „Morgen, Mr. James."

„Ich bin mir ganz sicher, dass ich Sie schon mal gebeten habe, mich Deacon zu nennen", neckte er. Sie würde ihn natürlich ignorieren wie üblich, aber er versuchte es trotzdem immer wieder.

„Mmm-hmm, kann schon sein. Also, wo steckt Ihr Süßer?", fragte sie und blickte sich um, als könnte Kade sich irgendwo versteckt haben. „Ich hab' den Kräuterfrischkäse besorgt, den er so gerne mag, und dazu ein paar Bagels zum Frühstück."

„Er ist oben, Rose. Und – Moment mal, haben Sie Bagels und Frischkäse gesagt?" Deacon hasste Bagels, obwohl er wusste, dass er damit in der Minderheit war. Als Rose und Kade sich letztes Wochenende über Lebensmittel unterhielten, hatte Deacon irgendwie geistig abgeschaltet, da ihn so abartige Sachen wie Bagels und Sandwiches nicht interessierten.

Sie kicherte, ein breites Grinsen auf dem Gesicht. „Ja, hab' ich, aber keine Sorge. Ich hab' Ihnen auch Ihr Lieblings-Toastbrot mitgebracht. Und" – sie hielt inne und schielte über seine Schulter nach dem Eiweiß-Omelett, das er gerade zubereitete – „das passt auch bestimmt gut zu dem, was Sie da machen." Rose blickte sich erneut um. „Sein Sitz-Dings steht ja gar nicht in der Frühstücksnische? Da brauchen Sie doch bestimmt das Serviertablett."

„Ja, bitte." Er betrachtete stirnrunzelnd das Brot und die Bagels, die sie neben ihn auf die Arbeitsfläche gelegt hatte. Nachdem er einen Bagel und zwei Scheiben Bio-Weizenvollkornbrot in den Toaster gesteckt hatte, ging er wieder an seine Frühstücksvorbereitungen.

Wenige Minuten später machte Rose sich auf den Weg, um seine Sachen aus der Reinigung zu holen. Deacon belud das Serviertablett mit zwei Omeletts, frischem Obst, einem Teller mit Toast und einem mit Bagel, Saft, Besteck und Servietten und brachte alles nach oben. Dort angekommen stellte er fest, dass Kade ihn bereits erwartete. Wie befohlen trug er nur eine Schlafanzugshose aus dunkelgrauem Satin und sonst nichts. „Hallo, mein schöner Boy." Er beugte sich vor und hauchte Kade einen flüchtigen Kuss auf die Lippen. Sie schmeckten nach Pfefferminz-Zahnpasta. „Komm mit, bitte."

Deacon ging weiter den Flur entlang, vorbei am Spielzimmer und am Gästebad, und blieb vor der Tür zu seinem Schlafzimmer stehen. „Das hier ist mein Zimmer, Kade. Ich würde gerne mit dir zusammen im Bett frühstücken, aber wo du sitzt und wie du dich benimmst, bleibt dabei vollkommen dir überlassen. Ich möchte, dass wir hier drinnen nur Kade und Deacon sind."

Er stellte das Serviertablett auf den Nachttisch, dann wandte er sich zu Kade um und sah ihn erwartungsvoll an. Kade blickte sich mit wachen Augen rasch im Zimmer um, und Deacon wunderte sich schon, doch dann erhellte ein strahlendes Lächeln Kades ganzes Gesicht. „Dein Zimmer ist toll, Deacon. So offen." Er rollte zu den großen Fenstern mit der gepolsterten Sitzbank davor und schaute hinaus. „Und mit Blick auf den Wald hinter dem Haus."

Deacon stellte sich hinter ihn und legte seine Hände auf Kades nackte Schultern, streichelte sie zärtlich mit den Daumen. „Ich lese gern, und das Licht hier ist perfekt. Die Aussicht auch. Hast du Hunger? Ich will nicht, dass es kalt wird."

„Stimmt, entschuldige. Es ist nur, dieses Zimmer ist ganz du. Es gefällt mir sehr." Kade drehte sich um und rollte zum Bett. Sie machten es sich bequem, die Bettdecke über den Beinen. Mit Schultern, Seiten und Schenkeln aneinander gelehnt begannen sie zu essen. „Das ist wirklich gut. Hat Rose es gemacht?"

„Nein, ich. Den Bagel hat allerdings sie gekauft", antwortete Deacon. Es kümmerte ihn nicht, dass ihm seine Abneigung gegen die teigigen Dinger deutlich anzuhören war. „Ich wollte mich mit dir ein bisschen über gestern Abend unterhalten."

Kade schluckte den Bissen, den er im Mund hatte. Sein Blick huschte kurz über Deacons Gesicht, doch zu Deacons Leidwesen schaute er gleich wieder weg. „Hab' ich was falsch gemacht?" Seine Stimme war so leise, das Deacon ihn kaum verstehen konnte.

„Nein, du hast nichts falsch gemacht. Aber du hast gestern Abend zum ersten Mal Schmerz von mir empfangen – überhaupt zum ersten Mal wieder seit Langem, nach dem, was du gesagt hast. Und du bewegst dich heute sehr behutsam. Ich will, dass du deine Zeit im Spielzimmer genießt und nicht lediglich erträgst."

Kade hob ruckartig den Kopf und sah Deacon endlich direkt in die Augen. „Ich war ein bisschen durcheinander wegen der Position und so, aber nein, alles war wundervoll. Ich, äh, früher war ich viel besser, hatte mehr Ausdauer, konnte mehr Schläge aushalten, und das werde ich alles wieder lernen, wenn du es mir erlaubst. Aber nein, der Abend gestern war …" Kade erschauerte und starrte mit geweiteten Pupillen auf einen Punkt oberhalb von Deacons Schulter.

„Das freut mich."

„Hast du wirklich ein Foto gemacht, wie du gesagt hast? Als ich gefesselt war?"

Deacon lachte leise über die schüchterne und doch eifrige Frage. „Oh ja, das habe ich – eins bevor wir angefangen haben und noch eins, bevor ich dich losgebunden und ins Bett getragen habe. Sobald du fertig bist mit Essen darfst du dir sogar anschauen, wie schön du in deiner Hingabe warst."

Kade nickte und aß weiter, jetzt etwas schneller als zuvor. Belustigt machte Deacon sich ebenfalls wieder ans Essen. So gern er auch einfach nur Zeit mit Kade verbrachte – er brannte schon darauf, zum nächsten Teil des Morgens überzugehen.

Als sie beide fertig waren, stellte Deacon das Tablett auf den Fußboden und drehte sich zu Kade um. Er ließ seine Finger über eine von Kades kleinen Brustwarzen geistern und malte sich aus, wie sie mit Nippelklemmen aussehen würden, schob jedoch den Gedanken sofort wieder entschlossen beiseite. Was jetzt kam, würden sie als Gleichgestellte tun, nicht als Dom und Sub. Bei der Art, wie Kade unter der leichten Berührung erschauerte, wurde Deacon ganz warm. Doch er ließ sich Zeit, streichelte seinen Geliebten zärtlich, zeichnete mit den Fingern die Konturen von Kades Brust– und Bauchmuskeln nach und genoss sein hinreißendes leises Wimmern. Kades Hände zuckten immer wieder, als wollten sie nach ihm greifen, machten jedoch keine Anstalten, ihn zu berühren. „Kade, du brauchst keine Erlaubnis, um mich zu berühren. Du hast sie."

Die Reaktion erfolgte augenblicklich. Kade riss ihn an sich und küsste ihn mit einem Hunger, der an Gewalttätigkeit grenzte. Deacon summte in den Kuss, verschlang Kades Lippen und tiefes Knurren und überließ sich mit wahrer Wollust Kades Händen, die plötzlich überall zugleich waren. Er konnte nicht genug davon bekommen, den Mann in seinen Armen zu schmecken, zu hören und zu spüren.

Er drängte sich an Kade und schob sich über ihn, bis er in dem V zwischen seinen Beinen lag. Haut an Haut mit seinem schönen Geliebten rutschte er tiefer, küsste und knabberte sich an Kades Brust entlang zu den Nippeln, die er ausgiebig mit Zähnen und Zunge reizte, und weiter bis zum Bauch. Hier hielt er inne, um sich eine Zeit lang dem Bereich um den Nabel zu widmen. Dann hob er den Kopf und schnappte nach Luft, als er zu Kade aufblickte. Kades Hände hatten die ganze Zeit über nicht von ihm abgelassen. Sie waren von seinem Rücken zu seinen Schultern geglitten und hatten sich dann in sein Haar gewühlt. Seine perfekten Lippen waren vom Küssen geschwollen, und dazwischen quoll das süßeste leise Seufzen und Wimmern aller Zeiten hervor.

„Ich will in dir sein, Kade."

Kade schluckte krampfhaft. „Du … Wirklich?"

„Gott, ja. Aber nur, wenn du das auch willst."

„Ja. Oh ja. Bitte."

Deacon half Kade aus der Hose und zog sich dann ebenfalls aus, wobei Kade ihn mit den Blicken verschlang. Deacon genoss das in vollen Zügen. Er holte das Gleitgel und ein Kondom aus der Nachtischschublade, dann stieg er wieder ins Bett. Er wusste, dass Kade vorbereitet sein würde, und Deacon hatte ihn erst gestern Abend noch zusätzlich gedehnt, wenn auch nur mit den Fingern. Trotzdem ließ er sich Zeit. Um nichts in der Welt wollte er seinem schönen Boy echte Schmerzen bereiten.

Er legte Kades Beine weiter auseinander und wärmte das Gel in der hohlen Hand an, dann schob er ihm einen Finger zwischen die Hinterbacken und fuhr damit die Ritze entlang, hin und her, ohne anzuhalten, als er die Rosette streifte. Bei dem Gedanken, endlich in Kade zu sein, war ihm allerdings selbst nicht mehr groß nach Vorspiel zumute.

„Oh Gott! Bitte, Deacon", flehte Kade, der bereits zitterte.

„Kannst du deine Beine halten?" Als Kade nickte, hob Deacon eins nach dem anderen an und achtete darauf, dass Kade seine Oberschenkel gut im Griff hatte, ehe er losließ. „Verdammt! So wunderschön."

Deacon nahm sich viel Zeit, die enge Öffnung zu weiten, erst nur mit einem Finger, dann mit zweien, dann mit dreien; er benutzte reichlich Gleitgel und fickte Kade mit den Fingern, die er immer weiter spreizte. Er lächelte, als Kade wimmerte, und zielte absichtlich alle paar Stöße genau auf die Stelle, die Kade am glücklichsten machte.

Als Deacon seine Finger herauszog, knurrte Kade unmutig, hörte aber sofort wieder damit auf, als Deacon die Kondomverpackung aufriss. Ihre Blicke trafen sich; Kades Pupillen waren geweitet, sein Blick bereits glasig. Deacon streifte sich hastig das Kondom über und gab reichlich Gleitgel auf seinen Schwanz, dann brachte er sich in Position. Sie waren zwar erst seit dem letzten Wochenende zusammen, doch als er zum ersten Mal langsam in Kade eindrang, machte sein Herz einen ganz eigentümlichen Sprung. Mit jedem sanften, wiegenden Stoß tauchte er behutsam tiefer in Kades heißen, straffen kleinen Hintern ein.

Endlich war er ganz drin und spürte, wie eng Kade ihn umfing. Er hielt kurz inne, um wieder zu Atem und etwas zur Ruhe zu kommen, dann legte er sich Kades Beine über die Schultern und begann sich zu bewegen. Er machte langsame, tiefe Stöße, zog sich jedes Mal fast ganz aus Kade zurück und füllte ihn wieder aus. Doch schon bald mischte sich Kades Stöhnen und Betteln mit seinem eigenen Verlangen und trieb ihn zu größerer Eile.

Mit einem Ruck schüttelte er sich Kades Beine von den Schultern, hielt sie fest und spreizte sie noch weiter. Mit zuckenden Hüften trieb er sich immer tiefer in Kade hinein, stieß immer schneller und härter zu. In diesem atemberaubenden Tempo machte er weiter und genoss in vollen Zügen, wie perfekt Kade sich anfühlte, wie er sich an Deacons Unterarmen festklammerte und wie er ununterbrochen die köstlichsten Laute von sich gab.

Deacon küsste ihn, stieß ihm die Zunge in den Mund, da er jetzt unbedingt auf jede nur mögliche Weise in Kade sein musste. Sie küssten sich und ihre Körper bewegten sich im Einklang. Doch als Deacon den Winkel seiner Stöße leicht veränderte, warf Kade den Kopf zurück, heulte auf und drosch unter ihm wild mit den Armen um sich.

Das brachte Deacon vollends um die Beherrschung. Mit zusammengebissenen Zähnen befahl er Kade, sich den Schwanz zu reiben. Er schaffte noch einige wenige Stöße, dann hielt er es nicht mehr aus. „Komm für mich", fauchte er und hoffte, dass Kade ihn hören konnte und reagieren würde wie beim letzten Mal. Sekunden später fielen Deacon die Augen zu, und er brüllte seine Erlösung hinaus.

Verloren in Gefühlen hörte er gerade noch, wie Kade „Fuck!" schrie. Deacon bekam die Augen weit genug auf, um zu sehen, wie ein Schwall milchiger Flüssigkeit nach dem anderen aus Kade herausschoss und lange Spritzer auf ihre Haut malte. Etwas davon landete sogar in Kades Gesicht, so heftig warf er sich hin und her.

Deacon ließ Kades Beine los und brach über ihm zusammen. Kade klammerte sich an ihm fest und rang keuchend nach Luft, während Deacon sich bemühte, sich und ihn wieder zu beruhigen. Er blieb in Kade, da er noch nicht bereit war, sich vom Fleck zu rühren. Als Kade endlich die Augen öffnete und ihn wieder ansah, lächelte Deacon. „Hallo", sagte er, dann beugte er sich vor und leckte ihm einen Spritzer Sperma von der Wange. „Verdammt, du schmeckst so gut, wie du dich anfühlst, Baby."

Kade wurde rot. *Nach allem, was wir miteinander gemacht haben, bringt ihn ausgerechnet das jetzt zum Erröten?*, dachte Deacon amüsiert.

„Du … das … oh mein Gott, du bringst mich noch um", stammelte Kade und endete mit einem Kichern.

„Äh, nein. Du kannst weder mein Freund noch mein Sub sein, wenn du tot bist."

„Dein Freund? Wirklich?"

Deacon nickte. „Das möchtest du doch sein, stimmt's? Nicht nur mein Sub." Beides war eigentlich keine Frage, aber er hielt es trotzdem für angebracht, es einmal deutlich auszusprechen.

„Ich … ja, natürlich. Danke."

„Danke?" Deacon neigte verwundert den Kopf zur Seite.

Kade nickte und lächelte. „Weil du das Risiko mit mir eingegangen bist. Ich weiß, wie schwierig es für di – Oh", stöhnte er auf, als Deacon sich schließlich doch aus ihm zurückzog und von ihm herunter rollte.

Deacon kümmerte sich um das Kondom, dann zog er Kade wieder an sich und legte sich zurecht, bis Kade wieder an seiner Brust lehnte. Mittlerweile hielt er ihn so am liebsten in den Armen. „Du redest, als würde ich dir einen Gefallen tun, aber das stimmt nicht. Ich wollte dich vom ersten Abend an, seit dieser Party bei deiner Freundin. Je länger ich mit dir zusammen bin, desto mehr will ich."

„Aber auch als Sub, oder? Ich will dir auch dienen. Das eben war wundervoll", schob Kade hastig nach und bekam schon wieder rosa Wangen dabei. „Aber der Abend gestern …"

„Natürlich bist du immer noch mein Sub. Ich habe keinerlei Interesse an einer Vanille-Beziehung. Aber ich will, dass wir uns nicht nur auf das beschränken, was wir im Spielzimmer tun. Ich will dein Lover sein, nicht nur dein Dom."

„Das will ich auch, Deacon. Sir."

„Lass mich dich mal sauber machen, und dann können wir noch ein bisschen schlafen, bevor wir wirklich in den Tag starten."

Deacon suchte alles Nötige zusammen, und bald waren sie beide sauber, trocken und trugen wieder ihre Schlafanzugshosen.

Später, als sie beide wieder wach waren, unterhielt Deacon sich eine Weile mit Kade, lernte ihn besser kennen und erzählte ihm im Gegenzug dazu mehr von sich. Als Kade die Fotos erneut zur Sprache brachte, lachte Deacon leise über den Eifer seines Boys, sich selbst in Fesseln zu sehen. Lächelnd entschuldigte er sich kurz und kam gleich darauf mit seinem Laptop zurück. Er hatte die Bilder von seiner Digitalkamera heruntergeladen und im Bildbetrachtungsprogramm geöffnet, um sie Kade zu zeigen.

„Ich habe drei Fotos gemacht. Eins vor Beginn unserer Session, nachdem ich dich bereits gefesselt hatte, und dann noch zwei hinterher."

„Warum zwei hinterher?" Kade starrte den Computer unverwandt an, obwohl Deacon ihn immer noch nicht so gedreht hatte, dass er die Bilder sehen konnte.

„Das will ich dir zeigen. Der Grund dafür wird dir bestimmt sofort klar, wenn du sie siehst." Deacon setzte sich neben ihm aufs Bett und drehte den Monitor so, dass Kade die Bilder sehen konnte. Wie angekündigt zeigte das erste Kade an den Bambusstab gefesselt. Es war aufgenommen aus einer Perspektive, die das komplizierte Gittermuster aus schwarzem Seil perfekt zur Geltung brachte und auch, wie offen er in dieser Haltung war, mit verbundenen Augen und die Arme über den Kopf gestreckt.

Das nächste entlockte Kade ein Aufkeuchen. Er befand sich immer noch in derselben Position, aber die Handabdrücke von Deacons Schlägen und die Striemen des Floggers auf seinem Rücken waren so klar im Bild wie die Anstrengung, mit der er an seinen Armfesseln zerrte und den Rücken wölbte, als strebte er dem nächsten Schlag entgegen. „Das ist …"

„Atemberaubend? Irrsinnig sexy?"

Kade nickte. Er streckte die Hand aus und zeichnete mit einem Finger die Wirbelsäule und die Beine seines Abbilds nach. „So sehe ich gar nicht verkrüppelt aus."

Deacon wusste, dass er ein finsteres Gesicht machte, aber es kümmerte ihn nicht. „Du bist nicht verkrüppelt, Kade. Den Arschlöchern, die dir das eingeredet haben, würde ich am liebsten die Hälse umdrehen."

Doch Kade ließ nicht erkennen, ob er ihn überhaupt gehört hatte. „Und das letzte?"

„Das letzte gefällt mir am besten von allen." Deacon tippte das Touchpad des Laptops an, und das Bild wechselte erneut.

Wiederum hatte Kade seine Haltung eigentlich kaum verändert, aber jetzt waren die Striemen von der Züchtigung mit dem Rohrstock deutlich zu sehen. Außerdem war sein Rücken überzogen von Deacons Sperma. Er hatte sich an seinen Vorsatz gehalten und Kade nicht gleich bei ihrer ersten Session genommen. Doch das Verlangen hatte ihn so gequält, und die Male auf seinem Boy waren so wunderschön gewesen, da hatte er nicht widerstehen können und ihn auch noch mit seinem Samen gezeichnet. Seiner ganz persönlichen Meinung nach war Kade der schönste Sub, den er je gehabt oder gesehen hatte.

„Oh, mein … Hier kann man sehen, dass ich fliege, meine Tränen", flüsterte Kade andächtig.

Seine Stimme klang seltsam wässrig. Als Deacon ihn ansah, stellte er fest, dass Kade die Tränen über die Wangen rannen. „Aber du weinst ja, mein süßer Boy. Was hast du denn?"

„Ich dachte, ich würde nie wieder fliegen, geschweige denn je wieder so dienen können." Kade wandte sich ab und wischte sich hastig die Augen. „Tut mir leid."

Deacon fasste Kades Kinn mit festem Griff und zog sanft, aber bestimmt, bis Kade ihn wieder ansah. „Entschuldige dich nie, nie wieder dafür, so zu sein, wie du bist. Wie perfekt du mir dienst. Dass du Freude empfindest. Tränen sind kein Zeichen von Schwäche", fügte er hinzu, da Kade ganz verwirrt wirkte. „Deine Freude, dein Schmerz, deine Lust – das gehört alles mir, ob ich gerade bei dir bin oder nicht. Du bist jetzt mein Boy." Deacon senkte den Kopf und gab Kade einen sanften Kuss, der seinem Boy hoffentlich zeigen würde, wie sehr er begehrt wurde und wie gut er Deacon gefiel – sowohl innerhalb einer Session als auch außerhalb.

Als sie wieder zum Luftholen auftauchten, rang Kade nach Luft. Dann wurde er rot. „Kann ich" – er schluckte, atmete einmal tief durch und setzte neu an: „Kann ich Kopien haben?"

Interessant. „Aber gern." Kades strahlendes Lächeln gefiel Deacon noch besser, als er erwartet hatte. „Soll ich sie dir ausdrucken? Das letzte will ich sowieso vergrößern und rahmen lassen."

„Was!"

„Nur für unsere privaten Zwecke, natürlich." Nicht zu lachen, als Kade einen feuerroten Kopf bekam und den Mund aufsperrte, fiel Deacon schwer, aber irgendwie schaffte er es. „Aber jetzt sollten wir erst mal aufstehen und was Richtiges mit unserem Tag anfangen, findest du nicht?"

11

DAS LÄUTEN seines Handys lenkte Kades Aufmerksamkeit vom Monitor seines Computers ab. Er blinzelte, um seinen Blick neu zu konzentrieren, dann griff er nach dem Mobiltelefon. „Hallo?"

„Hey, Kade." Jakes Stimme klang munter und gut gelaunt. „Störe ich dich gerade?"

Kade warf einen weiteren Blick auf den Monitor und überlegte, aber er hatte eigentlich nicht mehr allzu viel zu tippen. „Nicht direkt, und außerdem brauchen meine Augen sowieso mal eine Pause. Was gibt's?"

Jake antwortete nicht sofort, und sein Schweigen machte Kade nervös. Dann sagte Jake mit leiser, beinahe schüchterner Stimme: „Ich wollte dich fragen, ob du, äh, Lust hättest, heute Abend mit mir essen zu gehen. Einfach mal gemütlich irgendwo zusammensitzen und quatschen. Wir haben uns so viel zu erzählen." Am anderen Ende der Leitung raschelte etwas. „Du musst nicht, wenn du nicht willst. Aber ich dachte, das wäre doch vielleicht ganz nett."

„Ich glaube" – fing Kade an, aber dann hielt er inne und überdachte seine Antwort noch mal. Er hatte seinen Freund vermisst, und eigentlich sprach nichts dagegen, mit ihm essen zu gehen. Nun ja, je nachdem, wo Jake hin wollte. „Doch, das finde ich auch. Aber nicht im Club. Irgendwo anders."

Für einen Moment hörte Kade nur ein lautes Ausatmen von Jake. Als er dann zu reden begann, schneller diesmal, klang er wieder mehr wie er selbst. „Nein, nein, ist schon okay. Wie wär's mit dem Mela in der Innenstadt? Ich teile auch meine Calamari Porichachu mit dir", trällerte er.

Kade liebte indisches Essen, was Jake offenbar nicht vergessen hatte, verdammt sollte er sein. „Mmmm … abgemacht." Kade schaute auf die Uhr, dann fuhr er fort: „Treffen wir uns dort gegen halb sieben?"

„Geht klar. Und Kade?"

„Ja?"

„Danke, dass du ja gesagt hast."

Ehe Kade etwas darauf erwidern konnte, hatte Jake bereits aufgelegt. Leise vor sich hin lachend über Jakes Benehmen schüttelte Kade den Kopf und machte sich wieder an seine Arbeit, um rechtzeitig fertig zu sein.

In den letzten zwei Wochen hatte er ein paarmal mit Jake gesprochen, aber nie allein. Deacon oder Sam – manchmal auch beide – waren immer dabei gewesen, und sei es nur im Hintergrund, während Kade und Jake miteinander telefonierten.

Etwas später, als er über den Parkplatz zu seinem Auto rollte, dachte er an die Zeit vor dem Überfall zurück, als er und Jake gelegentlich gemeinsam einem

Dom gedient hatten. Er hatte sich körperlich zu Jake hingezogen gefühlt, keine Frage, ihn aber immer nur als Freund gesehen. Daran hatte sich nichts geändert, nur dass sie jetzt nie wieder eine gemeinsame Session erleben würden. Kade war immer noch völlig schockiert, dass Deacon ihn weiterhin wollte – obwohl Deacon sich weigerte, unter der Woche mehr zu machen als milde Orgasmuskontrolle und –verweigerung. Kade konnte die Logik seines Doms nachvollziehen, war aber trotzdem manchmal frustriert. Dass sie unter der Woche morgens und tagsüber nicht zusammen sein konnten bedeutete auch, dass Deacon nicht für ihn da sein konnte, wenn er reizbar oder überempfindlich war, was nach einer tief gehenden Session manchmal vorkam. Und obwohl Kade all das wusste, wollte er trotzdem mehr. Nicht dass er je darum bitten oder darauf drängen würde, aber er wollte dennoch.

Erst auf der Fahrt zum Mela merkte Kade, dass er wirklich hungrig war. Er fuhr die Lexington Avenue entlang und bewunderte unterwegs das nostalgische Kleinstadt-Flair der vielen Geschäfte und Straßencafés. Als er gegenüber der rotgestrichenen Ziegelfassade des Mela am Straßenrand anhielt, vibrierte er geradezu vor Aufregung. Jake wartete draußen; ein strahlendes Lächeln erhellte sein Gesicht, als sich ihre Blicke begegneten. Kade parkte und stieg in seinen Rollstuhl um. Er wartete eine Lücke im Verkehr ab und überquerte dann die Straße. Sein Freund stand unter einem Baum nahe der Eingangstür und trat von einem Fuß auf den anderen. Es war schon ein, zwei Minuten nach halb sieben, und Kade legte Wert auf Pünktlichkeit. Außerdem hasste er es einfach, Jake warten zu lassen.

„Hey. Ich hoffe, du wartest noch nicht lange."

„Nein. Aber ich habe uns schon angemeldet, also können wir gleich reingehen."

Jake trat vor und breitete die Arme aus, doch dann zögerte er. „Darf ich?"

Kade grinste. „Na klar."

Jake bückte sich und umarmte Kade fest. Ehe er sich wieder aufrichtete, gab er ihm einen sanften, leichten Kuss auf die Lippen. „Ich hab' dich so vermisst, Schatz."

„Ich … wir reden drinnen weiter, okay? Ich bin am Verhungern."

Jake hielt ihm die Tür auf und winkte ihn hinein. Drinnen roch es köstlich; Kade schaute sich um, ließ die elegante Atmosphäre auf sich wirken. Die Hostess führte sie zu einem kleinen, weiß gedeckten Tisch, an dem ein Stuhl bereits fehlte, sodass Kade mühelos Platz nehmen konnte. „Hier war ich schon ewig nicht mehr. Danke für die Einladung."

Jake lachte leise. „Wenn ich mich recht erinnere, hast du früher immer am liebsten indisch gegessen. Und außerdem ist das hier sowieso mein Lieblingslokal." Eine Kellnerin trat an den Tisch, schenkte jedem ein Glas Eiswasser ein und nahm ihre Bestellung auf. Sobald sie wieder ungestört waren, griff Jake über den Tisch und nahm Kades Hand. „Also, was wolltest du vorhin sagen? Ich will nämlich nicht, dass du dich hier zu irgendwas gedrängt fühlst."

„Nein, ganz bestimmt nicht. Bloß … na ja, ich habe dich vermisst und mich schon damals dafür gehasst, dass ich dich weggeschickt habe, kaum dass du die Tür draußen warst. Aber …" Kade biss sich auf die Unterlippe. Er wusste einfach nicht, wie er es erklären sollte. „So gern ich dich als Freund behalten hätte, ich konnte den Gedanken nicht ertragen, dass du warst, was ich nie wieder sein konnte."

„Kade, du weißt doch" –

„Nein, lass mich ausreden", fiel Kade ihm ins Wort. Wenn er jetzt nicht alles auf einmal herausbrachte, würde er das womöglich nie schaffen. „Nach der Reha war ich tatsächlich mal im Fierce und auch in einem von den anderen Clubs. Aber entweder wurde ich komplett ignoriert, oder … in diesem anderen Club haben sich einige Subs, mit denen ich früher öfter zusammen war, über mich lustig gemacht. Nach dem Motto, dass mich doch kein Dom je wieder anschauen, geschweige denn sich freiwillig mit einem Krüppel wie mir abgeben würde."

„Kade!", unterbrach Jake mit harter, wenn auch verhaltener Stimme. „Wir wissen doch alle, dass manche Leute ihre Eifersucht gern an anderen auslassen. Du warst immer sehr beliebt bei den Doms."

„Spielt keine Rolle. Sie hatten recht, jedenfalls teilweise. Die Doms haben mich wirklich ignoriert, und ich kann vieles nicht mehr. Aber darum geht es mir hier gar nicht. Ich wollte eigentlich darauf hinaus, dass ich erst verbittert war und dann kein Mitleid wollte. Es tut mir leid, und ich bin wirklich froh, dass du wieder da bist."

Jake drückte Kade leicht die Hand, ohne sie loszulassen. „Oh Schatz, ich wünschte, ich hätte das gewusst. Aber was vorbei ist, ist vorbei. Ich möchte neu anfangen und vorwärts blicken. Und hey, wir haben beide einen Dom, gute Freunde und tolle Jobs, also einigen wir uns doch einfach darauf, dass du mal Urlaub von mir gebraucht hast."

Lachend stimmte Kade zu. Jake ließ seine Hand erst los, als die Vorspeise kam. Beide machten sich zufrieden über die Calamari her und unterhielten sich dabei weiter über alles Mögliche. Als die Hauptspeise kam, war Kade im Himmel. Er hatte Malai Kofta bestellt und Jake das Shrimp Vindaloo. Statt jeder seins zu essen, beschlossen sie zu teilen und stellten die Gerichte in die Mitte.

„Also", begann Jake und trank dann einen Schluck Eistee. „Du hast mir nicht gesagt, wie weit du mit Deacon bist. Ich weiß, dass er an dem Abend, als wir zu Besuch waren, die erste Session mit dir abgehalten hat, aber komm schon …" Jake blickte unter seinen langen Wimpern hervor zu Kade auf und grinste anzüglich. „Lass hören, Mann."

„Du bist immer noch so verdorben wie früher, hm?" Kade war sich nicht sicher, wie viel er Jake anvertrauen sollte, obwohl er ihm am liebsten alles haarklein erzählt hätte. Sonst gab es in seinem Leben schließlich niemanden, der seine Vorliebe für erotischen Schmerz teilte oder über die Art von Beziehung Bescheid wusste, die ihn mit Deacon verband. Er spürte, wie ihm die Hitze in die Wangen stieg und senkte seine Stimme zu einem Flüstern herab. „Er lässt mich unter der Woche den ganzen Tag meinen Käfig tragen. Ich darf allerdings nicht damit schlafen. Nur wenn ich mit ihm zusammen bin."

78

„Oh! Das ist großartig!" Jake grinste breit. „Ich trage meinen jetzt rund um die Uhr, sieben Tage die Woche. Hat eine Weile gedauert, bis ich mich daran gewöhnt hatte, aber …"

Kade nickte. „Ich hoffe, dass Deacon das auch irgendwann mit mir machen wird. Er hat mir den zweiten Schlüssel gegeben." Auf Jakes fragenden Blick hin beeilte Kade sich zu erklären: „Nur für den Fall, dass ich den Käfig mal dringend abnehmen muss und ihn nicht erreichen kann. Vor allem, weil ich ja auch Operationen mache und naja, weil meine Beine nicht funktionieren und so. Zur Sicherheit." Das war ein frustrierendes und dennoch wundervolles Gespräch gewesen. Kade durfte den Käfig tragen, solange er wach war – aber nur, wenn er damit nie seine Gesundheit in Gefahr brachte, darauf hatte Deacon unnachgiebig bestanden. Natürlich machte sich sein milder sexueller Dauerfrust sehr viel deutlicher bemerkbar, wenn er an den Käfig dachte, geschweige denn darüber sprach.

„Man würde am liebsten einen Ständer kriegen, wenn man nur dran denkt, stimmt's?", fragte Jake augenzwinkernd.

„Ständig", stimmte Kade zu und genoss die Art, wie sein Körper darauf reagierte, dass ihm selbst so etwas Einfaches wie eine Erektion verweigert war. Im Käfig musste sein Schwanz zwangsweise schlaff und gekrümmt bleiben, und das ergab eine Mischung aus Schmerz und Lust, die Kade höchst angenehm fand – auch wenn er dabei vor Unbehagen hin und her rutschte. Nicht, dass das einen Zweck gehabt hätte.

Als die Bedienung ihnen ihr Gulab Jamun brachte, sah Kade seine Beziehung mit Deacon deutlich optimistischer und stellte mit ehrfürchtigem Staunen fest, dass er Jake als Freund zurückgewonnen hatte.

„Gott, ich liebe dieses Zeug", murmelte Jake und nahm sich noch eins von den süßen, frittierten Teigbällchen in Honig-Rosenwasser-Sirup.

Kade leckte sich einen Tropfen der klebrig-süßen Flüssigkeit vom Mundwinkel und seufzte: „Mmm-hmm."

Er dankte der Kellnerin, als sie die Rechnung brachte, und reichte ihr seine Kreditkarte, womit er Jake zuvorkam.

„Hey, ich hatte dich doch eingeladen." Jake zog einen Flunsch, worüber Kade nur noch breiter grinste.

Je länger er mit Jake zusammen war, desto mehr hasste er es, so lange von ihm getrennt gewesen zu sein. „Du kannst ja beim nächsten Mal zahlen", konterte er. „Obwohl – was meinst du, sollen wir nächstes Mal vielleicht unsere Männer mit einladen? Ich möchte deinen Partner kennenlernen. Ich möchte, dass wir alle Freunde sind, weißt du?"

„Das wäre schön. Danke."

Auf dem Weg zum Parkplatz ging Jake neben Kade her und sie unterhielten sich weiter. Kade trennte sich nur höchst ungern von Jake, aber es musste ja sein. Nachdem sie sich zum Abschied umarmt und geküsst hatten, wandte Jake sich zum Gehen, doch dann blieb er stehen und kam noch mal zurück. „Hey, soll ich vielleicht mal mit Sam reden, ob wir noch so ein Treffen organisieren könnten wie neulich? Ich meine, mit ihm auszugehen ist ja auch ganz schön, aber dann können wir nicht …" Er verstummte und machte eine Handbewegung, als wollte er die richtigen Worte aus der Luft pflücken. „Du auf dem Kissen und ich auf den Knien beim Essen. Das geht hier nicht", fuhr er fort und deutete auf das Restaurant. „Und du hast ja gesagt, dass du nicht mehr in den Club kommen willst – wobei ich hoffe, dass sich das irgendwann mal wieder ändert" – Kade öffnete den Mund, aber Jake ließ ihn nicht zu Wort kommen – „und ich will keine Schwarzmalereien und keine Bedenken hören. Mir geht's hier nicht darum, dich mit aller Gewalt wieder ins Fierce zu kriegen. Ich meine nur, es wäre doch schön, wenn wir beides machen könnten. Auswärts essen mit unseren Partnern und zuhause mit unseren Doms."

„Liebend gern." Kade zog Jake in eine Umarmung. „Danke für den Abend, Jake."

„Nein, ich danke dir. Dafür, dass du mir meinen Freund zurückgegeben hast." Jake umarmte ihn ein letztes Mal, dann trat er zurück. „Soll ich warten, bis du losgefahren bist?"

Das kurze Aufblitzen von Besorgnis in Jakes Augen gab Kade noch mehr Auftrieb. „Nein, das kriege ich schon hin. Ich bin inzwischen ans Umsteigen vom Rollstuhl ins Auto gewöhnt. Aber danke."

Ein kurzes Winken, dann ging Jake das kurze Stück bis zu seinem Auto und stieg ein. Kade blieb sitzen und sah ihm nach. Ihm wurde ganz leicht ums Herz bei dem Gedanken, wieder einen Freund, einen anderen Sub, um sich zu haben. Jemanden, mit dem er reden, dem er sich anvertrauen konnte. Jemanden, der seine sexuellen Neigungen nicht abartig finden würde.

Schließlich stieg er ebenfalls ins Auto und fuhr nach Hause, zufrieden und doch begeistert. Er hatte Jake wieder, und außerdem einen Dom, der ihn wirklich und wahrhaftig so zu mögen schien, wie er war. Kade glaubte keine Sekunde lang daran, dass Deacon für immer bei ihm bleiben würde. Aber im Moment kümmerte ihn das nicht. Wenn er ihn nur so lange wie möglich in seinem Leben haben konnte, reichte ihm das schon.

DEACON SASS neben Sam im VIP-Bereich des Fierce an dem für die Besitzer und deren Freunde reservierten Tisch. Von hier aus überblickte er die Tanzfläche, wo sich Doms und Subs mischten. Einige waren als Paar hier, andere unverkennbar auf der Suche nach einem Spielgefährten auf Zeit. Deacon hatte sich in dieser Szene nie besonders wohlgefühlt; seiner Ansicht nach fand der beste Sex dann statt, wenn auch die Herzen, nicht nur die Schwänze daran beteiligt waren. Einige von den Männern hier kannte er, mit manchen von ihnen hatte er sich sogar schon vergnügt, aber das war Jahre her. Abgesehen von der einen oder anderen besonders ausgefeilten Technik oder interessanten Aufmachung fesselte nichts seine Aufmerksamkeit.

Dennoch hatte die Vorstellung, Kade einmal hierher mitzubringen, wenn er Sam besuchte, etwas Verführerisches. Und sei es nur, um mit seinem süßen Boy zu prahlen. Er wusste jedoch ganz genau, dass sie noch nicht annähernd soweit waren. Ihr erstes Date und ihre erste gemeinsame Nacht langen jetzt fast einen Monat zurück. Und während Kade sich inzwischen eindeutig wohler fühlte und alles nahm, was Deacon ihm gab – und immer noch um mehr bettelte – hatten ihm seine schlimmen Erlebnisse von früher doch offensichtlich sehr zugesetzt. Bei dem Gedanken, wie verängstigt sein Boy immer noch war, stieß Deacon unwillkürlich einen Seufzer aus.

„Deacon?", fragte Jake, der neben Sam auf dem Fußboden kniete.

Deacon blickte auf den Lebensgefährten und Sub seines Freundes hinab, wieder einmal voller Bewunderung für Jakes selbstbewusste und dennoch jungenhafte Art. Sie hatten sich alle drei miteinander unterhalten, bis seine Aufmerksamkeit abgeschweift war. Daher überraschte es ihn nicht, wieder ins Gespräch gezogen zu werden. „Ja?"

„Hast du inzwischen mal wieder über den Vorschlag meines Masters nachgedacht?" Bei der Frage wurde Jake rot, was Deacon ein Lächeln entlockte.

„Ja, was meinst du dazu? Wenn ich so an unser Abendessen letztes Wochenende zurückdenke, wäre das bestimmt ein Genuss für alle Beteiligten. Und deinem Boy würde es guttun."

Eine Session zu viert bei ihm zuhause? Deacon hatte darüber nachgedacht, sogar schon davon fantasiert, war aber immer noch nicht ganz überzeugt von der Idee. Er und Sam hatten sich früher öfter Subs geteilt; das war nicht das Problem. Es machte ihm nicht einmal etwas aus, dass Jake seinen Boy berühren würde – die beiden hatten schließlich unter dem Befehl eines Doms schon alles Mögliche miteinander gemacht, von gegenseitiger Folter bis Sex in allen Varianten. Nein, was ihn wirklich störte war die Vorstellung, dass ein anderer Dom – und sei es sein bester Freund – sehen würde, wie schön sein Boy war. Das, und er war sich nicht sicher, wie Kade reagieren würde. „Ich bin immer noch … unschlüssig, ob es gut für ihn wäre."

Sams Miene blieb undurchschaubar, wie üblich, aber Jakes schüchternes Lächeln verwandelte sich in ein tiefes Stirnrunzeln. Der Grund dafür war Deacon jedoch ein Rätsel. „Was?"

Jake schüttelte den Kopf. „Nichts, Sir. Entschuldigung."

„Nein, was ist denn, mein Kleiner?" Sam fasste Jake unters Kinn, sodass er ihm in die Augen sehen konnte. „Irgendwas an diesem Thema, oder zumindest an Deacons Antwort, stört dich doch."

Jake blickte ein paarmal zwischen Sam und Deacon hin und her, dann wandte er sich wieder an Deacon. „Willst du denn mit uns beiden spielen, und mit Sam? Ich frage dich jetzt nicht, was Kade deiner Meinung nach will, fühlt oder denkt. Nur was du willst."

Deacon war ein bisschen verblüfft darüber, wie forsch der junge Sub mit ihm sprach, aber er wusste auch, dass Jake nur das Beste für Kade wollte. „Ich ... ja und nein. Ich will Kades Zuneigung mit niemandem teilen, Dom, Sub oder sonst wem, aber ich habe nichts gegen eine gemeinsame Session mit euch beiden, solange Sam meinen Boy nicht vögelt."

„Das Zugeständnis mach' ich dir gerne, Deacon." Sam streichelte Jake mit seiner großen Hand ein paarmal den Kopf. „Mir geht's mit Jake genauso. Er fungiert immer noch gelegentlich als Haus-Sub, aber Analsex mit anderen Doms ist tabu. Absolut."

„Wirklich? Hm." Deacon hätte bestimmt nicht geduldet, dass der Boy jedem beliebigen Dom diente – nicht, wenn Jake sein Sub wäre – aber er wusste, dass jedes Paar eigene Regeln hatte.

„Nur, wenn er will und wenn die Bitte von jemandem kommt, mit dem er befreundet ist."

Jake nickte. „Am Liebsten bin ich natürlich nur mit Sam zusammen. Aber gelegentlich arbeite ich auch mal gerne mit anderen Subs, so wie ich es früher mit Kade getan habe. Und wenn das der einzige Grund ist, warum du nicht ja sagst ..."

Jake sah Deacon mit großen, strahlenden Augen an und beugte sich eifrig vor. Es war nicht zu übersehen, wie hoffnungsvoll er war, aber Deacon hatte immer noch Bedenken.

„Ich würde Sam nicht eifersüchtig machen wollen."

Sams schallendes Gelächter war sehr aufschlussreich. „Auf wen sollte ich eifersüchtig werden, auf dich? Nie im Leben. Oder hast du etwa Angst, dass ich dir deinen Boy klauen könnte?"

„Nein", fauchte Deacon. Sie waren nie Rivalen gewesen, in keinster Weise. „Ich will Kade nicht den Eindruck vermitteln, dass ich lieber mit Jake oder irgendeinem anderen Sub spielen würde. Falls du's noch nicht gemerkt hast – Kade ist davon überzeugt, dass ich die Änderungen, die er braucht, irgendwann satthaben werde."

Jake schüttelte den Kopf und konterte: „Bei allem Respekt, Sir, ich glaube, du siehst das ganz falsch. Kade würde dadurch etwas zurückbekommen, was ihm seine Angreifer geraubt haben. Und es würde ihm auf sichere, kontrollierte Weise zeigen, dass andere ihn körperlich attraktiv finden."

„Bist du sicher, dass es nicht noch einen anderen Grund gibt? Du legst dich ja wirklich mächtig ins Zeug." Das war noch so eine Sache. Sams Vorschlag hatte Deacon nicht überrascht, aber Jakes Beharrlichkeit schon. Steckte etwa mehr hinter Jakes Freundschaft mit Kade?

Jake schnaubte, lächelte aber leicht. „Du verbirgst deine Gefühle bei weitem nicht so gut wie mein Sir. Nein, ich will ihn dir nicht wegnehmen – als ob irgendwer das könnte. Ich will einfach nur, dass Kade wieder Kade ist. Und, naja, wir hatten eine Menge Spaß miteinander. Aber das war auch schon alles. Freunde, die gemeinsam mit einem Dom gespielt haben. Außerhalb einer Session haben wir uns allenfalls mal so umarmt oder geküsst, wie du es selbst schon bei uns gesehen hast. Mehr nicht. Soweit ich weiß, wäre ihm was anderes nie in den Sinn gekommen – und Kade ist zwar lieb und süß und alles, aber er ist nicht Sir. Außerdem sind wir beide mit Leib und Seele Subs. Wie zum Teufel sollte das gehen?"

Darüber musste Deacon so lachen, dass er erst wieder aufhören konnte, als ihm die Seiten wehtaten. „Gott, du bist einfach zum Fressen", sagte er, nachdem sie sich alle wieder beruhigt hatten. „Ihr kommt doch am nächsten Sonntag, oder? Montag ist Feiertag, und Kade verbringt das ganze lange Wochenende bei mir."

„Klar kommen wir", sagte Sam. „Was hast du vor?"

„Meinen Boy zu zeigen, was er wirklich kann. Der Sonntagabend ist der perfekte Zeitpunkt dafür, dann hat er noch einen Tag Zeit, um sich zu erholen."

„Juhu!" Jake grinste, Sam lachte und Deacon lächelte. Sein Verstand überschlug sich bereits vor lauter Ideen und Plänen, seinen Boy glücklich zu machen.

12

„WAS SUCHEN wir hier eigentlich?", fragte Katie, als sie am Freitag nach Feierabend neben Kade her schlenderte. Sie schlängelten sich durch den Fußgängerverkehr rund um den Biltmore Park Towne Square. Kade mochte die breiten Bürgersteige hier und die schönen, gepflegten Grünanlagen, vor allem die vielen Blumen. Sie sorgten dafür, dass es hier immer süß und frisch roch statt nach Abgasen wie in den anderen, dichter befahrenen Einkaufsgegenden. Lächelnd sah Kade zwei Männern nach, die händchenhaltend über die Straße gingen. Das würde er nie können – nicht direkt, da er für seinen Rollstuhl beide Hände brauchte – aber die Vorstellung, irgendwann einmal mit Deacon gemütlich shoppen zu gehen, beflügelte seinen Eifer. Hoffentlich half ihm sein gegenwärtiges Vorhaben, die Dinge voranzutreiben.

Kade hatte Katie bisher nicht verraten, wo er hinwollte. Sie hatte gefragt, aber er ließ sie mit Vergnügen zappeln, bis sie schon fast vor dem Laden standen. „Wein."

„Und dafür mussten wir extra bis hierher fahren? Ich weiß ja, hier ist es hübsch und alles, aber in Asheville gibt's doch haufenweise Läden, wo du Alkohol kaufen kannst, Kade."

Er ignorierte ihre finstere Miene und redete einfach weiter. „Hier gibt's eine kleine Weinhandlung, die ich sehr gern mag. Und ich brauche was ganz Besonderes für unser Abendessen am Sonntag." Sie kamen an einer der Ladestationen für Elektrofahrzeuge in der Gegend vorbei – an einem der beiden Steckplätze parkte ein kleiner weißer Nissan – und danach zu einem Gebäude aus Ziegelsteinen und Glas. Im Schaufenster hing ein Schild, auf dem „Joni's Artisanal Wine & Beer" stand. „Der Laden ist neu, aber sehr gut", sagte Kade mit einem Wink Richtung Schaufenster. „Also, dann hilf mir mal, Frau Weinkennerin."

Katie folgte ihm kichernd in den hell erleuchteten Laden voller Regale mit Weinen, Spirituosen und mehr. „Vorausgesetzt, du sagst mir, wozu du ihn trinken willst."

„Jake und ich machen Käsehühnchen Kiew mit gedämpften Broccoliröschen, glasierten Babykarotten und Kräuterbratkartoffeln für Deacon und Sam. Ich habe bisher noch nie für Deacon gekocht, und jetzt soll ich auch noch Jakes Partner bekochen helfen, also bin ich ein bisschen nervös. Es ist mir wirklich wichtig, dass es ein schöner Abend wird."

„Ooooh … und wer ist Jake? Du kochst mit einem anderen Typen zusammen das Essen für ein Date zu viert?" Katie redete weiter, während sie sich die umfassende Auswahl an Weinen, Champagner und anderen Alkoholika ansah. „Und wann lerne ich deine anderen Freunde mal kennen?"

„Ähm …" Jake und Sam mit Katie bekanntmachen? „Ich kann am Sonntag mal mit ihnen reden. Dann könnten wir vielleicht was ausmachen, wenn du willst." In der Öffentlichkeit verhielten sie sich wie jedes andere Paar, also ging es wohl in Ordnung, Katie mit ihnen zusammenzubringen. Hoffentlich. Wenn er wüsste, wie sie reagieren würde, wäre ihm bei dem Gedanken deutlich wohler gewesen. Einerseits traute er es ihr schon zu, seinen Lifestyle zu akzeptieren. Aber andererseits fürchtete er auch, sie könnte ihn für pervers halten und ihm den Rücken kehren. Durch sein Coming-out als schwuler Mann hatte er so viele Menschen verloren. Und das eine Mal im College, als er sich als Sub geoutet hatte … nicht verhindern zu können, dass der Dom, mit dem er am Wochenende zuvor zusammengewesen war, bei der Polizei angezeigt wurde, Fragen beantworten zu müssen, die nie jemand stellen sollte, wegen seine sexuellen Neigungen gemieden zu werden … ja, das waren alles Dinge, auf die er ganz gut verzichten konnte. Aber Katie zu verlieren? Nein, das mochte er sich nicht einmal vorstellen.

„Super!", rief sie aus einem anderen Gang. Kade liebte das offene, rustikale Holzparkett-Design der Einrichtung hier. Es erlaubte ihm, mühelos durch die Gänge zu manövrieren und gab dem Laden das Flair einer echten Weinkellerei. Jedenfalls hatte er es so empfunden, als er kurz nach der Eröffnung zum ersten Mal hier gewesen war.

„Kaden", sagte jemand hinter ihm. Er kannte die Stimme; sie gehörte einem Mann, den er eigentlich nie wieder sehen wollte.

Er wirbelte herum, und da stand Gary, Arm in Arm mit einem mageren, wenn auch wohlgeformten jungen Bürschchen. Gary sah aus wie immer: ein Meter fünfundachtzig groß, konservativ frisierte kastanienbraune Locken, schokoladenbraune Augen. Er trug maßgeschneiderte Hosen, ein helles, pastellfarbenes Button-Down-Hemd und dasselbe herablassende, verächtliche Grinsen im Gesicht wie die letzten paar Male, als Kade in seiner Nähe gewesen war. Der junge Mann an seiner Seite war eine ganz andere Geschichte. Höchstens eins fünfundsiebzig, hellblondes Haar, große, Anime-blaue Augen, und er bewegte sich mit katzenhafter Anmut, als er näher zu Gary trat und sich halb um ihn herumwickelte.

Kade räusperte sich und rang sich ein Lächeln ab. „Hallo, Gary."

„Was willst du denn hier?" Gary machte eine Show daraus, sich umzuschauen, und wandte sich dann wieder an Kade. „Trinkst du heutzutage alleine, oder was?"

„Ich kaufe für eine Dinnerparty ein. Ich würde dir empfehlen, das auch zu tun." Kade wandte sich zum Davonrollen, doch eine Hand an seinem Rollstuhl hielt ihn davon ab.

Kades Wangenmuskeln zuckten, so fest biss er die Zähne zusammen. Er hatte es schon früher immer gehasst, wenn Gary das machte; jetzt schätzte er es noch weniger, auf diese Weise seiner Bewegungsfreiheit beraubt zu werden. „Nimm die Hände von meinem Rollstuhl", presste er hervor.

„Immer so unhöflich", blaffte Gary. Statt auf Kade zu hören, drehte er den Rollstuhl gewaltsam herum, sodass Kade ihm und seinen jungen Lover wieder das Gesicht zukehrte. „Dass deine Beine nutzlos sind heißt doch nicht, dass du deine Ohren nicht gebrauchen kannst, oder?"

„Lass" –

Der Junge zog Gary am Arm. „Ist das der Krüppel, den du eine Zeit lang gepflegt hast, Gary? Das arme Ding." Das vorgetäuschte Mitleid in seinem Blick machte Kade wütend, aber er biss sich auf die Zunge, um die Sache nicht noch schlimmer zu machen.

„Ja, Rain", sagte Gary und schlang ihm einen Arm fester um die Taille, „Das ist er." Er wandte seine Aufmerksamkeit wieder Kade zu und fragte: „Also, mit wem bist du hier? Doch bestimmt nicht mit einem Mann, jedenfalls nicht mit einem richtigen."

„Kade, Schatz?", rief Katie, als sie um die Ecke kam. „Ich glaube, ich habe den perfekt – Nimm deine dreckigen Pfoten von seinem Rollstuhl, du Psycho!", schrie sie und stürmte den Gang entlang auf die drei Männer zu.

Gary trat zurück, ging aber nicht weg. „Sieh mal einer an, die Schwulenmutti. Hast du denn nichts Besseres zu tun, als *dem da* ständig hinterherzurennen?"

„Gary!", knirschte Kade mit zusammengebissenen Zähnen. „Lass Katie in Ruhe. Nimm dein Spielzeug und geh."

„Ich bin kein Spielzeug! Aber du bist ja kein Mann, also weißt du's wohl nicht besser." Rain hob die Hand, um Kade den Ring an seinem Finger zu zeigen. „Ich bin sein Partner und der einzige, der *Manns* genug ist, um ihn glücklich zu machen."

Kade schluckte die Galle hinunter, die ihm in die Kehle stieg. Der Ring glich dem, den Gary ihm geschenkt hatte, als sie noch zusammen waren und er Kade ewige Liebe und Treue geschworen hatte. „Geh einfach weg", stöhnte er. Überall wäre er jetzt lieber gewesen als hier. Am liebsten in Deacons Armen, um ehrlich zu sein, aber den würde er erst morgen wiedersehen.

„Entschuldigung, gibt es hier ein Problem?", fragte eine zierliche, weißblonde Frau. Sie war schon älter, ungefähr Anfang bis Mitte fünfzig, hatte sich aber bemerkenswert gut gehalten. Sie erinnerte Kade an die glamourösen Frauen in alten Filmen; hoffentlich würde ihre Ausstrahlung reichen, um Gary zu vertreiben.

„Nein, kein Problem." Gary wandte sich ab und steuerte Rain aus dem Laden, wobei er weiter bissige Bemerkungen von sich gab, bis sie außer Hörweite waren.

„Es tut mir sehr leid, Ma'am", sagte Katie zu der älteren Frau, dann ging sie neben Kade in die Hocke. „Schätzchen, bist du okay?"

Kade riss seinen Blick von der Stelle los, wo Gary eben noch gestanden hatte, sah Katie an und nickte. „Ich … ja, geht schon."

Katie richtete sich auf und reichte Kade eine Flasche Wein. „Den wollte ich dir zeigen. Ich glaube, ein weißer Burgunder würde gut zu eurem Essen passen." Sie wandte sich an die Frau, die immer noch neben ihnen stand. „Was meinen Sie?"

„Der Michel Bouzereauet et Fils Bourgogne Blanc ist ein großartiger Wein. Allerdings kommt es darauf an, wozu Sie ihn servieren wollen."

„Hühnchen Kiew."

„Dann würde ich sagen, ja. Der Wein hat eine schöne Fülle, aber auch eine rassige Säure, die dieses Gericht ganz angenehm abrunden dürfte. Übrigens, mein Name ist Anna, und ich muss mich dafür entschuldigen, wie Sie behandelt wurden", sagte Anna höflich, wenn auch mit einem Unterton von Besorgnis. Sie blickte zwischen ihm und Katie hin und her.

Kade straffte die Schultern und sah zu Anna auf. „Sie können nichts für sein Benehmen. Und vielen Dank für die Beratung. Dir auch, Katie." In der Hoffnung, dass sie den Zwischenfall auf sich beruhen lassen würden, fuhr er fort. „Ich glaube, von dem hätte ich gern zwei Flaschen, bitte." Er reichte Anna die Flasche und lächelte.

„Sehr gern, Sir."

Das Wort „Sir" traf Kade mitten ins Herz, und er sehnte sich mehr denn je nach Deacon und dem Gefühl, sicher und erwünscht zu sein, das Deacon ihm immer gab. *Morgen*, ermahnte er sich.

Wenige Minuten später waren sie wieder draußen, ihre Einkäufe sicher in Kades Rucksack verstaut. Er hatte eigentlich vorgehabt, Katie zum Essen auszuführen und ein bisschen Zeit mit ihr zu verbringen, aber jetzt wollte er eigentlich nur noch nach Hause. Nun ja, oder zu Deacon, aber das kam ja nicht in Frage, also nach Hause. Sie versuchte ihn umzustimmen, aber er war müde und zu keinem vernünftigen Gespräch mehr in der Lage, nicht einmal mit seiner besten Freundin.

Als er endlich wieder zuhause war, stellte er den Wein bereit, aß eine Kleinigkeit zu Abend und verbrachte dann einige Zeit damit, gründlich sauber zu machen. Er ging früh zu Bett und hoffte, dass das restliche Wochenende besser verlaufen würde. Und er hoffte wirklich, dass Deacon ihn nie so ansehen, nie so mit ihm reden würde wie Gary heute. Schon den Gedanken, dass Deacon sich einmal so gegen ihn wenden könnte, fand Kade unerträglich.

Er brauchte ewig, um zur Ruhe zu kommen und in Schlaf zu sinken, aber schließlich schaffte er es doch. Leider verfolgten Garys verletzende Worte ihn bis in seine Träume und weckten ihn mehr als einmal.

AM NÄCHSTEN Tag hatte Deacon Kade wieder bei sich, und es entging ihm nicht, dass sein Boy sich offenbar nicht ganz wohlfühlte. Physische Gründe glaubte Deacon ausschließen zu können, so dringend, wie Kade Körperkontakt zu brauchen schien. Als abzusehen war, dass Kade nicht freiwillig mit der Sprache herausrücken würde, beschloss Deacon, die Sache selbst in die Hand zu nehmen.

Sie saßen auf der Couch, Kade an Deacons Seite gekuschelt. „Ist diese Woche irgendwas passiert, Boy?"

„Was soll denn passiert sein?", wich Kade aus. Der Kiekser in seiner Stimme lieferte Deacon den endgültigen Beweis dafür, dass er ihn zum Reden bringen musste.

„Ehrlich gesagt weiß ich das nicht genau." Deacon drehte sich um und zog Kade sanft auf seinen Schoß. „Ich habe gestern Nachmittag mit dir gesprochen, und da warst du schon ganz aufgeregt und hast dich auf das Wochenende und das Wiedersehen mit Jake und Sam gefreut. Aber jetzt bist du zappelig und es ist, als stünden wir wieder am Anfang und du könntest jeden Moment die Flucht ergreifen. Willst du mir nicht sagen, was sich geändert hat?"

„Ich … Gar nichts, Sir", murmelte Kade mit gesenktem Kopf.

Deacon legte ihm eine Hand unters Kinn und drückte es nach oben, bis sich ihre Blicke trafen. „Offensichtlich doch, und es gefällt mir nicht, dass ich nicht weiß, was dich so durcheinanderbringt."

„Ich – pardon?"

„Was ist passiert, Kade?"

„Katie und ich waren Wein kaufen, und da habe ich zufällig meinen Ex und sein neues Spielzeug getroffen. Nichts Wichtiges, wirklich."

Deacon war anderer Ansicht. Doch statt mit Kade zu streiten, der offenbar nicht bereit war, mehr preiszugeben, änderte er die Taktik. „Dann komm", sagte er und setzte Kade wieder auf die Couch, um aufstehen zu können. „Du musst dich darauf konzentrieren, was wichtig ist." Während er sich daranmachte, erst den Rollstuhl und dann Kade nach oben zu bringen, dachte er ernsthaft über Kades eingeschränkte Beweglichkeit nach und darüber, wie das Haus rollstuhlgerechter zu gestalten wäre. Nachdem er Kade wieder in den Rollstuhl gesetzt hatte, trat er einen Schritt zurück. „Spielzimmer, nackt, an deinen Platz, Boy. Sofort."

Kade gehorchte unverzüglich, ohne Fragen zu stellen. Unter Deacons wachsamen Blicken zog er sich bedächtig aus, setzte sich wieder in seinem Rollstuhl zurecht und nahm dann in der Mitte des Zimmers die modifizierte Präsentationsposition ein, die er sich seit ihrer ersten gemeinsamen Nacht angeeignet hatte. Erst dann betrat auch Deacon das Zimmer, stets darauf bedacht, seine Schritte für Kade hörbar zu machen.

„Sensorische Deprivation müsstest du meiner Ansicht nach mögen, und ich habe dich mehr als nur einmal nach der Sling schielen sehen. Also werden wir heute beides kombinieren." Deacon ging langsam im Kreis um Kade herum und sprach mit gesenkter Stimme, sodass Kade sich zwangsläufig konzentrieren musste, um ihn verstehen zu können. Als die Sling erwähnt wurde, umklammerte Kade seine Ellbogen fester, was Deacon nicht entging.

Vor sich hin lächelnd über Kades Reaktion ging Deacon daran, die Bondage-Sling vorzubereiten. Genaugenommen war es nicht mehr dieselbe, die Kade anfangs gesehen hatte. Diese war neu und speziell auf Bequemlichkeit bei längerem Gebrauch ausgelegt. Gerade jetzt war Deacon sehr froh, sie zu haben. Nachdem er sie seinen Wünschen entsprechend eingestellt hatte, zog er sich bis auf seine Hose aus. Er hasste es, beim Spielen zuviel anzuhaben. Viel zu warm, und außerdem waren ihm die Klamotten manchmal im Weg.

„Ich werde dich knebeln und dir die Augen verbinden, ehe ich dich in die Sling hebe. Als Ersatz für deine Safewörter gebe ich dir einen kleinen Ball mit einem Glöckchen drin in die Hand. Außerdem werde ich Ohrstöpsel aus Schaumgummi benutzen, um Geräusche zu dämpfen." Deacon trat zu Kade und fuhr ihm wieder und wieder mit den Fingern durch sein kurzes Haar, womit er seinen Boy zu beruhigen hoffte. „Das wird dich nicht aller Geräusche berauben, aber genug, um meinen Wünschen zu dienen." Er grinste, als Kade erschauerte, streichelte ihn aber weiter. „Du wirst zwar nicht sprechen können, aber ich möchte trotzdem noch mal deine Safewörter hören."

„Zitrone und Zimt", antwortete Kade sofort. „Danke, Sir."

„Mmm … lass deine Arme, wo sie sind, und beuge dich etwas weiter nach vorn." Deacon nahm das hellblaue Seidenseil zur Hand, das er sich vorab bereitgelegt hatte. Er entrollte es, schlang es kreuzweise um Kades Unterarme und fesselte ihm damit rasch die Arme auf den Rücken. Dann nahm er den Ballknebel – der ebenfalls blau war – schob ihn Kade in den Mund und schnallte ihm behutsam den Riemen um den Kopf.

„Da du jetzt nicht mehr sprechen kannst, gebe ich dir den hier", erklärte Deacon und drückte Kade den Klingelball in die Hand. „Wenn du ihn fallen lässt, höre ich sofort auf. Ich werde dich fragen, was los ist, und falls es behebbar ist, machen wir weiter. Falls nicht, hören wir auf und legen uns ins Bett. Ich will dir auf keinen Fall Schaden zufügen. Hast du verstanden?"

Kade nickte und stöhnte leise um den Knebel herum.

„Konzentriere dich auf deine Atmung, falls du Angst bekommst. Aber selbst wenn ich dich einmal nicht berühre, denk' immer daran: Ich werde dich nicht allein lassen. Du musst raus aus deiner Grübelei und weg von deinen Ängsten, Boy. Das hier wird dir meiner Meinung nach dabei helfen. Und ich weiß, dass es mir gefallen wird."

Deacon hob Kade behutsam aus seinem Rollstuhl und trug ihn dorthin, wo die Sling aufgehängt war. Er brauchte einen Moment, um Kade mit dem Gesicht nach unten so hinzulegen, wie er ihn haben wollte, aber er schaffte es, ohne ihm wehzutun. Mit einer Hand hielt er weiter Kontakt zu Kade, während er mit der anderen nach dem nächsten Stück Seil griff. Er knüpfte damit ein kompliziertes Muster um Kades Beine und Füße, die er anschließend an der Aufhängung der Sling befestigte. Anfangs hatte er Bedenken gehabt, ihm die Beine zu fesseln. Doch nachdem er die Sache mit Kade besprochen hatte, fand er dank einiger Recherchen diverse schöne Bondage-Arten, die auch bei spastischen Zuckungen nicht zu Verletzungen führen würden. Und Kade hatte ihm sowieso versichert, dass er die normalerweise nicht bekam. Schon bald war Kade gefesselt und bereit für ihn, und Deacon trat zurück und bewunderte sein Werk. Er rückte erst seinen steifen Schwanz in der Hose zurecht, ehe er weitermachte.

„Jetzt stecke ich dir die Ohrenstöpsel in die Ohren. Vergiss nicht, selbst wenn ich dich nicht berühre, lasse ich dich nicht allein." Deacon nahm zwei kurze, dicke Schaumgummistücke und rollte sie zwischen den Fingern, um sie zusammenzudrücken. Dann steckte er sie Kade in die Ohren. Es waren Einmal-Stöpsel, wie es sie in jeder Apotheke gab und wie Schwimmer sie in Massen kauften; billig und schmerzlos zu tragen.

Er fuhr mit den Händen leicht über Kades hängenden, bewegungsunfähigen Körper. Eine Berührung hier, ein Streicheln da, um seinem Boy das Gefühl von Sicherheit zu geben und ihn wissen zu lassen, dass er nicht alleine war. Als die Anspannung aus Kades Körper zu weichen begann, nahm Deacon das letzte Stück zur Hand, das er sich bereitgelegt hatte: eine einfache Kette mit Klemmen an beiden Enden. Eine Zeit lang streichelte und reizte er Kade weiter. Schließlich konzentrierte er sich auf Kades Nippel, zwickte und verdrehte sie, bis sie wie harte kleine Knospen von Kades Körper abstanden. Im nächsten Moment saßen die Klemmen an ihrem Platz, und Kade stöhnte laut um seinen Knebel herum.

Oh ja, das funktioniert bestimmt sehr gut. Deacon konzentrierte sich darauf, Kade zu erregen; er wollte ihm beibringen, sich unter seiner Fürsorge zu entspannen und fallen zu lassen. Er hatte ihm den Käfig nicht abgenommen, also streichelte er den eingesperrten Schwanz zwischen den Ringen, zwickte Kade leicht in den Hodensack und rieb ihm mit beiden Händen den Rücken, wo seine gefesselten Armen den direkten Hautkontakt nicht blockierten.

Er ging um Kade herum, wobei er ihn unablässig streichelte oder zwickte, manchmal von der anderen Seite her als von der, auf der er stand. Jede Berührung wurde mit einem Stöhnen oder Erschauern quittiert, jedes Kneifen mit einem lauteren Stöhnen oder Wimmern. Mit jedem Mal schien Kade entspannter in die Sling zu sinken, sich mehr in den Empfindungen zu verlieren.

Kades Schwanz war prall gefüllt und drückte gegen die Ringe des Silberkäfigs, der ihn daran hinderte, ganz steif zu werden und sich aufzurichten. Doch Deacon war noch nicht bereit dazu, ihn zu befreien. Stattdessen berührte oder zwickte er ihn weiter, ganz willkürlich, und streute auch gelegentlich einen Klaps auf diesen knackigen Hintern ein. Erst als Kade pausenlos stöhnte, wimmerte oder seufzte, erst als er sich so heftig krümmte und wand, wie die Fesseln es erlaubten, war es Zeit für den nächsten Schritt.

Deacon kniete sich hin, holte den Schlüssel zu Kades Käfig aus der Tasche und nahm ihn ab. Zu seiner Freude richtete Kades Schwanz sich sofort auf und begann zu triefen. Deacon genoss Kades Aufkeuchen und nahm sich einen Moment Zeit, um die schwachen Abdrücke zu bewundern, die der enge Käfig auf dem eingesperrten Schaft hinterlassen hatte. Das Stöhnen wurde lauter, als Deacon an den Klemmen zupfte – nicht stark genug, um sie abzuziehen, aber genug, um ihnen zusätzlichen Biss zu verleihen. Die Lusttropfen wuchsen zu einem steten Strom und die Laute ebenfalls.

Nur eins noch ... Deacon holte ein kleines Gewicht aus der Kommode, kam rasch zurück und befestigte es an der Kette zwischen den Klemmen. Ein leichter Schubs versetzte die Sling in ein sanftes Schaukeln. Je mehr sie schaukelte, desto lauter und eindringlicher wurde Kades Stöhnen.

Deacon spielte aufreizend mit Kades Schwanz, zupfte an seinem Hodensack und beobachtete, wie sein Boy sich hin und her warf, wie die Laute immer flehender wurden, die um den Ball herum aus seinem Mund drangen. *Endlich ist es soweit!*

Mit einer Hand umfasste er Kades nahezu purpurfarbenen Schwanz, mit der anderen packte er die Kette. Er wichste Kade kräftig und riss zugleich mit einem festen Ruck an der Kette die Klemmen von seinen misshandelten Nippeln. „Komm!", brüllte er, wobei er hoffte, dass Kade überhaupt noch in der Verfassung war, ihn zu hören. Er wusste, dass Kade höchstwahrscheinlich mit oder ohne seinen Befehl kommen würde. Aber irgendwann wollte er seinen Boy so konditioniert haben, dass er immer auf den gesprochenen Befehl reagierte.

Kades Körper verkrampfte sich in der Sling, als sein Schwanz ausbrach wie ein Vulkan, einen zähen, dickflüssigen Strahl nach dem anderen über Deacons Hand und auf den Fußboden spritzte. Die Laute, die Kade von sich gab, klangen nicht einmal mehr menschlich, aber jedes Stöhnen, jedes Wimmern und Zucken machte Deacon nur noch geiler. Unfähig, sich noch länger zu beherrschen, ließ er die Klemmen fallen, zog seinen Reißverschluss runter und befreite seinen steinharten Schwanz. Kaum hatte er ihn in der Hand, da spritzte er auch schon ab und sein Sperma mischte sich mit Kades. Er hörte nicht auf, Kades Penis zu streicheln und zu melken, bis er völlig erschlafft war.

Es dauerte Minuten, bis Deacon sich wieder soweit in der Gewalt hatte, um Kade den Knebel abnehmen zu können. So rasch und so sanft er nur konnte wischte er ihm das Gesicht ab, dann hob er ihm den Kopf an und liebkoste Kades Lippen mit seinen. Nach einem langen, zärtlichen Kuss trat er zurück und machte sich daran, ihn auch von Augenbinde und Ohrstöpseln zu befreien.

„Du hast das wunderschön gemacht, Boy. So machst du mich sehr glücklich", lobte er, wohl wissend, dass Kade die Worte so dringen hören musste wie es ihn drängte, sie auszusprechen.

„Danke, Sir", murmelte Kade mit weicher, verträumter Stimme. Er lag mit geschlossenen Augen in der Sling und wirkte ausnahmsweise einmal völlig entspannt.

„Nichts zu danken, Boy."

Deacon massierte ihm Arme und Beine, nachdem er ihn losgebunden hatte, und trug ihn dann ins Bett. Als Kade ausgestreckt dalag, lobte und streichelte er ihn beständig weiter, während er ihm die Muskeln massierte, um sowohl die

91

physischen als auch die emotionalen Bedürfnisse seines Boys zu befriedigen. Die ganze Zeit über war Kade gefügig. Die einzigen Laute, die er von sich gab, waren leise Seufzer.

Da er Kade jetzt noch nicht aus seinem Subspace reißen wollte, drehte Deacon ihn auf die Seite und schmiegte sich an seinen Rücken. Er streichelte und berührte Kade, der immer noch schwebte. Deacon wusste, dass sie reden mussten. Doch jetzt war Kade erst einmal glücklich, und er ebenfalls.

13

SPÄTER AM Abend, nach einem leichten Abendessen, lag Deacon wieder mit Kade im Bett – diesmal in seinem Schlafzimmer, nicht im Spielzimmer. Kade war still gewesen, doch seine Worte und Gesten sprechen jetzt nicht mehr ständig von Schwermut und Furcht. Deacon wühlte die Finger in Kades Haar und zog seinen Kopf hoch, um seinem Geliebten in die hellen, jadegrünen Augen sehen zu können. „Ich finde, wir sollten darüber reden, warum du so verstört warst, als du hier angekommen bist, Kade. Du hast mir zwar gesagt, dass du deinen Ex getroffen hast. Aber ich bin mir nicht sicher, wie das mit dem Schmerz in Verbindung steht, den ich in deinen Augen gesehen habe."

Kade stieß einen leisen Seufzer aus, kuschelte sich aber an Deacon. „Gary ist der Ex, von dem ich dir schon mal erzählt habe. Der mir meinen Rollstuhl weggenommen hat." Er holte tief Luft; sein Blick huschte kurz zu Deacons Brust, dann sah er ihm wieder ins Gesicht. „Katie und ich waren nach der Arbeit in der Weinhandlung, und dort haben wir ihn und seinen neuen Partner getroffen. Bloß … das hat mich einfach an so viele Dinge erinnert, über die ich lieber nicht nachdenken möchte."

Behutsam ging Deacon daran, Kade weitere Details zu entlocken, da es hier ganz offensichtlich um mehr ging als um eine zufällige Begegnung mit einem alten Liebhaber. Es sei denn … „Und ihn mit jemand anderem zu sehen macht dir zu schaffen?"

Das Schnauben zerzauste die wenigen Haare auf seiner Brust, was ihn ziemlich erheiterte. „Ja und nein, aber wahrscheinlich aus einem anderen Grund, als du denkst. Ich will definitiv nie wieder mit ihm zusammen sein. Es ist nur" – er hielt inne und grummelte vor sich hin. „Ich weiß einfach nicht, wie ich das richtig erklären soll. Ihn mit so einem sehr beweglichen, sehr gelenkigen Jungen im Arm zu sehen hat mich wieder daran erinnert, warum ich so lang alleine war. Warum ich nicht der Mann sein konnte, den er behalten wollte. Daran, dass du es irgendwann leid sein wirst, mich herumzutragen, alles für mich zu modifizieren, einfach alles, was es so mit sich bringt, einen Rollstuhlfahrer als Partner zu haben." Beim Sprechen umklammerte Kade Deacons Taille. „Der Ring hat's auch nicht besser gemacht", fügte er undeutlich hinzu.

Gelenkig? Die Tatsache, dass Kade sich immer noch auf das fixierte, was er *nicht* konnte, frustrierte Deacon ohne Ende. Und obwohl sie noch nicht lange zusammen waren – falls sie sich trennten, dann bestimmt nicht wegen Kades Beinen. Dass Kade gelähmt war, störte Deacon überhaupt nicht; wenn er überhaupt einmal daran dachte, dann höchstens im Zusammenhang mit Kades Bedürfnissen und wie sie am besten zu erfüllen waren. „Zufällig trage ich dich sehr gern. Aber falls es dich stört, so auf mich angewiesen zu sein, können wir nach Alternativen schauen, wie du besser im Haus herumkommst." Ehrlich gesagt wusste er genau, dass ein Haus vom Zuschnitt seiner momentanen Bleibe für sie als festes Paar auf Dauer nicht ideal war. Kurz vor seiner ersten Begegnung mit Kade hatte er begonnen, ein neues Haus zu planen. Eins, das wieder mehrere Stockwerke hatte, das er aber an Kades Bedürfnisse anpassen konnte. Doch das war ein Gespräch, für das sie seiner Ansicht nach beide noch nicht bereit waren.

„Falls dein Ex dir mit Worten oder Taten das Gefühl geben wollte, du wärst wegen deiner Beine kein vollwertiger Mann, dann ist er selber keiner."

Kade schnaubte erneut; diesmal war ihm die Entrüstung deutlich anzuhören.

„Wir gehen ja nie zusammen aus, deshalb siehst du auch nicht, wie andere sich verhalten. Du hast nie erlebt, wie Männer, mit denen du vorher zusammen warst – Männer, die dich im Club wieder und wieder gewählt hatten, wenn du frei warst – dich mitleidig anschauen, sich über dich lustig machen oder noch schlimmer, dich im Rollstuhl überhaupt nicht mehr kennen wollen. Und auch, wenn du jetzt sagst, dass es dir nichts ausmacht – es nervt irgendwann. Verdammt, mich nervt es ja auch – wie lang es immer dauert, sich zum Ausgehen fertig zu machen, was ich alles nicht tun und nicht haben kann wie jeder andere Mensch. Und bevor du es sagst, nein, das ist kein Selbstmitleid."

„Nein, das ist Zorn und Furcht. Ich verstehe das, aber Kade, du musst lernen, nicht alle über einen Kamm zu scheren. Du hast dich durch deine Behinderung nicht davon abhalten lassen, Zahnchirurg zu sein – und ein hervorragender noch dazu, wie ich gehört habe. Warum sollte sie dich dann davon abhalten, dir einen Partner zu suchen? Es gibt eine Menge Leute, die im Rollstuhl sitzen, an Krücken gehen, denen sogar Gliedmaßen fehlen und die trotzdem starke Beziehungen und liebende Partner haben. Wie also kommst du darauf, dass du das nicht haben kannst?"

Kade gab ein Grunzen von sich, dann stützte er sich auf einen Ellbogen und blickte auf Deacon hinab. „Stellst du dich nur schwer von Begriff oder bist du wirklich so naiv?"

„Kade", knirschte Deacon mit zusammengebissenen Zähnen. Er musste sich große Mühe geben, nicht auszurasten und seinen Frust und Ärger rauszulassen. Er hasste es, wie Kade sich selbst sah, aber er hasste es noch mehr, wie Kade *ihn* sah.

„Komm mir nicht mit ‚Kade'. Ich weiß, dass du mein Dom bist – obwohl du gesagt hast, dass wir hier drin Deacon und Kade sind, nicht Sir und Boy – aber du kannst die Realität nicht einfach umschreiben, wie's dir passt. Das alles ist nicht so einfach, wie du anscheinend denkst. Falls ich eine Vanille-Beziehung wollte, hätte ich eine viel bessere Chance, jemanden zu finden; das weiß ich. Aber ich will keine! Selbst wenn Gary kein manipulatives Arschloch gewesen wäre, mich nicht so mies behandelt hätte, wäre er trotzdem kein Partner gewesen, wie ich ihn wirklich will und brauche. Aber nach dem Angriff wollte mich *kein* Dom mehr. Kein einziger hat mich mehr als Sub zur Kenntnis genommen. Als ob ich nicht mehr dieselben Wünsche, Bedürfnisse und Sehnsüchte hätte, nur weil meine Beine nicht funktionieren!"

Deacon nahm das Feuer in Kades Augen wahr; er dachte über Kades Worte nach und auch darüber, wie diese Jadesplitter dunkler und härter zu werden schienen. Er räusperte sich, ließ eine Hand an Kades Flanke entlang aufwärts gleiten und zwickte ihn in die Brustwarze. „Ich habe dich gesehen und wollte dich", sagte er schlicht.

„Ich ... du ... äh, was?" Kade stand die Verwirrung so deutlich ins Gesicht geschrieben, dass Deacon am liebsten gelacht hätte, obwohl das im Moment sicher keine gute Idee gewesen wäre.

„Ich bin ein Dom, oder etwa nicht?"

„Ja, natürlich bist du einer."

„Und ich habe dir eindeutig zu verstehen gegeben, dass ich einen Partner und Sub in einer Person will. Dich. Ja?"

„Na ja, stimmt, das hast du über den letzten Monat gesagt und g-gezeigt."

„Wie kannst du dann sagen, dass ‚kein' Dom dich will? Ich habe dich genau so gesehen und gewollt, wie du bist, das tue ich immer noch und werde es auch künftig tun. Deine Behinderung definiert dich nur dann, wenn du es ihr erlaubst, Boy. Und ich für meinen Teil habe ziemlich die Nase voll davon, mich ständig mit deinen früheren Doms um deine Aufmerksamkeit streiten zu müssen."

„So war das nicht gemeint, Sir. Ich schwör's! Du bist der beste Dom, mit dem ich je zusammen war. Definitiv der fürsorglichste. Ich ..."

„Du erlaubst deiner Vergangenheit, deine Gegenwart und deine Zukunft zu definieren. Diese Verbrecher schlagen dich immer noch, tun dir immer noch weh, weil du in vieler Hinsicht immer noch dort bist. Ich werde diese Denkweise nicht mehr tolerieren. Ich kriege dich schon noch dazu, dass du aufhörst zu grübeln und dich auf das konzentrierst, was real und wirklich ist – und wenn ich dich dafür den ganzen nächsten Monat über jeden Tag in die Sling hängen muss."

Kade machte große Augen und starrte Deacon mit offenem Mund an. Nach ein paar Minuten blinzelte er heftig und sagte: „Das würdest du tun, oder? Du meinst das alles wirklich ernst?"

Die Frage klang mehr so, als spräche er mit sich selbst, aber Deacon antwortete trotzdem. „Ja, würde ich und werde ich auch, falls dir das zu erkennen hilft, wie die Dinge jetzt sind." Die schiere Ehrfurcht in Kades Blick, als er ihm endlich wieder in die Augen sah, zerquetschte Deacon fast das Herz. Er wusste, dass er gerade dabei war, sich unrettbar in den entzückenden, verängstigten Mann in seinen Armen zu verlieben. Jetzt brauchte er nur noch irgendwie dafür zu sorgen, dass er dabei nicht alleine blieb.

Mit diesem Entschluss im Hinterkopf ging Deacon daran, Kade wieder auf den anderen Aspekt ihrer Beziehung zu konzentrieren, ihm zu zeigen, dass seine Worte nicht nur leere Plattitüden waren. Er neigte den Kopf und nahm Kades Lippen mit einem sanften Kuss in Besitz. Er fing langsam an und baute ihre Bedürfnisse, ihre Leidenschaften allmählich auf, wohl wissend, dass er das genauso nötig brauchte wie Kade. Als Kade den Mund leicht öffnete, schlüpfte Deacons Zunge hinein, schmeckte und berührte alles, was sie erreichen konnte. Kades hungriges Wimmern steigerte nur Deacons Entschlossenheit, seinem Boy – seinem Geliebten – zu zeigen, was er meinte.

Später, als Kade schlafend neben ihm lag – leise schnarchend, den Kopf auf Deacons Brust – dachte Deacon über all die Dinge nach, die ihm Kade heute und auch schon früher gesagt hatte, unglücklich darüber, wie schlecht er behandelt worden war. Schlimmer noch, Kade hatte sich das alles offensichtlich sehr zu Herzen genommen und glaubte wirklich, weder Liebe noch Leidenschaft wert zu sein. *Nun gut,* sinnierte er, *was morgen passiert, sollte helfen, einige dieser Ängste zu beseitigen.* Danach verlagerte er den Schwerpunkt seiner Überlegungen darauf, Kade auszuführen. Wo er wohl gerne hingehen würde, was ihm gefiel.

Deacon war ein eher häuslicher Mensch, wenn er nicht bei der Arbeit war oder an gesellschaftlichen Veranstaltungen teilnehmen musste. *Vielleicht die Kinder-Gala im Krankenhaus übernächste Woche ...*

BEIM BRUNCH am nächsten Vormittag saß Kade wieder auf dem Spezialkissen, das Deacon ihm gekauft hatte. Das Frühstück hatten sie verpasst, da sie beide länger geschlafen hatten als sie es gewohnt waren. Er hatte nur seine seidene Schlafanzugshose anziehen dürfen, während Deacon Pyjamahosen und einen dazu passenden Morgenrock trug. Sein Kopf war immer noch relativ klar. Obwohl er sich bei ihrem Gespräch gestern Abend so aufgeregt hatte, war er seit der Session in der Sling insgesamt ruhiger und konzentrierter. Kade hatte Deacon weder von Gary erzählen noch schon wieder seine Ängste zur Sprache bringen wollen, aber er war froh, dass Deacon ihn dazu gedrängt hatte. Beim Gedanken an die Sling und daran, was Deacon da drin alles mit ihm gemacht hatte, rann ihm ein Schauer über den Rücken, während er an einem Bissen von der Zimtschnecke kaute, mit der Deacon ihn gerade fütterte.

„Ist die Schnecke so gut, Boy?", fragte Deacon amüsiert.

„Kann sein. Ich musste gerade an gestern denken, Sir." Er hatte sich so sicher gefühlt, so erwünscht und so umsorgt.

Das leise, tiefe Lachen brachte Kade zum Lächeln. „Du magst meine Spielsachen, hm?"

Kade nickte und seufzte zufrieden.

„Apropos Spielzimmer, du weißt ja, dass Sam und Jake heute Nachmittag zu Besuch kommen und zum Abendessen bleiben."

„Ja. Ich habe alles, was Jake und ich zum Kochen brauchen. Auch den Wein und den Nachtisch." Er hatte das Versprechen gehalten, das er Jake an ihrem ersten gemeinsamen Abend gegeben hatte, und um ein Abendessen zu viert mit ihren Doms gebeten. Er und Jake hatten die Woche über ein paarmal miteinander telefoniert, um festzulegen, was sie für ihre Sirs kochen würden und was sie alles dafür brauchten. „Also, ich habe alles, was ich besorgen sollte. Jake hat mir bestätigt, dass er alles Übrige bereits eingepackt hat."

Deacon nickte und kraulte Kade im Genick. „Was den heutigen Abend betrifft – da gibt es noch was, worüber ich mit dir reden wollte, Boy. Eigentlich hatte ich das schon gestern Abend vor, aber wir waren … abgelenkt."

Der Tonfall fuhr Kade direkt in seinen eingesperrten Schwanz, aber die Worte machten ihn neugierig. „Was ist mit heute Abend, Sir?"

„Sam hat um eine gemeinsame Session mit dir und Jake gebeten. An der ich natürlich auch teilnehmen werde." Deacon streichelte weiter Kades Nacken, sagte aber nichts weiter. Kade dachte über Deacons Worte nach. Sam hat um mich gebeten? Warum sollte er? „Du wirkst verwirrt, Liebes."

„Ich … warum sollte er mit mir spielen wollen?" Jake blickte auf seine unbrauchbaren Beine hinab, unfähig zu begreifen, welchen Sinn das Ganze haben sollte. *Vielleicht den, dass Deacon mit Jake spielen will? Jake könnte ihm besser dienen, aber Jake ist glücklich mit Sam, also würde er ihn wohl kaum für Deacon verlassen …* „Er hat Jake und einen ganzen Club voller Subs, die sich darum reißen würden, ihm zu dienen."

„Sam nimmt andere Subs in seinem Club nur zu Trainings – oder Demozwecken an, Kade. Nie privat. Nicht, seitdem er und Jake ein Paar sind."

„Findet Jake das okay?" *Findest du das okay?* Kade wusste wirklich nicht, ob er sich von einem anderen Dom berühren lassen wollte. Er war glücklich mit Deacon, aber vielleicht brauchte Deacon mehr, vielleicht brauchte er das, was ihm ein anderer Sub geben konnte? Er beteuerte zwar immer wieder, dass das nicht so war, aber … warum sonst …?

„Mmmhmm, er will auch mit dir spielen, Kade." Deacon ließ seine Hand sanft um Kades Hals gleiten und drückte ihm mit dem Daumen den Kopf nach oben. „Ich würde euch liebend gern zusammen sehen." Deacons Stimme wurde tiefer und seine Augen verdunkelten sich zu einem gewitterwolken-ähnlichen Blaugrau. „Euch beide fesseln, während Sam und ich mit euch spielen. Euch vielleicht auch noch die Augen verbinden."

Kades Magen schlug einen Purzelbaum bei der Vorstellung. Früher hatte er es geliebt, gemeinsam mit Jake mit ausgewählten Doms zu spielen, und Deacon gefällig zu sein machte ihn glücklicher und zufriedener als je zuvor, seit er zurückdenken konnte. „Ich … wenn du das möchtest, will ich dir und Sam diesen Wunsch gern erfüllen." Er holte tief Luft, dann zwang er sich, mit feuchten Händen und pochendem Herzen, eine Frage zu stellen. „Wird, äh, wird dein Freund mich …"

„Wird Sam was, Boy?"

Kade schluckte krampfhaft und versuchte, sich so weit zu beruhigen, um Deacon antworten zu können. Ihm war schwindlig, aber sein Entschluss war gefasst. Selbst wenn Deacon seinem Wunsch nicht nachkam, würde er gehorchen.

Er würde alles tun, um seinen Dom und Geliebten bei Laune zu halten. „Mein Körper gehört dir; du kannst damit machen, was du willst, und ich werde natürlich tun, was du befiehlst, aber ich möchte niemanden außer dir, oder vielleicht Jake, in, äh, in mir haben."

„Ich auch nicht, Boy." Deacon beugte sich vor und gab Kade einen sanften und doch atemberaubenden Kuss auf die Lippen. Er wich nur weit genug zurück, um den Kuss zu unterbrechen; seine Lippen streiften Kades, als er weitersprach: „Dasselbe gilt für Jake. Ich werde gewisse Dinge nicht mit ihm tun und Sam gewisse Dinge nicht mit dir." Seine Stimme sank zu demselben tiefen Grollen herab wie oft beim Sex. „Ich werde keinem anderen Dom erlauben, dich zu nehmen. Basta."

Kade rieb seine Wange an Deacons Hand.

„Danke, dass du mir deine Wünsche gesagt hast, Boy. Ich will, dass du es genießt und dich nicht einfach nur fügst."

„Danke, Sir." Kade wollte sich nicht von einem anderen Dom nehmen lassen. Doch die Tatsache, dass Deacon das während einer Session zu viert auch nicht mit Jake tun würde, ließ seine Gedanken wild im Kreis herumwirbeln. Es ergab keinen Sinn. Nichts davon ergab einen Sinn, wenn er ehrlich war. Aber er beschloss, seinem Sir – seinem Geliebten – zu vertrauen. Er würde schon wissen, was das Beste für seinen Boy war.

„Oh, eins noch, dann wären wir hier fertig. Wir sollten wirklich angezogen sein, wenn unsere Gäste kommen", scherzte Deacon. „Hast du einen Smoking?"

Komische Frage. „Ja." Warum?

„In zwei Wochen findet im Kinderkrankenhaus eine Gala statt. Das habe ich neulich schon erwähnt, glaube ich. Meine Firma hat den neuen Anbau entworfen, also muss ich teilnehmen. Ich möchte, dass du mich als mein Date zu der Veranstaltung begleitest."

Kade hob ruckartig den Kopf und starrte seinen Dom, seinen Geliebten an. *Ausgehen? Und nicht nur irgendwie „aus", sondern auf eine so wichtige Veranstaltung wie diese Gala?* „Du willst mich dorthin ausführen? Aber ... Im Ernst?"

Dafür bekam er ein Nicken, begleitet von einem leichten Lächeln. „Ich weiß zwar nicht, ob du nicht sowieso hingehen wolltest, aber ja, genau das hatte ich vor."

„Ja!" Kade warf sich nach vorn und schlang Deacon die Arme um die Taille. „Ähm, ich meine, ja, vielen Dank."

Er machte Anstalten, sich wieder aufrecht hinzusetzen, doch Deacon nahm ihn in seine starken Arme. Für einen Moment hielt er ihn fest umschlungen und streichelte ihm den Rücken. „Danke, Kade." Er drückte ihm einen Kuss auf den Kopf. „Du hast mich sehr glücklich gemacht."

EINE STUNDE später saß Kade auf dem Fenstersitz in Deacons Zimmer, angezogen und bereit – nun ja, so bereit, wie es eben ging. Während er zusah, wie der Wind draußen die Bäume schüttelte und lose Blätter über den Hof tanzen ließ, dachte er über den bevorstehenden Abend nach. Ein Essen zu kochen, selbst in einer nicht auf ihn zugeschnittenen Küche, würde nicht allzu schwierig sein, schon gar nicht mit Jakes Hilfe. Auf dem Kissen zu sitzen, während Jake neben ihm kniete und beide von ihren Doms gefüttert wurde – auch kein Problem. Nein, was sein Herz rasen und seine Hände zittern ließ, war die geplante Session nur ein paar Türen weiter im Spielzimmer. Er freute sich darauf, endlich wieder einmal Seite an Seite mit Jake zu spielen; nun ja, ein bisschen nervös war er auch, weil er das schon seit Jahren nicht mehr gemacht hatte. Aber die Tatsache, dass Sam auch da sein würde, ihn berühren und ihm Befehle erteilen würde, ängstigte Kade zu Tode. Würde er imstande sein, Jakes Dom zufriedenzustellen? Würde Deacon ihm überhaupt Beachtung schenken oder würde er sich mehr auf Jake konzentrieren und auf das, was er tun konnte – was Kade nicht konnte? All das ging ihm auf einmal durch den Kopf.

Ganz in Gedanken versunken merkte er erst, dass Deacon wieder da war, als feste Lippen ihm einen Kuss auf den Hals drückten. „Die Aussicht ist schön, aber ich finde dich viel hübscher anzusehen, Kade."

Kade wandte Deacon das Gesicht zu und versuchte zu lächeln, aber das bekam er anscheinend nicht allzu gut hin, nach Deacons Stirnrunzeln zu schließen.

„Was ist denn?", fragte Deacon mit sanfter Stimme.

„Nichts." Als Deacons Miene sich verfinsterte, schob Kade hastig eine Erklärung nach. Er wollte Deacon nicht verstimmen, und eigentlich wusste er ja auch, dass alles gut gehen würde – Kade vertraute darauf, dass Deacon schon dafür sorgen würde. „Ich bin nur nervös, Sir. Ich weiß nicht, was dein Freund von mir erwartet. Du weißt, was ich kann und was nicht und bist geduldig mit mir. Ich will dich nicht blamieren, und ich möchte niemanden enttäuschen."

Deacon setzte sich neben Kade, dann hob er ihn hoch und setzte ihn sich auf den Schoß. „Als Sam diesen Abend vorgeschlagen hat, haben wir auch über Limits, Einschränkungen und Bedürfnisse gesprochen, Boy. Tatsächlich hat mich erst Jakes Bitte um eine gemeinsame Session mit dir umgestimmt. Aber du musst begreifen, dass ich dich beschützen, leiten und für dich sorgen will, nicht nur mit dir spielen, wenn mir gerade danach ist. Ich weiß, dass du mit deinen früheren Doms nie länger als für einen Abend oder ein Wochenende zusammen warst, aber für mich bist du mehr als nur mein Sub. Ich nehme dich – uns – sehr ernst."

Kade schluckte krampfhaft und kuschelte sich an Deacons Brust, saugte seine Zärtlichkeit und Fürsorge in sich auf, während er sich abmühte, Deacons Worte geistig zu verarbeiten. „Ich werde lernen, Sir. Und du sollst heute Abend stolz auf mich sein können."

„Daran habe ich keinen Zweifel. Jetzt atme tief ein. Halt' die Luft an. Atme aus." Deacon küsste ihn erneut, eine Serie von aufreizend sanften Küssen, die Kades Lippen kaum streiften. Sein Schwanz versuchte sich aufzurichten, doch das ging nicht wegen des Käfigs, den er seit gestern Abend trug. „Sam und Jake kommen demnächst, also muss ich dich jetzt runter bringen. Du kannst nach Belieben über die Küche verfügen, und Jake auch."

Kade hob den Kopf, und sofort trafen Deacons volle, halb offene Lippen auf seine, und Deacons Zunge tauchte in Kades Mund. Ein Stöhnen pendelte zwischen ihnen hin und her; Deacons süße Wärme hüllte Kade ein, der Geschmack seines Geliebten erfüllte ihn erneut. Schließlich wich er widerwillig zurück. Ihm schwamm der Kopf vor lauter Lust; sie machte ihm das Denken schwer. „Wir werden unser Bestes tun, versprochen", murmelte er.

14

SPÄTER AM selben Abend tanzte Jake in der Küche herum, während sie die letzten Vorbereitungen fürs Abendessen trafen. Bis jetzt war alles gut gelaufen, und Kade genoss seine Zeit mit Jake. Deacon und Sam hatten sich gleich nach Jakes und Sams Ankunft für eine Weile nach oben verzogen; jetzt waren sie in Deacons Büro. Kade konnte sich vor lauter Nervosität kaum konzentrieren. Doch Jake mit seiner typischen Art half ihm, sich zu entspannen und Spaß zu haben. Er wirkte sogar noch erregbarer und sinnlicher, als Kade ihn in Erinnerung hatte.

Kade blickte auf, als Jake ihm eine Hand auf die Schulter legte. „Was ist?"

„Hier ist alles soweit fertig, und wir haben gut fünfzehn Minuten, bis die restlichen Sachen aus dem Ofen kommen. Also ..."

„Also was? Ich kann dir nicht ganz folgen, Jake." Er hatte das Gefühl, als wäre ihm ein Teil des Gesprächs entgangen, und das mochte er normalerweise gar nicht. Aber in diesem Fall hatte er anscheinend tatsächlich was verpasst.

Jake beugte sich vor und drückte ihm einen sanften Kuss auf die Lippen, dann trat er zurück. „Also, da wäre noch was, wobei ich dir vor dem Essen helfen soll. Ich glaube, wir haben genug Zeit und außerdem fand ich es wirklich nicht ratsam, das zu früh zu machen."

Kade schluckte, verwirrt und nervös. „Wobei s-sollst du mir helfen?"

Jake grinste und gab Kade einen Wink, ihm zu folgen. „Ich muss nur eben noch was holen, und dann brauchen wir ein Plätzchen, wo du dich mal kurz hinlegen kannst." Er ging hinaus ins Wohnzimmer, wo er und Sam vorhin ihre Sachen gelassen hatten, und schnappte sich einen Rucksack. „Hab' alles."

In der kleinen Bibliothek im Erdgeschoss von Deacons Haus gab es wie im Schlafzimmer einen gepolsterten Fenstersitz. Nachdem er die Vorhänge zugezogen hatte, nahm Kade auf der plüschigen Sitzbank vor dem Fenster Platz. Jake setzte sich neben ihn und kramte in seinem Rucksack herum. „Deacon will deinem Verlangen heute Abend noch ein bisschen mehr *Bums* geben. Er hat mich gestern gebeten, das hier für dich zu besorgen."

Als Kade sah, was Jake in der Hand hielt, schnappte er nach Luft. Es waren zwei kleine Päckchen. Dem größeren davon galt seine gesamte Aufmerksamkeit. „Ein Plug? Du hast mir einen Butt-Plug gekauft?"

„Na ja, eigentlich liefere ich ihn nur ab. Deacon hat mir gesagt, was für einen ich kaufen soll, und ihn auch bezahlt." Jake zuckte die Achseln. „Mach' dir keine Sorgen, weil die Verpackung schon offen ist. Ich habe ihn ausgepackt und bereits gründlich abgewaschen." Er reichte ihn Kade. „Deacon hat gesagt, dass ihr bisher keinen benutzt habt, deshalb habe ich einen kleineren besorgt. Mit dem gebogenen Griff am Ende sollte er bequem zu tragen und auch ohne meine Hilfe für dich leicht zu handhaben sein."

Kade sah sich den Plug genauer an. Er war schlicht und eiförmig, mit einer Krümmung am unteren Ende, genau wie Jake gesagt hatte. Er sah Jake an und schluckte krampfhaft. Gott, wie lange hatte er keinen mehr benutzt? Bei der Erinnerung daran, wie gerne er früher mit den Dingern gespielt hatte, bekam er eine Gänsehaut. „Wie sollst du mir dabei helfen?"

Ein schelmisches Lächeln huschte über Jakes Gesicht. „Na, ich darf dich vorbereiten und ihn dir reinstecken, bevor wir uns zum Abendessen umziehen, natürlich. Ist es okay für dich, wenn ich dich so berühre, ohne dass Deacon dabei ist?"

Es war Deacons Idee gewesen, also war er ja doch irgendwie dabei. Oder? Und er und Jake hatten sich jahrelang gegenseitig dabei geholfen, sich für Sessions vorzubereiten. „Ich, äh, nein, geht schon in Ordnung. Bloß – sei vorsichtig, bitte."

Jake verdrehte die Augen. „Hab' ich dir schon jemals wehgetan?" Er half Kade beim Ausziehen und Hinlegen. „Oh, schicker Käfig."

„Das ist der, den wir damals zusammen gekauft haben. Als ich noch im Fierce gespielt habe." Hatte er ihn wirklich schon so lange? Ja, ungefähr drei Monate vor dem Angriff waren Jake und er eines Samstags in diesem gigantischen Sexshop einkaufen gegangen. Sie hatten damals eine gefühlte Ewigkeit gebraucht, um den perfekten Käfig zu finden. „Deacon scheint er zu gefallen. Wenn ich drinstecke, jedenfalls."

Jake nickte. „Ja, Sam liebt meinen. Er hat ihn selbst für mich gekauft. Gleich nachdem ich offiziell sein Boy geworden war." Jake verschob Kades Beine, bis er freien Zugang zu Kades Rosette hatte. Dann förderte er eine noch ungeöffnete Flasche Gleitgel zutage, gab sich etwas davon auf die Finger und berührte sanft Kades Anus. „Ich mache erst weiter, wenn du soweit bist."

Kade nickte, ein bisschen angespannt aber bereits erregt. Jake streichelte aufreizend die empfindliche Haut, und als Kade sich entspannte, begann Jake ihn vorzubereiten und zu weiten. Er benutzte mehr Gleitgel, als Kades Meinung nach nötig war, doch Jake zuckte nur die Achseln. „Besser zuviel als zu wenig, oder? Jetzt bleib offen und locker für mich, Schatz." Jake zog seine Finger heraus, und Kade hätte am liebsten gejammert vor Bedauern. Jake war sehr gut; er hielt sich nicht lange damit auf, ihn absichtlich zu stimulieren. Aber Kade liebte nun mal das Gefühl, gedehnt und ausgefüllt zu sein.

Kade spürte, wie die Spitze des Plugs in ihn eindrang, ihn stärker dehnte als Jakes Finger vorhin. Ein Stöhnen entschlüpfte ihm, während Jake ihm den Analdildo langsam weiter hineinschob. Kades Schwanz unternahm einen heldenhaften Versuch, steif zu werden, doch gegen die strammen Metallringe kam er nicht an.

„Wunderschön", murmelte Jake, als der Plug endlich ganz in Kade drinsteckte und die knollenförmige Verdickung auf seine Prostata drückte. Jake klopfte ein paarmal leicht dagegen; die Vibrationen entlockten Kade weitere lustvolle Laute. „Dein Master wird hochzufrieden sein, wenn er sieht, wie verrückt dich das macht, Kade."

Kade schloss die Augen, holte tief Luft und konzentrierte sich darauf, *wie* gut Deacon das gefallen würde, und *das* machte ihn noch verrückter als der Plug an sich. „Was noch?", krächzte er.

„Wir sollen beide nur diese niedlichen kurzen Netzhöschen tragen. Die bringen unsere Vorzüge zur Geltung und so. Die Käfige sind durch den Netzstoff kaum zu sehen. Das hellblaue ist für dich und das dunkelblaue für mich."

„Moment mal", protestierte Kade. „Kriegst du etwa keinen Plug?" Wenn sie schon im Partnerlook gehen mussten, schien es nur gerecht, dass Jake auch dieselben Qualen litt wie er.

Jakes Lachen war unbeschwert und glücklich. „Ich hab' meinen schon drin." Oh, *das* erklärte natürlich Jakes Seufzer und seine Erregbarkeit beim Kochen vorhin. „Jetzt komm, sei brav. Ziehen wir uns an. Ich muss mir noch die Hände waschen, dann können wir wieder in die Küche gehen und das Essen servieren."

Kade bekam das Höschen mühelos an; es war aus einer Art Stretch-Netzgewebe und saß wie ein enger Boxerslip. Nachdem er es sich wieder in seinem Rollstuhl bequem gemacht und alles zurechtgerückt hatte, um sich so gut wie nur möglich zu präsentieren, musterte er Jake von Kopf bis Fuß. „Gott, in dem Ding siehst du echt scharf aus."

„Deins sieht an dir auch verdammt sexy aus. Jetzt komm schon. Wir müssen unsere Sirs füttern, damit sie zum unterhaltsamen Teil des Abends übergehen können." Jake erschauerte und sein Blick wurde glasig. „Ich kann's kaum erwarten, zu sehen und zu fühlen, was sie mit uns vorhaben."

Kade stöhnte erneut auf. Vor seinem inneren Auge tauchte Bild um Bild von Dingen auf, die er schon gesehen oder getan hatte. Jedes einzelne steigerte seinen Eifer, Deacon zufriedenzustellen und machte ihn zugänglicher für die Tatsache, dass Sam auch da sein würde. Er grinste und nickte. „Dann beeilen wir uns mal lieber und geben unseren Doms was zu essen; sie werden die Energie zum Spielen brauchen!"

Jake bückte sich und küsste Kade, ein bisschen nachdrücklicher und inniger als vorhin. Beide hielten den Kuss innerhalb der Grenzen des Erlaubten, aber Kade spürte ganz deutlich, wie sehr auch Jake dem weiteren Verlauf des Abends entgegen fieberte. Dieses Wissen gab ihm Halt und Sicherheit. Zu wissen, dass sowohl Deacon als auch Jake das hier wollten … Ja, er würde es schaffen.

Von Deacon die Treppe hoch getragen zu werden war nichts Neues für Kade, aber dass Sam und Jake dabei neben ihnen her gingen schon. Als sie oben ankamen, setzte Deacon Kade in seinen Rollstuhl und ließ eine große Hand auf seiner Schulter liegen, bis Jake und Sam zu ihnen traten.

Sam wandte Kade das Gesicht zu. Sein offenes, ungezwungenes Lächeln war verschwunden; stattdessen hatte er dieselbe strenge, beherrschte Miene aufgesetzt, wie Deacon sie beim Spielen immer zur Schau trug. Die beiden Doms standen nebeneinander, die Arme über der Brust verschränkt, und musterten Jake und Kade von Kopf bis Fuß.

„Jake gehört Sam, so wie du mir gehörst, Kade." Deacons Stimme war tiefer, wie bei jeder Art von Session, die sie abhielten. „Aber im Spielzimmer gehorcht ihr beide sowohl mir als auch Sam. Jeder von euch hat den Wünschen beider Doms nachzukommen. Ich werde weder Analverkehr mit Jake haben, noch wird Sam Kade auf diese Weise nehmen, doch ansonsten werden wir beide nach Belieben über eure Lust verfügen."

„Bevor wir reingehen", fügte Sam hinzu und ging neben Kade in die Hocke, „will ich hören, wie ihr beide eure Zustimmung zu dieser Session gebt. Ich nehme von keinem Sub etwas gegen seinen Willen, ganz gleich, ob sein Dom die Erlaubnis gegeben hat oder nicht."

Jakes Augen strahlten vor Verlangen und Glück; sein Anblick gab Kade Mut. „Danke, dass du um das hier gebeten hast, Sir. Ja, bitte." Er sah Deacon an, ohne den Blick weiter als bis zu seiner Brust zu heben. „Und danke, dass du ja gesagt hast."

„Ich wünsche mir das auch, Sir. Ich danke euch beiden", sagte Jake.

„Eins noch, bevor wir anfangen. Ich muss deine Safewörter hören, Jake", sagte Deacon, den Blick fest auf Jake gerichtet.

„Und ich tue nichts, ehe ich nicht Kades gehört habe", fügte Sam hinzu, der inzwischen wieder aufrecht stand.

Kade schluckte und antwortete dann: „Zimt und Zitrone."

„Meine sind Orange und Rot", ergänzte Jake.

„Gut. Geht rein und zieht euch aus." Deacon deutete auf die Tür, die Kade nur anzuschauen brauchte, um Herzrasen und schweißfeuchte Hände zu bekommen. „Kade kann dir zeigen, wo du deine Sachen ablegen sollst, Jake. Wenn ihr fertig seid, nehmt ihr beide eure Präsentations-Position ein."

Kade setzte sich sofort in Bewegung; gleich hinter der Tür rollte er beiseite, um den anderen drei Männern Platz zu machen. Dann schlüpfte er aus seinem Netzhöschen und faltete es zusammen. Er war es nicht gewohnt, nur so wenig ausziehen zu müssen. Als er aufblickte, legte Jake gerade ebenfalls sein Netzhöschen ab, und somit hatte Kade freie Sicht auf seinen straffen, nahezu haarlosen Körper. Wie Kade war er nur im Intimbereich rasiert.

Jake lächelte ihn an, dann wandte er sich ab und ging zur Mitte des Zimmers. Eine lange, dünne Narbe auf seinem Rücken fesselte kurz Kades Aufmerksamkeit – sie zog sich von seinem unteren Rücken bogenförmig bis zu seiner Hüfte. Soweit Kade sich erinnern konnte, hatte Jake sie früher nicht gehabt, aber es war schließlich schon mehr als drei Jahre her … Er schüttelte mit einem Achselzucken seine Neugier ab und sah zu, wie Jake anmutig niederkniete, die

Knie spreizte und sich auf die Fersen setzte, wobei das schmucke, dunkelblaue Ende seines Plugs zum Vorschein kam. Als Kade an seinen Platz neben Jake rollte, verschränkte sein Freund die Arme hinter dem Rücken, umfasste seine Ellbogen und verharrte dann reglos in dieser Haltung. Kade runzelte die Stirn, wohl wissend, dass seine Präsentation nie so sein konnte, doch er tat sein bestes. Er setzte sich vorgebeugt hin, die Arme in derselben Haltung wie Jake, den Kopf gesenkt. Für einen Moment packte ihn die Eifersucht, doch er schob sie beiseite. Deacon hatte sich nie über seiner eingeschränkten Präsentation enttäuscht gezeigt; er hoffte, dass das auch so blieb, wenn er ihn neben einem normalen Sub sah.

Sam und Deacon suchten sich aus dem Schrank und der Kommode zusammen, was sie brauchten. Sie ließen sich Zeit dabei; Kade hörte nur ihre Schritte, das leise Tappen nackter Füße und das Stapfen von Stiefeln auf dem Parkett und gelegentlich mal ein Scharren, als würden Gegenstände verschoben. Nach einer gefühlten Ewigkeit – die in Wirklichkeit nur wenige Minuten gedauert haben konnte – kamen Deacon und Sam in sein Blickfeld. Als sie ihn und Jake umkreisten, sah Kade, dass beide Männer bis zur Taille nackt waren. Sam hatte seine Stiefel angelassen, aber sonst trugen beide nur noch ihre Hosen.

Eine Hand berührte Kade an der Schulter, und er verspannte sich, da er nicht wusste, wessen Hand es war. Als sie langsam an seinem Rückgrat entlang abwärts glitt, erkannte er, dass sie Sam gehören musste; die Haut war rauer, ihre Berührung etwas fester als Deacons.

„Er ist wunderschön, Deacon." Sam ging um Kade herum, ohne die Hand von seiner Haut zu nehmen, und blieb vor ihm stehen. Kade keuchte auf, als Sam ihm mit den Daumen die Nippel rieb, bis sie zu harten kleinen Knospen wurden. „Und so empfänglich für Berührung … Ich will deine Lust hören, ist das klar?"

Kade nickte; dass Sam Gefallen an ihm zu finden schien, ließ ihn vor Freude erschauern. Sam trat zurück, kam aber gleich darauf mit einem Satz Nippelklemmen wieder. Ihr Biss entlockte Kade ein leises Stöhnen. Sam zupfte sanft an der Kette und lachte zufrieden in sich hinein, als Kade sich der Berührung entgegenwölbte. Kade vernahm ein ähnliches leises Stöhnen von Jake und lächelte.

„Hoch mit dir und auf die Bank, mein Kleiner", befahl Sam. Jake stand auf und verschwand aus Kades Blickfeld.

Noch während Kade sich fragte, was das zu bedeuten hatte, tauchte Deacon mit einem von den blauen Seidenseilen, die er so gern mochte, neben ihm auf. Er legte es ihm um den Hals und begann dann, ein kompliziertes, leiterartiges Muster um seine Brust und seine Taille zu knüpfen. Kade wunderte sich, dass seine Arme frei blieben, doch er sagte nichts. Es gab bestimmt einen Grund dafür, auch wenn er den nicht kannte.

Als Deacon fertig war, hob er Kade aus dem Rollstuhl und drehte sich um, sodass Kade Jake wieder im Blick hatte. Er saß auf der kurzen, gepolsterten Bank, auf die Deacon Kade manchmal während einer Session oder beim Sex platzierte, wenn er das Bett auf der anderen Seite des Zimmers nicht benutzen wollte. Jake saß aufrecht an einem Ende der Bank, die Arme an den Seiten. Er war genauso gebunden wie Kade, nur mit schwarzem Seil. Im nächsten Moment fand Kade sich am anderen Ende der Bank wieder, Rücken an Rücken mit Jake, die Schultern aneinandergepresst.

„Hakt eure Arme ineinander und haltet euch an den Händen, sodass eure Arme gestreckt bleiben", befahl Deacon. Kade hatte Angst, die Position nicht lange halten zu können und bei der ersten richtigen Bewegung sofort von der Bank zu kippen. „Na los, Kade. Ich lasse dich nicht fallen."

Kades Grenzen zu kennen war Deacons Job, einer, bei dem er bisher noch nie versagt hatte, also gab Kade sich alle Mühe, sich zu entspannen. Sobald seine Arme mit denen von Jake verschränkt waren, fühlte er sich stabiler. Deacon beugte sich vor, gab ihm einen flüchtigen Kuss auf die Lippen und förderte dann ein weiteres langes blaues Seil zutage. Beginnend mit den Fingern schlang er es in einem kreuzförmigen Muster bis zu den Schultern um ihre Armen, dann wiederholte er das Ganze mit einem schwarzen Seil auf der anderen Seite.

„Verdammt! Ich kriege Hunger, wenn ich sie mir nur angucke", rief Sam, worauf Deacon erwiderte: „Einfach hinreißend."

Der feste Griff von Jakes Fingern gab Kade Mut und Zuversicht, während er darum kämpfte, ruhig zu bleiben und abzuwarten. „Nur eins noch, Boys", sagte Deacon grinsend und ließ zwei schmale Streifen Seidenstoff von einem Finger baumeln. Als Kades Augen verbunden waren, schien aus jedem Geräusch, jeder Berührung irgendwie plötzlich „mehr" zu werden.

Finger spielten mit seinen empfindlichen Nippeln in den Klemmen, dann spürte er ein kurzes Ziehen und hörte Metall klirren, ehe der Peniskäfig abgenommen wurde. Kade stöhnte auf, als sein Schwanz sich füllte, überempfindlich nach der langen Gefangenschaft und all den aufreizenden Berührungen. Eine Hand schloss sich eng um sein Glied, streichelte langsam vom Ansatz bis zur Spitze und wieder zurück und entlockte ihm damit ein tiefes Stöhnen.

„Vergesst nicht, wir wollen euch hören, alle beide, und jeder von euch hat dem Dom zu dienen, der ihn gerade berührt", murmelte Deacon dicht an Kades Ohr. Da Jakes Kopf so dicht an seinem war, als er nickte, spürte Kade die Bewegung ebenfalls.

„Ja, Sir", antworteten sie.

Die nächsten paar Minuten waren frustrierend und erregend zugleich. Hände streichelten aufreizend über Kades Brust und Arme zwischen den Seilen. Finger geisterten über seinen Penis, seinen Hodensack, das Ganze immer wieder willkürlich unterbrochen von einem Kneifen hier, einem Zwicken da. Jake stöhnen und nach Luft schnappen zu hören steigerte Kades Verlangen noch mehr, ebenso wie sein Erschauern und das leichte Zucken seiner Muskeln, während er, wie Kade annahm, derselben köstlichen Folter unterzogen wurde.

Schließlich schloss sich erneut eine Faust um Kades Schwanz; ihr Griff war anders als vorhin, aber genauso fordernd. Lippen streiften seine, eine Zunge drängte sich dazwischen. Er öffnete sofort den Mund, spürte mit Genuss, wie der Druck auf seine Lippen stärker wurde. Ihre Zungen tanzten, Zähne kniffen ihn in die Lippen, und die Hand um seinen Schwanz rieb weiter. Wimmernd und stöhnend drängte Kade sich der süßen Pein entgegen. Er wusste, dass es Sam war, doch sein Verstand registrierte nur, wie Sam ihn berührte, küsste, aufgeilte. Die Laute, die Jake von sich gab, machten ihn noch mehr verrückt. Er wünschte, er könnte sehen, was ihre Gebieter mit ihnen machten, doch er konnte nur fühlen, was sie ihm und Jake antaten.

Irgendwann ließ die Hand ihn los, und die Lippen verschwanden – zu Kades großer Enttäuschung. Die allerdings nicht lange anhielt, denn gleich darauf berührte ihn etwas an der Wange. Schon der nächste Atemzug verriet Kade, was es damit auf sich hatte. Der Duft nach Moschus und Mann schoss ihm direkt in den Unterleib und setzte sich in seinen Eiern fest. Doch es war nicht Deacons Geruch, und es dauerte einen Moment, bis sich sein Hirn einschaltete und ihm befahl, den Mund aufzumachen.

„Gut. Nimm mich jetzt in den Mund", befahl Sam von irgendwo über ihm.

Kade reckte den Kopf, lutschte und saugte an dem dicken Schaft und bemühte sich nach Kräften, den Dom zufriedenzustellen, der ihn mit langsamen Stößen in den Mund fickte. Jedes Mal, wenn Sam sich zurückzog, verstärkte Kade den Sog und reizte seinen Penis von unten. Er schwelgte in den leisen Grunzlauten, die der Mann von sich gab.

Sein eigener Schwanz schmerzte, doch Kade ignorierte ihn, vollauf zufrieden damit, einfach nur zu dienen und zu hören, wie Deacon ebenfalls befriedigt wurde. Schließlich entzog Sam sein Glied Kades liebevoller Fürsorge, und Kade wimmerte protestierend. Doch er klappte rasch den Mund zu, als er von oben ein verärgertes Brummen hörte.

„Du hast da einen ganz entzückenden, begabten Boy, Deacon."

„Mmm … du aber auch", erwiderte Deacon mit leiser, gepresster Stimme.

15

KADE FUHR erschrocken zusammen, als die Fesseln an seinen Armen gelockert und dann ohne Vorwarnung ganz abgenommen wurden. Die Augenbinde blieb jedoch an Ort und Stelle, daher fühlte er nur, wie er herumgeschoben und -gezogen wurde, bis er flach auf dem Rücken lag. Bei jeder Bewegung verschob sich der Plug in ihm und trieb sein Verlangen höher. Er wusste, dass er jetzt ausgestreckt auf der Bank lag, auf der er mit Jake gesessen hatte, war aber nicht sicher, was sonst vor sich ging.

Als seine Arme angehoben, von den Fingern bis zu den Ellbogen aneinander gefesselt und über seinem Kopf festgebunden wurden, erschauerte Kade. Dann machte sich zu seiner Verwunderung jemand an der unteren Hälfte seines Körpers zu schaffen. Er merkte, dass seine Beine bewegt wurden, hatte aber keine Ahnung, warum. „Was macht" –

„Schscht, Boy. Wenn ich fertig bin, nimmt Jake dir die Augenbinde ab, dann wirst du schon sehen." Deacons Stimme war streng, doch Kade kannte diesen Ton. So klang sein Gebieter nur dann, wenn sein Schwanz vor lauter Erregung schon fast purpurfarben war. Und das hieß immer, dass die Qual und das Begehren noch besser werden würden.

„Verdammt, ist das geil", murmelte Jake irgendwo in der Nähe. Deacon und Sam stimmten zu. Mehrere Hände begannen Kade zärtlich und aufreizend zu streicheln. Seine Arme waren gefesselt und über seinem Kopf fest fixiert, und seine Beine – nun ja, er hatte keine Ahnung, was sie mit denen gemacht hatten. Er vibrierte vor Verlangen, während er wartete.

Endlich – obwohl er wusste, dass es eigentlich gar nicht so lange gedauert hatte – wurde die Seide über seinen Augen entfernt. „Wenn du soweit bist, Boy, darfst du die Augen aufmachen."

Er riss sofort die Augen auf, weil er unbedingt wissen wollte, was Deacon mit ihm gemacht hatte, und schnappte nach Luft, als er den Kopf hob und seine Beine sah. Seine Fersen waren mit blauem Seidenseil an die Oberschenkel gefesselt, jedes Bein in demselben Leitermuster wie sein Körper kunstvoll verschnürt, mit angezogenen Knien, sodass die einzelnen Schlingen des Seils durch die Stränge um seine Taille verliefen. In dieser Haltung waren seine Beine gespreizt und alles an ihm lag offen zur Schau. Kade legte auch kurz den Kopf in den Nacken, konnte aber seine Arme nicht gut genug sehen, um die Verschnürung zu bewundern. Doch da er wusste, wie kunstfertig Deacon war, konnte er es sich mühelos vorstellen.

„Ich werde dich nicht allzu lange so lassen und nach deinen Beinen und Füßen schauen, wenn wir weitermachen. Das verspreche ich dir, Boy, aber mein

Gott, bist du schön so. Aber jetzt sei brav und zeig' uns, wie sehr du dich nach Erlösung sehnst." Auf einen Wink von Deacon hin beugte Jake sich über ihn und presste seine Lippen auf Kades.

Anders als vorhin drängte Jake auf Einlass, stieß Kade die Zunge in den Mund und verschlang ihn, nahm so viel, wie er gab. Sie waren beide außer Atem, als Jake schließlich wieder zurückwich. „Du schmeckst nach Sam und dir", seufzte Jake.

Ehe Kade einen klaren Gedanken fassen und antworten konnte, war Jake schon mühelos zu ihm auf die breite Bank geklettert und kniete breitbeinig über ihm, sodass sein Kopf auf gleicher Höhe mit Kades Genitalien war. Jake zitterte am ganzen Körper, als er sich über ihn schob; sein leises Wimmern erinnerte Kade wieder daran, dass auch Jake einen Plug im Hintern hatte. Als Jakes langer, schlanker Schwanz über ihm baumelte, steckte Kade die Zunge heraus und leckte an der dunkelroten Eichel. Der salzig-süße Geschmack der glitzernden Lusttropfen brachte seinen eigenen Schwanz zum Pochen. Er ließ seine Zunge genüsslich um Jakes Eichel kreisen, steckte die Zungenspitze in den Schlitz, aus dem die Tropfen quollen, dann nahm er ihn in den Mund und begann kräftig an ihm zu saugen.

Kade war so fixiert darauf, Jake zu schmecken und zu verwöhnen, dass er aufschrie – mit vollem Mund, was Jake ein Stöhnen entlockte – als Jake ihn ebenfalls in den Mund nahm und nachahmte, was Kade mit ihm machte. Im Gegensatz zu Kade hatte Jake die Arme frei; nur die Bondage um seinen Oberkörper war noch vorhanden. Jake zupfte und zog an Kades Hodensack, und Kade stöhnte auf und saugte heftiger, entschlossen, seinem Freund mindestens soviel Lust zu bereiten wie umgekehrt.

Jake setzte seinen Angriff auf Kades Körper und Sinne fort; zusätzlich gab er Kades Plug immer wieder einen Stups, was Kade vollends verrückt machte. Erst nach einer Weile merkte er, dass Sam dasselbe mit Jakes Plug machte, während Jake Kades willigen Mund fickte. Kade schwelgte in Empfindungen; seine Augen wollten sich unbedingt schließen, doch er hielt sie gewaltsam offen, fasziniert von dem, was Sam mit Jake machte.

Schließlich zog Sam Jake den Plug heraus. Zugleich entfernte Deacon behutsam Kades Plug. Dann drang er mit glitschigen Fingern in ihn ein. Zu sehen, wie Sam dasselbe mit Jake machte war wie aus nächster Nähe zu beobachten, was mit seinem eigenen Körper geschah. Sowohl Kade als auch Jake wimmerten und stöhnten ununterbrochen, während ihre Doms sie vorbereiteten und noch mehr aufgeilten.

„Ihr kommt nicht, keiner von euch", sagte Deacon, und Sam ergänzte: „Erst, wenn einer von uns euch die Erlaubnis dazu gibt." Kade und Jake, beide immer noch mit dem Schwanz des anderen im Mund, nickten und machten eifrig weiter, während ihre Doms sie genüsslich peinigten.

Jakes Stöße wurden härter, als Sam ihm ein paar kräftige, schnelle Klapse auf seinen perfekten, kleinen Knackarsch gab. Kade zuckte bei jedem Schlag zusammen; er hätte liebend gern auch welche bekommen, wusste aber, dass Deacon das niemals tun würde – er saß schließlich den ganzen Tag im Rollstuhl. Trotzdem genoss er den Anblick und das Klatschen, während er weiter an Jakes Schwanz lutschte und saugte und in seinem Geschmack schwelgte.

Deacon hatte Kade so auf der hochbeinigen, gepolsterten Bank festgebunden, dass sein Hintern ganz an der Kante lag, die Beine weit gespreizt. Als Deacon ihm seine Finger entzog, hätte Kade sich gerne beschwert, doch er konnte den Blick einfach nicht von Sam und Jake losreißen. Sekunden später drückte etwas Stumpfes, Dickes gegen seine Öffnung und zwängte sich langsam hinein. Seine Augen rollten nach oben und seine Lider schlossen sich flatternd, als ihm klar wurde, dass Deacon in ihm war, während Jake weiter an seinem Schwanz leckte und saugte. Er bekam die Augen gerade noch rechtzeitig wieder auf, um zu sehen, wie Sam dasselbe mit Jake machte.

Sams Schwanz war dick, das wusste er, da er ihn vorhin im Mund gehabt hatte. Doch zu sehen, wie Jakes Körper Sam in sich einsaugte und zugleich zu fühlen, wie Jake ihn verschlang und Deacon ihn ausfüllte war fast zu viel. Ununterbrochen wimmernd kämpfte Kade gegen seinen drohenden Orgasmus an, um Deacon nur ja nicht zu enttäuschen, indem er kam, bevor der Befehl gegeben wurde.

Sam stieß immer heftiger und schneller zu und zwang damit Jakes Schwanz immer tiefer in Kades Kehle. Deacons Stöße nahmen gleichermaßen an Tempo und Kraft stetig zu, bis Kade den Verstand zu verlieren glaubte. Als sein Penisring sich lockerte und dann verschwand, verlor Kade fast völlig den Bezug zu sich und der Wirklichkeit.

Der Befehl kam nur wenige Augenblicke später, erst von Deacon und gleich darauf von Sam: „Kommt!"

Nach all den aufreizenden Berührungen seit gestern, dem Abendessen mit einem Plug im Hintern, nach allem, was an diesem Abend mit ihm und für ihn getan worden war, hätte Kade sich um keinen Preis der Welt auch nur eine Sekunde länger beherrschen können. Sengende Hitze raste an seiner Wirbelsäule entlang und schoss stoßweise durch seinen Schwanz, gleißendes Licht blendete ihn, und er schrie vor lauter Wonne. Abgesehen davon konnte er sich auf nichts weiter konzentrieren als auf Jakes Sperma, das ihm Mund und Kehle füllte, als Jake sich zusammen mit ihm dem Rausch der Sinne hingab. Er hörte Deacon seine Erlösung hinausbrüllen, und Sam ebenfalls, aber nur wie aus weiter Ferne. Seine ganze Welt verdichtete sich auf seinen Orgasmus, den rasch erschlaffenden Penis in seinem Mund und die weiße Wolke, die seinen Verstand einhüllte.

Schließlich wurde Jake von ihm heruntergehoben und beide wurden von den Seilen befreit, alles ohne Kades Zutun; er konnte lediglich zur Kenntnis nehmen, dass es geschah. Deacon trug ihn ins Bett und legte ihn neben Jake auf den Bauch, und dann gossen ihre Doms ihnen Öl auf den Rücken, verrieben es und begannen, ihre jeweiligen Subs zu massieren.

Als Kade endlich aus der Ekstase ihrer gemeinsamen Session erwachte, stellte er fest, dass er mit dem Gesicht zu Jake auf der Seite lag, Deacon in Löffelchenstellung hinter ihm und Sam hinter Jake. Merkwürdigerweise sah Sam ihn direkt an, ein leichtes Lächeln auf seinem attraktiven Gesicht. Eine große, raue Hand hob sich von Jakes Hüfte und streichelte Kade zärtlich die Wange. „Danke, dass du Jake so glücklich gemacht hast, Kade. Und danke", Sams Blick hob sich und ging an Kade vorbei, „dass du deinen Boy mit mir geteilt hast. Er ist genau so, wie ihr in mir beschrieben habt, Jake und du."

Das tiefe, leise Lachen hinter seinem Rücken brachte Kade zum Lächeln. „Mmm … das ist er, Sam. Nicht dass deiner nicht genauso geschickt und wundervoll wäre. Aber ich glaube, ich behalte lieber meinen."

Jake öffnete die Augen. Er lächelte Kade liebevoll an und verschränkte seine Finger mit Kades. „Falls unsere Gebieter einverstanden sind, hättest du Interesse daran, noch mal so mit uns zu spielen? Nicht jetzt", fügte er hastig hinzu, „aber hin und wieder mal?"

Kade ließ sich das durch den Kopf gehen. Keiner der beiden Doms sagte ein Wort, während sie auf seine Antwort warteten. Nach einem kurzen Moment nickte er und lächelte seinen Freund an. „Ich hätte nichts dagegen, noch mal mit euch beiden zusammen zu sein, solange es weder unserer Freundschaft noch unseren Beziehungen schadet. Ich meine, ich mag dich und Sam – na ja, zumindest fange ich gerade an, Sam zu mögen – aber ich will niemandem gehören außer Deacon."

„Einverstanden", sagte Jake und drückte ihm erneut die Hand. „Sam?"

„Wenn ihr das beide wollt, bin ich ganz dafür. Du weißt, dass mein Herz dir gehört, mein Kleiner. Ich habe kein Problem damit, dich so mit unseren Freunden zu teilen. Und Kade", fügte er mit einem weiteren scharfen Blick zu Kade hinzu, „mit dir will ich auf jeden Fall noch öfter spielen. Mit Deacons Erlaubnis und Beteiligung, natürlich."

Deacon drückte Kade seinen Unterleib an den Hintern, rieb seinen halb erigierten Penis zwischen Kades Hinterbacken. „Ist dir das recht, Boy? Ich weiß, wie viele Sorgen du dir wegen Sams Beteiligung an unserer Session gemacht hast."

Kade schüttelte den Kopf und schmiegte sich enger an Deacon. „Ich hatte Angst, ihn und dich zu enttäuschen."

„Du hast hier niemanden enttäuscht, Kade", warf Sam ein. „Ich verstehe ja, dass es beängstigend sein kann, einem Fremden als Sub zu dienen. Vor allem, wenn du Angst hast, damit deine Beziehung mit Deacon zu versauen. Aber ich versichere dir, du hast das wunderbar gemacht."

„Du warst wunderschön, Boy, und du hast dich so gut angefühlt", schnurrte Deacon dicht an Kades Ohr.

„Und du weißt ja, dass ich jede einzelne Minute genossen habe, Schatz", ergänzte Jake.

Sie schwiegen für eine Weile. In Kades Kopf ging alles drunter und drüber. Sam wollte noch mal mit ihm spielen? Jake hatte alles genossen? Deacon war zufrieden und klang stolz auf ihn, als er Kade vorhin gelobt und gestreichelt hatte ... darüber staunte Kade am meisten; Deacon war stolz auf ihn und zufrieden mit seinen Diensten.

Ohne Jakes Finger loszulassen lehnte Kade sich zurück und drehte den Kopf, um Deacon ansehen zu können. „Sir?"

„Ja, Boy."

„Würde es dir gefallen, mich gelegentlich mit Jake und Sam zu sehen?"

Deacon umfasste Kades Wange mit einer Hand und lächelte. Er drückte ihm einen leichten Kuss auf die Stirn, ehe er antwortete: „Meiner Ansicht nach hätten wir alle unseren Spaß an einer Gruppensession hier und da. Aber", und dabei wurde sein Gesicht wieder ernst, „nur, wenn dir wohl dabei ist. Ich habe es dir schon mal gesagt, mein Job ist es, für dich zu sorgen, dich zu beschützen und zu leiten. Und das bedeutet, dich zu nichts zu drängen, was dir wehtun könnte. Auf unangenehme Art jedenfalls", fügte er grinsend hinzu.

Kade lachte, glücklich und zufrieden. Weder das eine noch das andere hatte er erwartet, als er sich zu dieser gemeinsamen Session mit Sam und Jake bereit erklärt hatte. „Ich glaube schon, dass mir wohl dabei wäre, Sir. Ich ... fand's schön, wie das heute gelaufen ist. Danke."

„Gern geschehen, Liebes. Aber jetzt sollten wir uns alle ein bisschen ausruhen, was meint ihr? Sam, Jake, ihr könnt gerne hier im Spielzimmer bleiben oder euch eins von den Gästezimmern aussuchen." Deacon hob die Hand und ließ seine Finger durch Jakes schweißfeuchtes Haar gleiten. „Und Jake, danke, dass du meinen Boy so glücklich gemacht hast. Ich bin sehr froh, dass Sam dich gefunden hat."

Kurze Zeit später steckte Kade wieder sicher in seinem Käfig und lag zufrieden in Deacons Armen in dem großen Bett in Deacons Schlafzimmer. Sam und Jake hatten sich mit einem flüchtigen Kuss von ihm verabschiedet und waren in einem der Gästezimmer verschwunden. Während Kade sich entspannt in Deacons tröstliche Wärme sinken ließ, wurde ihm erst richtig bewusst, dass er jetzt zwei Doms gedient und beide glücklich gemacht hatte. Sein letzter Gedanke vor dem Einschlafen galt seiner Zukunft mit Deacon und war voller Hoffnung und Freude.

In dieser Nacht weckte Deacon ihn zweimal auf – einmal mit dem Mund und ohne den Käfig und einmal, indem er Kade umdrehte und ihn von hinten nahm, wobei er den Käfig dran ließ und Worte voll Begehren und Lob murmelte. Kade hätte ehrlich nicht sagen können, was ihm besser gefiel.

ALS KADE am nächsten Morgen erwachte, stellte er zu seiner Freude fest, dass Deacon neben ihm immer noch schlief. Für einen Moment war er ganz durchdrungen von diesem Gefühl der Sicherheit und Geborgenheit, das er immer in Deacons Armen empfand. Vor nicht allzulanger Zeit hätte er jeden ausgelacht, der ihm prophezeit hätte, dass er je hier sein und sich so fühlen würde wie jetzt.

Aber ausnahmsweise einmal war er fest entschlossen, dankbar zu akzeptieren, was er mit Deacon hatte.

Deacon rührte sich erst, als Geräusche von draußen ins Zimmer drangen; er rückte von Kade ab, nahm ihn aber sofort wieder in die Arme und küsste ihn auf den Nacken. „Morgen, Kade. Hast du gut geschlafen?"

„Bei dir schlafe ich immer gut", flüsterte Kade. Er war sich nicht sicher, ob Deacon so etwas schon hören wollte, doch er musste sein Glück einfach irgendwie zum Ausdruck bringen.

„Gut. Sollen wir dann mal aufstehen und unseren Freunden etwas zu essen machen, ehe wir heute ausgehen?" Kade wusste, dass das keine Frage war, obwohl Deacon es so formuliert hatte.

Seines Wissens hatte Deacon bisher nichts davon gesagt, dass sie heute ausgehen würden, doch die Vorstellung erfüllte ihn mit freudiger Erregung. Kade sehnte sich danach, mit Deacon öffentlich auszugehen, statt ihn immer nur zuhause zu besuchen. Wahrscheinlich war das dumm von ihm, vor allem angesichts von Deacons Einladung zu der Krankenhausgala, aber er brauchte einfach die Gewissheit, dass Deacon keine Probleme damit hatte, sich mit ihm in der Öffentlichkeit zu zeigen – na ja, mit ihm im Rollstuhl, genauer gesagt. Und er war gespannt, ob Deacon Geduld und Verständnis dafür aufbringen würde, wie schwer ihm alles fiel. Zum Beispiel, wenn er in einem Laden kaum durch die Gänge kam. Gesetze hin oder her – die meisten Läden waren keineswegs rollstuhlgerecht, auch wenn das Gegenteil behauptet wurde.

„Wo gehen wir hin?", fragte Kade.

Deacon gab ihm einen weiteren Kuss, diesmal auf die Schläfe, und stieg dann aus dem Bett. Während er zu seiner Kommode ging, wiederholte er: „Ich dachte, wir könnten heute mal ein bisschen ausgehen. Es gibt da ein paar Dinge, die ich gerne mit dir zusammen erledigen würde. Und heute ist zwar Feiertag, aber die meisten Läden haben trotzdem offen. Außerdem dachte ich, wir könnten heute Mittag etwas essen gehen und einfach den Tag miteinander verbringen."

Kade wartete, bis Deacon barfuß ins Badezimmer getappt war und die Tür hinter sich geschlossen hatte. Erst dann stand er ebenfalls auf. Bis er in seinem Rollstuhl saß und sein Outfit zusammengesucht hatte – wofür er drei Anläufe brauchte; schließlich zog er sich ja zum Ausgehen an und wollte seinem Partner und Dom gefallen – kam Deacon bereits wieder aus dem Bad. Er blieb kurz stehen, um Kade einen sanften Kuss auf die Stirn zu drücken, dann verschwand er in seinem begehbaren Kleiderschrank. Kade sah ihm kurz nach und bewunderte sein gutes Aussehen und seine Selbstsicherheit, dann rollte er ins Bad, um sich ebenfalls für den Tag fertig zu machen.

Als er frisch geduscht und angezogen aus dem Bad kam, wartete Deacon auf dem Fenstersitz im Schlafzimmer auf ihn. „Bist du soweit, Kade?", fragte er. Und irgendwann saß er dann unten im Erdgeschoss wieder in seinem Rollstuhl und ausnahmsweise einmal zusammen mit Deacon am Tisch in der Frühstücksnische statt auf seinem Kissen. Ein paar Minuten später stießen auch Sam und Jake zu ihnen.

Nach dem Frühstück konnte Kade es kaum erwarten, mit Deacon wegzugehen, doch zugleich verabschiedete er sich nur sehr ungern von Sam und Jake. Wieder gaben ihm beide Männer einen Kuss, bevor sie gingen. Deacon küsste Jake ebenfalls zum Abschied, dann umarmte er Sam und gab ihm einen kräftigen Klaps auf den Rücken, ehe er die beiden hinausbegleitete.

16

AM NACHMITTAG desselben Tages, als Deacon mit Kade durch die Läden beim Biltmore Estate bummelte, fand er, was er gesucht hatte. Er hatte Kade nicht gesagt, worauf er aus war – vor allem, weil er befürchtete, dass Kade Einwände erheben würde. Auf diese Weise hatte Kade keine Möglichkeit, sich aus der Sache herauszuwinden, ohne vor Dritten unhöflich zu erscheinen.

„Da sind wir", sagte Deacon mit einem Wink zu Kade und blieb vor einem der vielen Läden rund um den Biltmore Park stehen. Er hielt Kade die Milchglastür auf und wartete, bis er hineingerollt war. Dann trat er neben ihn und legte ihm eine Hand auf die Schulter, wie er es fast die ganze Zeit über getan hatte. Deacon hielt normalerweise nicht viel vom Händchenhalten, aber er wusste, dass Kade diese besitzergreifende Geste brauchte. Die Gewissheit brauchte, dass Deacon sich nicht für ihn schämte und sich öffentlich zu ihm bekannte, ihn nicht nur als gelegentlichen Besucher und Spielgefährten haben wollte.

Kade schaute sich um, dann legte er den Kopf in den Nacken und suchte Deacons Blick. „Ein Juwelierladen?", fragte er mit hochgezogenen Augenbrauen.

„Allerdings. Du kannst dich gerne gemeinsam mit mir oder auch alleine umschauen, wie du willst. Ich suche etwas ganz Bestimmtes und ich glaube, dass es das hier gibt." Kades Lächeln war so entzückend, dass er es einfach erwidern musste. „Ich weiß, dass die meisten Männer nicht gerne shoppen gehen – schon gar nicht in einem Juwelierladen – aber ich brauche auch bestimmt nicht lange. Hoffe ich jedenfalls." Genaugenommen wusste er bereits, dass es hier gab, was er wollte; es ging ihm eigentlich mehr darum, sich die Stücke anzusehen und genau das Richtige für seinen Boy auszusuchen.

„Ist schon okay. Ich wollte sowieso schon lange mal etwas für Katie besorgen, das kann ich dann hier gleich machen."

„Für Katie?" Warum sollte Kade ihr hier irgendwas kaufen wollen?

Kade nickte. „Ja, ich wollte ihr etwas schenken, als Dankeschön und auch, wie soll ich sagen, als eine Art Jubiläumsgeschenk, wenn du so willst. Nächste Woche arbeitet sie seit fünf Jahren bei mir."

„Du weißt tatsächlich noch auf den Tag genau, wann du sie eingestellt hast?" Das war beeindruckend, und ein bisschen merkwürdig, fand Deacon.

„Das ist einfach, weil sie an dem Tag auch Geburtstag hat", erklärte Kade. Dann lachte er. „Deshalb muss ich ihr etwas ganz Besonderes besorgen. Sie ist alles, was ich an Familie habe und meine beste Freundin."

Deacon nickte, denn er wusste genau, wie wichtig sie Kade war. Sie hatten sich gegenseitig von ihrem Coming-out erzählt, wobei Deacons weit weniger traumatisch verlaufen war. Seine Mutter war gestorben, als er noch auf der Highschool war. Die einzige Reaktion seines Vaters, als er ihm von seinem Desinteresse an Mädchen erzählt hatte, bestand in einem Vortrag über geldgierige Männer, vor denen er sich genauso zu hüten habe wie vor geldgierigen Frauen. Kade hatte nicht so viel Glück gehabt. Als Deacon gehört hatte, wie seine Eltern sich gegen ihn gewandt und ihn hinausgeworfen hatten, wäre er am liebsten auf der Stelle auf die Suche nach ihnen gegangen, um sie zu Klump und Asche zu schlagen. Stattdessen hatte er getan, was er konnte, um Kade zu zeigen, wie viel er ihm bedeutete. „Also, dann kauf' ihr mal was Hübsches, während ich besorge, was ich brauche. Ich finde dich dann schon, falls du noch nicht fertig bist." Kade legte den Kopf in den Nacken und lächelte. Deacon bückte sich und gab ihm einen flüchtigen Kuss auf die Lippen, dann ging er die Verkaufstheke suchen, die er brauchte.

„Kann ich Ihnen helfen, Sir?", fragte ihn eine zierliche, ältere Frau schon wenige Minuten später. Als er aufblickte, lächelte sie höflich.

„Ja, ich suche ein Herren-Armband. Möglichst ein Einzelstück, aber keins, das ich erst von einem Juwelier anfertigen lassen muss."

Sie nickte. „Mein Name ist Grace, und wir haben hier viele schöne Stücke." Sie begleitete ihn zu einem anderen Teil des Verkaufsraums. „Die neue Kollektion hier führen wir erst seit Kurzem. Sie stammt von einem kleineren Juwelier, der sich auf interessante Einzelstücke mit polierten Schmucksteinen spezialisiert hat."

Als Deacon sich die Auslage ansah, wusste er, dass er gefunden hatte, was er suchte. Dort in der Vitrine lagen Armbänder, Halsketten und Ringe aus Titan mit einer reichen Auswahl interessanter Steine. Einige davon kannte er – Jade, Onyx, Tigerauge, verschiedene Sorten von Jaspis und so weiter. Er hatte keine Ahnung, wie die anderen alle hießen, aber das hier war einfach perfekt. Eins von den Armbändern fiel ihm ins Auge, dessen Band aus einer Art Kette bestand. Anscheinend handelte es sich um eine Venezianerkette mit kleinen, breiten, eckigen Gliedern, die abwechselnd quer und längs ineinandergriffen. Den Stein, dem die Gravurplatte als Fassung diente, kannte Deacon nicht. Er war in verschiedenen Blautönen und in schwarz marmoriert, ein einzelnes, längliches Stück, durchzogen von feinen, rotbraunen Adern. Der Stein sah aus wie ein Gewitterhimmel in der Abenddämmerung. Deacon war sich ganz sicher, dass er seinem Boy wunderbar stehen würde. Was ihm als nächstes ins Auge fiel, war die dazu passende Halskette, eine Venezianerkette wie das Armband, nur ein wenig feiner. Der Anhänger erinnerte an eine Militär-Erkennungsmarke und war bis auf einen schmalen Rand mit demselben ungewöhnlichen Stein eingelegt wie das Armband. Vor Deacons innerem Auge tauchte ein Bild von Kade auf, nackt bis auf die Kette, das Armband und den Käfig, und er hätte beinahe aufgestöhnt. Die Kette würde ein perfektes Halsband für Kade abgeben, tragbar außerhalb der Szene, aber ansonsten sehr aufschlussreich. Doch soweit waren sie noch nicht. *Noch* nicht.

Deacon schüttelte den Gedanken ab und deutete auf das Armband. „Woraus besteht das?"

„Das Metall ist Titan." Das wusste er schon; es stand ja eindeutig auf dem Schild. Ehe er etwas sagen konnte, fuhr die Verkäuferin fort. „Der Stein ist ein Pietersit. Den gibt es in verschiedenen Farben und Schattierungen, abhängig von seiner Herkunft und wie er geschliffen ist. Das Band hat einen Magnetverschluss, deshalb ist es leicht abzunehmen und trotzdem sicher zu tragen."

„Ich würde mir das da gern näher ansehen", sagte Deacon nach einem kurzen Moment. Er wählte eins mit einem dunklen Stein, der nur von wenigen hellen Streifen durchzogen war – dasselbe, das ihm anfangs ins Auge gefallen war. Nachdem sie es aus der Vitrine geholt und auf den weichen Stoff gelegt hatte, nahm er es in die Hand und überprüfte es sorgfältig. Er wusste, dass Kade bei der Arbeit keine Bondage-Manschette tragen konnte – nun ja, rein gar nichts, was zu auffallend auf ihren Lebensstil hindeutete – aber das hier kam dem nahe genug und wäre ein guter Anfang. Deacon wollte Kade irgendwie sichtbar als sein Eigentum kennzeichnen, aber da sie keinen Vertrag hatten …

Deacon schaute hinüber zu Kade, der noch am Stöbern war, und lächelte. Er liebte es, Kade zu beobachten, ob er nun las oder schlief oder … bei was auch immer, eigentlich. „Kade?"

Kade blickte zum ersten Mal auf und warf ihm ein schüchternes Lächeln zu. Als Deacon ihn zu sich winkte, kam er sofort zu ihm und hielt neben ihm an. „Sir? Was meinst du zu der Kette hier?"

Er reichte Deacon eine zarte, kurze silberne Halskette mit einer flachen, runden Silberscheibe als Anhänger. Rund um die Scheibe war „Aufmachen und ‚Aah' sagen" eingraviert, und an einer Öse in der Scheibe hing noch ein winziger silberner Zahn. „Sehr hübsch. Ich kenne Katie nicht besonders gut, aber ich glaube, die würde ihr stehen", bemerkte Deacon leise.

„Danke." Kade lächelte und nahm die Kette wieder entgegen. „Oh, tut mir leid. Was wolltest du mir zeigen?"

„Ich brauche mal dein Handgelenk, und dann musst du mir helfen, etwas auszusuchen." Ohne auf Kades Reaktion zu warten, nahm Deacon Kades linke Hand und legte ihm das Armband um. Es ging tatsächlich ganz einfach zu schließen, und als er leicht daran zog, hielt der Magnetverschluss zu seiner Freude fest zusammen.

Kade blickte genauso starr auf das Armband hinab wie Deacon. „Ich, äh, wofür ist das?", fragte er schließlich.

Deacon sah das Armband unverwandt an; etwas in ihm bäumte sich auf und beruhigte sich dann wieder. Es machte ihn … glücklich, seinen Boy dieses Symbol tragen zu sehen. Er räusperte sich, dann antwortete er: „Ich möchte, dass du etwas für mich trägst. Würdest du das tun?"

Grace zog sich zurück, doch Deacon nahm kaum Notiz von ihr. Sein ganzes Wesen war auf Kade fixiert, während er auf die Antwort wartete.

Kades Aufmerksamkeit schien eine Zeit lang zwischen Deacon und dem Armband hin und her zu springen, ehe er Deacon schließlich in die Augen sah. „Ich. Du. Warum?"

„Weil du mich so glücklich machst, Boy", murmelte Deacon und ging neben ihm in die Hocke. „Ich möchte, dass du etwas trägst, dessen Bedeutung allen anderen in der Szene auf Anhieb klar ist. Etwas, das dich als meinen Boy kennzeichnet. Es soll zeigen, dass du mit jemandem zusammen bist und wie stolz ich auf dich bin, aber gleichzeitig etwas sein, was deine … konservativeren Freunde und Patienten nicht aus der Fassung bringt."

„W-wirklich?", fragte Kade und starrte Deacon mit großen Augen an. „Du willst, dass andere Leute diese Dinge über mich wissen?"

„Natürlich will ich das, Kade. Falls dir der Stein nicht gefällt", fügte er hinzu, um Kade von seinen Fragen ab– und der Akzeptanz näher zu bringen, „kannst du dir einen anderen aussuchen. Es gibt sie in vielen Farben."

Kade schluckte und schloss für einen Moment die Augen, dann nickte er schwach. Als er Deacon wieder ansah, lächelte er, und seine jadegrünen Augen funkelten. „Es wäre mir eine Ehre, es für dich zu tragen, Sir. I-ich danke dir."

Danke, lieber Gott! Deacon war fast schlecht geworden, während er auf Kades Antwort wartete. Er hatte seinem Boy schon lange ein greifbares Zeichen ihrer Verbundenheit geben wollen, und nach den Fortschritten und den Freuden des gestrigen Abends hatte er gewusst, dass jetzt der richtige Moment dafür war. „Danke, Boy. Du machst mir damit eine große Freude." Deacon stand wieder auf, dann nahm er Kades Hand und verschränkte ihre Finger miteinander. Grace wartete diskret in der Nähe. „Ich glaube, wir nehmen das Armband und die Kette, die er in der Hand hält."

„Wie Sie wünschen."

Kade gab ihr die Kette, bestand aber auf einer separaten Rechnung. Schließlich war das sein Geburtstags-Schrägstrich-Jubiläumsgeschenk für Katie und nichts, wofür Deacon bezahlen sollte.

Als Gracie ihnen anbot, das Armband als Geschenk einzupacken, runzelte Kade die Stirn. „Ich behalte es gleich an, vielen Dank. Falls es eine Schachtel oder so was dazu gibt, können Sie mir die aber gern einpacken."

Deacon musste sich anstrengen, um nicht über Kades besitzergreifende Haltung zu lachen. Die Art, wie Kade das Armband immer wieder ansah, wärmte ihm das Herz und nahm ihm seine Befürchtungen. „Danke, Ma'am", sagte er, als er die Kreditkartenquittung unterschrieb.

Ein paar Minuten später verließen sie den Laden, die Schachtel zu Kades Armband und das Satin-Etui mit der Halskette für Katie sicher in Kades Rucksack verstaut. Kade hielt an und blickte zu Deacon auf, jedoch ohne ihm direkt in die Augen zu sehen. „Danke für alles, was du für mich tust, Sir."

„Nichts zu danken. Wollen wir dann mal wieder heimgehen? Ein Abend auf der Terrasse, wenn die Glühwürmchen rauskommen, wäre doch ein schöner Abschluss für unseren Tag, finde ich." Zugegeben, es war ein bisschen kitschig, aber er beobachtete nun mal gerne die Glühwürmchen. Fast vierzig zu sein änderte nichts daran, und nach dem Abend gestern und dem Geschenk heute konnte Kade bestimmt einen ruhigen Abend gut gebrauchen, ehe er morgen wieder nach Hause in sein eigenes Leben zurückkehrte.

„KADE?", FRAGTE Katie am Donnerstag, als er gerade vom Mittagessen zurückkam. „Gehen wir heute Abend aus?"

Darauf hatte Kade schon den ganzen Tag gewartet. Er konnte sich kaum das Grinsen verkneifen, als er sich seiner Freundin zuwandte und so unschuldig wie nur möglich fragte: „Warum? Was ist denn heute Abend?"

Ihr Schnauben war laut und verärgert. „Wir *müssen* ausgehen. Du führst mich an ‚meinem' Tag immer aus." Sie zog einen Flunsch und murrte: „Du hast es vergessen, nicht?"

„Tut mir leid, Schatz, ich hatte in letzter Zeit ein bisschen viel um die Ohren. Ist das heute?"

Katie knurrte ihn an, und das brachte ihn vollends um die Beherrschung. Er bekam einen Lachanfall. Sie verschränkte die Arme vor der Brust und machte ein finsteres Gesicht. Als er es endlich geschafft hatte, sich wieder etwas zu beruhigen, lächelte er sie strahlend an.

„Oh, Katiemaus, wie könnte ich je deinen Geburtstag vergessen! Ich habe einen Tisch reserviert – für uns, Dane, Deacon, deine Schwester und sogar Danes Göre, äh, ich meine, seine Schwester."

Sie kreischte auf und sprang ihm in die Arme, wobei sie zwangsläufig quasi auf seinem Schoß landete. Wären sie nicht im Flur der Praxis gewesen, wo ständig Patienten ein- und ausgingen, hätte ihn Katies Begeisterungsausbruch nicht gestört. Hier und jetzt jedoch fand er ihr Benehmen ziemlich unangebracht. „Kannst du mal bitte aufstehen und wieder an die Arbeit gehen, Schatz? Ich führe dich heute Abend aus, wie ich es immer tue, versprochen. Du kriegst sogar dein Geschenk noch vor dem Essen, aber jetzt benimm dich und bring die Kinder nicht auf dumme Gedanken", sagte Kade und deutete mit dem Kopf auf ein kleines Mädchen, das mit ihrer Mutter direkt vor der Tür zum Wartezimmer stand.

Errötend sprang Katie auf, murmelte ihm und der Frau eine Entschuldigung zu und verschwand dann hastig im Flur. Kade lächelte die Kleine und ihre Mutter an. „Tut mir leid. Auch große Mädchen freuen sich noch über Geburtstagspartys."

Die Mutter nickte und sah ihre kleine Tochter an. „Ja, da wachsen wir nie ganz raus."

„Nein. Wollten Sie gerade gehen oder waren Sie unterwegs zu einer Behandlung, als wir Ihnen dazwischengekommen sind?"

„Ich bin Reba, und das ist meine Tochter Mandy", erklärte die Mutter. „Sie hat einen Termin bei Dr. Thorn. Der nette Mann, der uns zu ihm bringen wollte, scheint verschwunden zu sein. Wissen Sie zufällig, in welches Zimmer wir müssen?"

„Wunderbar." Kade reichte erst Reba und dann auch Mandy die Hand. „Ich bin Dr. Thorn. Dann wollen wir mal Ihren Führer suchen gehen. Hier den Flur entlang, bitte." Er begleitete sie zu seinen Behandlungszimmern und ließ sie dann kurze Zeit später dort allein, um sich auf ihren Termin vorzubereiten.

AM ENDE des Tages war Kade müde, aber glücklich. Seine sämtlichen Behandlungen waren gut verlaufen, Katie ging vor Aufregung schon die Wände hoch, und er hatte zahlreiche Komplimente zu seinem neuen Armband bekommen. Er legte den Stift aus der Hand und strich mit den Fingern sanft über die glatte Oberfläche. Das Design, das Gewicht – er liebte dieses Schmuckstück, aber vor allem die Worte, die es begleitet hatten. Jedes Verrutschen an seinem Handgelenk erinnerte ihn wieder an den Blick, mit dem Deacon es ihm angelegt hatte. Kade wusste zwar, dass Deacon Geld hatte. Aber zu sehen, wie viel das Ding kostete, hatte die Worte für ihn irgendwie noch echter klingen lassen. Sein Sir war zufrieden mit ihm und stolz auf ihn. Beides hatte Deacon am Montag mehr als einmal gesagt, nachdem das Einkaufen erledigt war. Kade war sowieso schon geradezu süchtig nach dem Mann, doch das Gefühl, das Deacon ihm gab – sicher und erwünscht zu sein – machte ihn glücklicher, als er es sich je erhofft hatte.

Er eilte nach Hause, duschte, zog sich um und sammelte Katies Geschenke zusammen. Die Halskette war für ihr Dienstjubiläum; außerdem hatte er ihr Eintrittskarten für ein Theaterstück besorgt, von dem sie gesprochen hatte und das sie sich anschauen wollte. Kade hatte sogar Dane zum Mitgehen überredet, ob er wollte oder nicht.

Er war schon im Flur, als es an seiner Haustür klingelte. Als er aufmachte, stand da Deacon in einem eleganten, dunkelgrauen Anzug mit violettem Hemd und grau-violett gemusterter Krawatte. „Hi, Kade", grüßte er. Seine Augen funkelten, als er Kade ansah. „Ich dachte, wir könnten doch zusammen zum Restaurant fahren."

Kade nickte ohne groß nachzudenken. „Gute Idee. Möchtest du" – fing er an, doch dann schnürte ihm die Nervosität plötzlich die Kehle zu und er musste schlucken. Wenn sie zusammen weggingen, war bisher immer Deacon gefahren und hatte den zusätzlichen Aufwand wegen Kades Rollstuhl klaglos auf sich genommen. Doch diesmal wollte Kade ihn fahren. Deacon hatte sein Auto natürlich schon gesehen, aber Kade hatte ihn bisher noch nie irgendwo hin fahren dürfen. Als Deacons fester Partner wollte er ihm zeigen, dass er alleine zurechtkam und dass sein Rollstuhl kein Hindernis für gemeinsame Unternehmungen außerhalb von Bett und Spielzimmer war. „Möchtest du mit mir fahren?"

Für einen kurzen Moment starrte Deacon ihn nur an, dann beugte er sich mit einem angedeuteten Lächeln auf den Lippen zu ihm herab. „Ja, gern. Danke." Er unterstrich seine Zustimmung mit einem flüchtigen Kuss.

Im Auto gab Kade Deacon dann erst mal ein paar Minuten Zeit zum Umschauen. Er schien von der Handbedienung, dem Bluetooth-Setup und dem eingebauten Reserve-Assistenzsystem fasziniert zu sein, mit dessen Hilfe Kade den Wagen fuhr. Anfangs hatte Kade die Notwendigkeit des Umbaus an sich gehasst, doch inzwischen fand er all die kleinen Helferlein, die ihm seine Unabhängigkeit gewährleisteten, richtig cool. Und gerade jetzt war er von Neuem dankbar dafür, sie zu haben. Er wollte für nichts auf andere angewiesen sein. Nun ja, für gewisse Dinge auf Sir angewiesen zu sein machte ihn glücklich, aber nicht für seine Beweglichkeit und das Leben generell.

Bevor Kade den Motor anließ, gab Deacon ihm einen weiteren sanften Kuss und warf ihm einen verschmitzten Blick zu. „Noch eins, ehe wir losfahren. Du trägst seit einem Monat tagsüber deinen Käfig, aber über Nacht nur, wenn du mit mir zusammen bist." Es klang zwar wie eine Frage, aber Kade wusste, dass es keine war. „Von jetzt an trägst du ihn ständig, sofern er dich nicht bei deiner Arbeit behindert oder deine Gesundheit gefährdet."

Verdutzt sog Kade den Atem ein und senkte den Blick auf seinen Schoß. Er steckte immer noch im Käfig, da er ihn ja *tatsächlich* den ganzen Tag trug, aber … ständig? „Wirklich, Sir?"

„Mmmm. Dein Körper gehört mir, Boy, oder etwa nicht?"

„Doch." Kades Herz pochte, und ihm schwamm der Kopf. Sollte das heißen, dass Deacon ihre Beziehung noch weiter voranbringen wollte? „Bedeutet das auch mehr Zeit als Sir und Boy?"

Eine Hälfte von Deacons vollen Lippen kräuselte sich zu einem Beinahe-Lächeln. „Oh ja, Boy. Das", fügte er hinzu und berührte erneut Kades Armband, „ist nicht nur zur Show. Jetzt komm schon, fahren wir los. Wir haben an einem Dinner teilzunehmen und ich habe noch ein paar Quälereien auszuteilen, bevor der Abend um ist."

Kade hätte fast die Autoschlüssel fallen lassen, doch nach einem Moment hatte er sich wieder gefangen und schaffte es, den Zündschlüssel ins Schloss zu stecken und den Motor anzulassen. Auf der Fahrt zum Restaurant drehte sich der Großteil seiner Gedanken um seine Hoffnungen und Wünsche im Hinblick auf Deacons Befehle und Forderungen. Mehr Zeit mit seinem Lover war toll. Mehr Zeit mit seinem Dom … oh ja, das würde eine lange Nacht werden.

17

„Kade", schimpfte Jake und zog erneut an seinen Schultern.

Kade tat immer noch alles weh von gestern Abend, wenn auch auf höchst angenehme Art. Er wünschte nur, Jake würde nicht ständig an den fast verheilten Striemen herumdrücken. Sein Sir hatte ihm erst fünf Schläge mit dem Rohrstock gegeben und ihn dann schnell und hart genommen. Danach hatte Kade die ganze Nacht in seinen Armen geschlafen, und am Morgen, vor dem Frühstück, hatte er seinen Gebieter mit dem Mund zum Orgasmus gebracht.

Erst ein gefauchtes: „Ernsthaft, Kade!" von Jake riss ihn aus seinen glücklichen Erinnerungen, und diesmal hörte er sogar zu, als Jake weitersprach. „Halt endlich still! Wie soll ich dir sonst helfen, dich für dieses Gala-Dings fertig zu machen?"

Kade entschuldigte sich. „Tut mir leid, ich … ich bin nur schrecklich nervös." Er schaute wieder auf seinen Ärmel und ärgerte sich, weil er den blöden Manschettenknopf einfach nicht reinbekam – vielleicht hätte es etwas genutzt, besser darauf acht zu geben, was er gerade tat.

„Lass das." Jake schubste Kades Hand weg und brachte die Sache für ihn in Ordnung. „Da, das sieht besser aus." Er hielt inne und blickte sich in Kades Schlafzimmer um, dann griff er nach Kades Jacke und hielt sie ihm hin, sodass Kade hineinschlüpfen konnte. „Jetzt brauchen wir dich nur noch da reinzukriegen, dann bist du startklar."

„Danke. Das sollte eigentlich alles nicht so nervenaufreibend sein. Ich meine, ich wäre sowieso hingegangen. Es ist nur, dass Deacon jetzt mit mir hingeht und …"

„Und dass du gut aussehen und ihn glücklich machen willst. Aber du hast Angst." Jake beugte sich zu ihm herab und umarmte ihn behutsam, um den Smoking nicht zu zerknittern. „Was ich nicht kapiere ist, warum du überhaupt Bedenken hast. Wieso sollte er nicht glücklich sein? Es lief doch alles bestens, als er neulich mit dir einkaufen war. Hast du jedenfalls gesagt. Du weißt schon, als er dir das Armband da gekauft hat." Jake schob Kades Ärmel hoch, um einen weiteren Blick auf das Schmuckstück zu werfen. „Ganz im Ernst – das ist eine coole Art, dir eine Manschette anzulegen, sodass es deinen Patienten und deinen Freunde außerhalb der Szene nicht auffällt."

„Stimmt, und es gefällt mir richtig gut. Aber ich weiß auch noch, wie genervt Gary immer war, wenn ich ihn zu so einer Veranstaltung mitgenommen habe. Er wollte immer mit, aber dann hat er sich jedes Mal darüber aufgeregt, dass bei mir manche Sachen einfach nicht so schnell gehen – dass ich immer so lange gebraucht habe, um mich fertig zu machen oder um aus dem Auto in meinen Rollstuhl zu kommen, bis wir endlich reingehen konnten. Und das beschreibt nicht mal annähernd, wie er zum Beispiel darauf reagiert hat, dass ich nicht mit ihm tanzen konnte." Der Seufzer, der ihm entschlüpfte, ärgerte ihn fast so sehr wie das Thema an sich.

„Du weißt aber schon, dass Deacon nicht Gary ist, oder? Ich meine, der Mann, den ich kennengelernt habe?" Jake schüttelte stirnrunzelnd den Kopf. „Der braucht dich nicht, um in ein schickes Event wie das heute Abend reinzukommen. Er braucht sich nicht mit jemandem abzugeben, an dem er nicht interessiert ist. Und dein Rollstuhl? Meiner Meinung nach liegt das Problem darin, dass du nicht oft genug mit den richtigen Leuten zusammen warst. Dein Rollstuhl ist ein Accessoire, nicht die grundlegende Definition deiner Persönlichkeit."

Bei Jakes Beschreibung verdrehte Kade die Augen. „Hast du eben ernsthaft meinen Rollstuhl mit Schmuck oder einem Schal oder so was verglichen?" Er wusste nicht genau, ob Jake einen Sprung in der Schüssel oder einfach nur Wahnvorstellungen hatte. Aber jedenfalls hatte er eindeutig keine Ahnung, wie die Dinge liefen, wenn jemand im Rollstuhl saß. „Du weißt, dass du verrückt bist, ja?" Jake lachte und nickte. „Oh, das weiß ich. Sam sagt mir das ständig. Aber in diesem Fall habe ich trotzdem recht. Ich will damit nicht sagen, dass du nicht auf deinen Rollstuhl angewiesen bist, aber du *bist* nicht dein Rollstuhl. Ich weiß das. Deacon weiß das auch. Also los jetzt, sieh zu, dass du fertig wirst und zum Ball kommst, Prinzessin."

Kade lachte und hob drohend die Hand, woraufhin Jake mit einem raschen Hüftschwung seinen Hintern in Sicherheit brachte. „Von wegen Prinzessin, du Schlingel." Er schlüpfte in seine Smokingjacke und lehnte sich zurück. Als endlich alles richtig saß – und nachdem Jake noch mal an seiner Krawatte herumgefummelt hatte – gingen sie ins Wohnzimmer, um auf Deacon zu warten. Kade hatte sich als Fahrer angeboten, aber Deacon hatte auf einem Wagen mit Chauffeur bestanden.

„Danke für alles", sagte Kade, als Jake sich zum Aufbruch bereit machte. „Ganz ehrlich. Ich weiß, dass das, was du vorhin gesagt hast, zumindest teilweise wahr ist. Ich weiß nur immer noch nicht, was er in mir sieht. Aber was immer es ist, ich bin froh darüber, wenn nur alles gut läuft zwischen uns."

„Du hörst dich an wie ich, als ich frisch mit Sam zusammen war. Damals lief in meinem Leben alles so scheiße, dass ich echte Probleme damit hatte, ihm zu vertrauen. Aber zum Glück ist er stur wie ein Esel und hat mich nicht weit weglaufen lassen. Ich habe so das Gefühl, dass dein Sir meinem in der Hinsicht ganz ähnlich ist." Jake spähte aus dem Fenster und grinste. „Jetzt lächle. Das Auto ist da, und Deacon kommt gerade den Weg rauf. Verdammt, er sieht einfach fabelhaft aus."

„Hey, wehe, du schmachtest meinen Freund an", schimpfte Kade, doch er bekam einfach keinen angemessen finsteren Blick zustande.

„Oh bitte, ich hab' selber einen sexy Mann zuhause. Außerdem, gucken darf man ja wohl noch, oder?" Jake zwinkerte.

Ehe Kade ihm eine schlagfertige Antwort geben konnte, klopfte es an der Tür, und als Jake aufmachte, blieb Kade für einen Moment ganz die Sprache weg. Deacon trug einen gepflegten grauen Smoking mit blaugrüner Weste und Krawatte, in dem er einfach fantastisch aussah. „Hallo, Jake. Kade", sagte er, dann musterte er Kade von Kopf bis Fuß und nickte.

„H-hallo."

„Du siehst großartig aus." Deacon küsste ihn sanft auf die Lippen. „Bist du soweit?"

„Ja, äh, ich hab' alles." Kade wandte sich noch einmal an Jake und lächelte strahlend. „Und vielen Dank für deine Hilfe."

„Viel Spaß, ihr zwei." Jake ging, und gleich darauf wartete Deacon neben der Limousine, bis Kade sich hineinmanövriert hatte. Der Fahrer nahm seinen Rollstuhl, und dann glitt Deacon neben Kade auf den Rücksitz.

„Das wäre doch nicht nötig gewesen."

Deacon legte Kade einen Arm um die Schultern, zog ihn an sich und drückte ihn leicht. „Ich fahre nie, wenn ich etwas getrunken habe, und ich möchte mit dir ein Glas Champagner oder Wein trinken können, falls uns danach ist. Außerdem hast du das Beste verdient, und ich werde dafür sorgen, dass du das auch bekommst."

Kade beschloss, nicht zu widersprechen; stattdessen lehnte er sich zurück und genoss die Fahrt. Bis zum Kinderkrankenhaus war es nicht weit, und es war ein schöner, klarer Abend. Und hoffentlich würde die Gala nicht gar zu langweilig werden. Er hatte eine Clownsnase in der Tasche, die er aufsetzen wollte, sobald sie dort waren – als lustige, kindgerechte Ergänzung zu seiner Abendgarderobe, wie auf der Einladung gestanden hatte. Sie unterhielten sich ein bisschen, aber Kade war zu nervös, um viel zum Gespräch beizutragen, wofür Deacon Verständnis zu haben schien. Als sie vor dem Haupteingang des neuen Krankenhaus-Flügels anhielten, machte Kade sich zum Aussteigen bereit.

„Entspann' dich, Kade. Wir haben den ganzen Abend, und danach kommst du mit mir nach Hause, nicht?"

„Naja, stimmt. Ich meine, ich bin vorhin nur nach Hause gegangen, weil ich mich hierfür noch umziehen musste", sagte Kade mit einem Wink Richtung Krankenhaus. „Ich bin schon davon ausgegangen, dass ich wieder bei dir übernachte."

„Das wirst du." In diesem Moment ging die Tür auf, und Deacon sprach nicht weiter.

Er stieg aus, und dann tauchte Kades Rollstuhl in der Türöffnung auf. Nachdem er sich bequem darin zurecht gesetzt hatte, dankte er dem Chauffeur, holte seine Einladung und die Clownsnase aus der Tasche und sah sich dann nach Deacon um, der etwas beiseite gegangen war. Als Kade ihn schließlich entdeckte, machte er große Augen und starrte verblüfft auf die blaugrün-weißen Fuchsohren, die der Mann auf dem Kopf hatte. Die rötlichen Reflexe in Deacons Haar bildeten einen merkwürdigen Gegensatz zum Blaugrün der Ohren, den Kade absolut bezaubernd fand. Er hätte am liebsten gelacht, als er seinen großen, starken, gebieterischen Dom mit den kleinen plüschigen Ohren sah. Aber stattdessen lächelte er nur und rollte zu ihm.

„Wir können." Kade griff nach Deacons Hand und verschränkte für einen Moment ihre Finger miteinander, doch dann ließ er wieder los und wandte sich dem Eingang zu. Auf dem Weg zum Innenhof des neuen Flügels ging Deacon neben ihm her, immer eine Hand auf Kades Schulter. Einmal wurden sie angehalten und nach ihren Einladungen gefragt. Nachdem Deacon sie ausgehändigt hatte, winkte er Kade weiter.

Die Gala fand im Freien statt, da es Juni war und das Wetter mitspielte. Im Innenhof waren weiß gedeckte, kunstvoll mit Blumen geschmückte Tische aufgebaut, an denen nur wenige Stühle standen. Außerdem gab es hier Tischkarten; die Plätze waren, wie Kade wusste, für Gäste mit Behinderungen und für die Hauptredner des Abends reserviert. Weiter draußen auf dem Rasen sahen sie eine riesige Bühne und weitere Tische wie die im Innenhof, nur mit voller Bestuhlung, sowie ein formelles Büffet. Auf langen Tischen standen kleine Eisskulpturen zwischen Champagnerbrunnen, Schokoladenbrunnen und diversen Sorten von Fingerfood rund um eine riesige Eisskulptur von Cinderellas Kürbiskutsche, gezogen von vier geflügelten Pferden. Außerdem hingen Lichterketten in den Bäumen sowie an der Bühne und um den Tanzbereich.

Sie mischten sich unter die Gäste, und schon bald sah Kade einige bekannte Gesichter und machte sich auf, um Hallo zu sagen. Unterwegs wurden sie mehrmals von anderen Leute aufgehalten, die stehenblieben, um mit ihm oder Deacon zu sprechen. Schließlich trat Candice Green, die Leiterin der kinderzahnärztlichen Abteilung, zu ihnen. Kade blickte auf und konnte sich ein Grinsen nicht verkneifen; ihr schwarz-weißes Abendkleid war glamourös, doch sie trug eine regenbogenfarbene Perücke dazu. „Hallo, Candice. Eure Veranstaltung ist ja wirklich gut besucht."

„Selber hallo. Und ja, stimmt." Sie bückte sich und umarmte ihn kurz, dann richtete sie sich wieder auf und sah Deacon an. „Wen hast du uns denn da mitgebracht?"

Kade lachte leise. Sie zeigte immer großes Interesse für anderer Leute Beziehungsgeschichten, und sie hatte Gary gehasst. Er war ein bisschen neugierig, was sie von Deacon halten würde. An seiner eigenen Meinung änderte das zwar nichts, aber hoffentlich konnte sie sehen, wie glücklich er jetzt war. „Das ist Deacon James. Deacon, das ist Candice Green. Sie leitet die kinderzahnmedizinische Abteilung hier."

Sie machte große Augen, schnappte erstaunt nach Luft und reichte Deacon die Hand. „Es freut mich ganz außerordentlich, Sie kennenzulernen, Sir. Sie sind doch der Mr. James von Dixon, James und Sullivan, dem Architekturbüro, das das alles hier möglich gemacht hat?"

„Ganz recht. Es ist mir ein Vergnügen, Miss." Deacon beugte sich über ihre Hand und deutete einen Handkuss an.

„Ooh", gurrte sie. „Sind Sie und Kade *zusammen?*"

„Sind wir", antwortete Deacon. Er legte Kade erneut eine Hand auf die Schulter und drückte sie sanft. „Und ich freue mich immer, seine Freunde kennenzulernen."

Candice sah Kade an und grinste. „Oh, den musst du unbedingt behalten."

Ehe Kade antworten konnte, zwinkerte Deacon ihm zu und sagte: „Das sehe ich ganz genauso. Und genau das habe ich auch vor."

Sie kicherte, Deacon lachte leise in sich hinein, und Kade spürte, wie ihm die Hitze in die Wangen stieg.

Der Rest des Abends verging wie im Flug. Sie trafen einige Mitarbeiter von Deacon und ein paar reiche Leute, für die er aufwendige Häuser entworfen hatte; Kade stellte Deacon einigen Kollegen vor, sie hörten den Rednern des Abends zu, und sie aßen. Letzteres war für Kade ein recht denkwürdiges Erlebnis; einige von den Speisen, die Deacon ihm brachte – darauf hatte er bestanden, um Kade das Anstehen am Buffet zu ersparen – kannte Kade nicht einmal, aber er lächelte und aß sie trotzdem.

Den ganzen Abend über gab es Musik. Anfangs wusste Kade nicht, welche Band da spielte. Doch mit der Zeit stellte er fest, dass er einige der Stücke kannte und mochte. Von einem der anderen Gäste an ihrem Tisch erfuhr er dann, dass die Musiker aus Asheville kamen und im Moment die Stars der hiesigen Musikszene waren. Kade hatte einmal sehr gern getanzt und wäre früher ohne Bedenken auf die Tanzfläche gegangen, doch das war in einem anderen Leben gewesen. Stattdessen hörte er sich lieber die Musik an und sah zu, wie andere ihren Spaß hatten.

„Entschuldigung", sagte jemand. Als Kade sich umdrehte, sah er einen schönen, gertenschlanken Mann neben Deacon stehen. „Möchten Sie tanzen?", fragte der Fremde, ohne den Blick von Deacon zu wenden.

„Nein, danke. Ich bin mit Kade hier."

„Aber Sie können doch trotzdem mit jemandem tanzen, auch wenn Sie hier sind, um Ihrem Freund zu helfen. Er hat bestimmt nichts dagegen." Der Fremde ging Kade auf die Nerven. Bisher hatte er den Abend genossen, aber jetzt kam da dieser Wichser daher und baggerte einfach seinen Freund an, obwohl Kade direkt daneben saß! Kade hätte ihm am liebsten Bescheid gestoßen, konnte sich aber nicht dazu überwinden. Stattdessen durchbohrte er den Mann mit Blicken.

„Ob er etwas dagegen hat oder nicht tut nichts zur Sache. *Ich* habe etwas dagegen, und ich bin nicht interessiert." Damit wandte Deacon sich an Kade und fragte: „Amüsierst du dich gut, Liebling?"

Der Fremde – ernsthaft, der Mann hatte nicht einmal den Anstand, sich vorzustellen, wenn er jemanden aufzureißen versuchte – schniefte beleidigt und stapfte davon. Kade räusperte sich und sah Deacon an. „Bisher, äh, bis eben schon. Ja, doch." Er hielt inne, um sich zu sammeln, und versuchte es erneut. „Wenn du tanzen möchtest, will ich dich nicht davon abhalten. Allerdings wäre es mir lieber, wenn du dir jemand anderen suchen würdest als den da", fügte er hinzu und deutete mit dem Kopf auf die Stelle, wo der Fremde eben noch gestanden hatte.

„Kade, wenn ich tanze, dann mit dir und nicht mit so einem respektlosen Jüngelchen."

Kade runzelte verwirrt die Stirn. „Deacon, das kann ich nicht mehr, also wie könntest du mit mir tanzen? Ich meine, ich weiß es zu schätzen, dass du hier geblieben bist. Aber was du da sagst, ergibt keinen Sinn."

„Weißt du, ich kriege ständig nur von dir zu hören, was du nicht kannst. Und dabei interessiert mich viel eher, *was* du kannst." Deacon stand auf und warf seine Stoffserviette auf den Tisch neben seinen Teller. „Also los. Komm mit, bitte."

Verwirrt und mehr als nur ein bisschen neugierig gehorchte Kade. Bald fand er sich am Rand der Tanzfläche wieder, und gleich darauf begann ein weiterer langsamer Song. Deacon streckte ihm die Hand entgegen, sah ihn unverwandt an und wartete. Sein Gesichtsausdruck war so offen und ernsthaft, dass Kade das Herz wehtat. „Nimm meine Hand."

„Was machst du da?", flüsterte Kade, doch er tat, worum Deacon ihn gebeten hatte.

„Mit meinem Partner tanzen", sagte Deacon nur. Er zog Kade in den äußeren Bereich der Tanzfläche und begann sich mit ihm im Takt zur Musik zu bewegen, wenn auch anfangs etwas linkisch. Ihre Drehungen waren keineswegs flüssig, doch in Deacons Blick lag so viel Zuneigung, soviel Begehren, dass Kade sich alle Mühe gab, sich Deacons vereinfachten Tanzschritten anzupassen und mit seinem Rollstuhl neben seinem Geliebten dahinzugleiten.

Als der Song endete, gab es lauten Applaus und Pfiffe. Der ganze „Tanz" war unbeholfen gewesen, aber wundervoll. Kade schossen die Tränen in die Augen; er kämpfte entschlossen dagegen an, um nicht hier vor allen Leuten zusammenzubrechen, geschweige denn vor Deacon loszuheulen wie ein Baby. „Danke", sagte er stattdessen; seine Stimme brach mitten im Wort.

„Nein, ich danke dir für den Tanz. Aber ich finde, jetzt wird es langsam Zeit zum Gehen." Deacon bückte sich und flüsterte Kade ins Ohr: „Ich will dich zuhause in meinem Bett haben, Boy, und zwar nackt. Dir zeigen, was ich will und woran ich denke, wenn ich dich in den Armen halte."

Kade nickte und grinste. „Ja, bitte, Sir. Aber, äh …" Auf dem Rückweg zu ihrem Tisch schaute er sich noch einmal um. „Bist du hier fertig? Du bist einer von den Architekten, die den ganzen Grund für die Feier heute Abend entworfen haben. Ich weiß, dass alle Reden gehalten sind, aber …"

Deacon lachte laut auf. „Oh ja. Wir hätten uns schon vor einer ganzen Weile unbemerkt davonmachen können, doch du hast dich anscheinend gut unterhalten, und ich habe es genossen, mit dir zusammen zu sein. Jetzt wäre ich allerdings lieber mit dir zuhause. Denn was ich jetzt gerne tun würde, dürfte den meisten hier wohl kaum gefallen."

127

Kade bekam einen trockenen Mund, als er überlegte, was Deacon wohl alles mit ihm vorhatte. Ganz gleich, welches Szenario vor seinem inneren Auge aufblitzte – alle ließen ihn wünschen, er wäre bereits mit Deacon zuhause. „Bestellst du den Wagen?"

„Verlass' dich drauf. Verabschiede dich auf dem Weg nach draußen von allen, denen du auf Wiedersehen sagen möchtest. Ich rufe jetzt den Fahrer an."

Auf der ganzen Fahrt nach Hause ließ Kade den Abend wieder und wieder im Geiste Revue passieren. Deacon hatte kein einziges Mal ungeduldig oder genervt gewirkt. Er hatte Kade, wie es schien, seinen sämtlichen anwesenden Bekannten als seinen Partner vorgestellt. Erneut dachte er an den seltsamen Tanz und die Reaktionen der Zuschauer. Niemand hatte gelacht oder gespottet. Niemand hatte sich beschwert; niemand hatte sich ablehnend oder abfällig geäußert.

Worauf er immer wieder zurückkam war die Tatsache, wie stolz Deacon sich vor all den Leuten zu ihm bekannt hatte. Von einigen der Gäste wusste Kade, dass sie Beziehungen zwischen Männern missbilligten, aber Deacon war das egal gewesen. Unterwegs auf dem Festgelände hatte seine Hand immer auf Kades Schulter gelegen. Wenn sie stehenblieben, um sich zu unterhalten, hatte er seine Hand entweder gelassen, wo sie war, oder mit Kade Händchen gehalten.

Als Kade später in Deacons Bett lag, sah er seinem Lover beim Schlafen zu und spielte mit den Haaren auf Deacons Brust, während er über seine bisherigen Erkenntnisse, seine Erfahrungen und seine Hoffnungen für die Zukunft nachdachte. Immer kam er zu demselben Schluss: Deacon war anders als alle Männer, die Kade bisher gekannt hatte – eine Tatsache, die ihm Freude und Frieden brachte.

18

Es DAUERTE weitere zwei Wochen, bis Kade den Mut aufbrachte, erneut mit Deacon auszugehen. Doch diesmal wollte er nicht zum Shopping oder zu irgendeinem Großereignis. Nein, worum Kade Deacon bitten wollte, war viel beängstigender und viel persönlicher. Doch vorher, hatte er beschlossen, musste er Jake um Rat fragen. Er hatte ihn angerufen, deshalb kam das Klopfen an der Tür seines Büros in der Praxis nicht überraschend. Aber dennoch hatte er vor lauter Unsicherheit plötzlich einen Kloß in der Kehle. Schließlich schluckte er und rief: „Herein."

Jake steckte den Kopf durch die Tür, ein breites Lächeln auf seinem schönen Gesicht. „Hey, Kade."

Kade erwiderte das Lächeln und winkte ihn zu einem Sessel, dann kam er mit seinem Rollstuhl hinter dem Schreibtisch hervor, damit sie sich unterhalten konnten. „Hi. Danke, dass du vorbeigekommen bist."

„Kein Problem, Schatz. Was gibt's? Am Telefon hast du dich ganz nervös angehört, und so siehst du mir jetzt auch aus." Ein Schatten huschte über Jakes Gesicht. „Du bist doch okay, oder? Deacon hat gestern nichts zu Sam gesagt."

„Immer mit der Ruhe, Jake." Kade griff nach Jakes Händen und hielt sie fest, denn Jake hatte seine Finger so fest ineinander verschlungen, dass Kade fürchtete, er könnte sich wehtun. „Mir geht's gut. Ich war kürzlich erst beim Arzt, und der sagt auch, dass ich gesund bin. Er hat sogar meinen Rücken untersucht, um sicherzugehen, dass Deacon mit dem Flogger und dem Rohrstock nicht zu sorglos umgegangen ist."

Jake hob den Kopf und starrte Kade an. „Du hast deinem Arzt davon erzählt? Du …"

Kade lachte leise über Jakes fassungsloses Gesicht und nickte. „Er hat keinerlei Vorurteile, Jake. Ich war schon vor dem Überfall Patient bei ihm, und er weiß seit Jahren über mich Bescheid."

„Ich bin nur überrascht, das ist alles. Ich meine, du hast nicht mal deiner besten Freundin gesagt, dass du ein Sub bist."

„Erinnerst du dich noch an Ty, einen von den Doms? Er ist regelmäßig ins Fierce gekommen, na ja, bis er umgezogen ist, ungefähr ein Jahr vor …" Kade hielt inne und atmete einmal tief durch, um sich zu beruhigen. Wenn er sich jetzt in die Gründe für seine Abneigung gegen Clubs hineinsteigerte, würde er es nie schaffen, Jake zu sagen, warum er ihn um diesen Besuch gebeten hatte. „Jedenfalls, die Sache ist die, Dr. Brady war ein Freund von ihm und steht der Szene sehr aufgeschlossen gegenüber. Ty hat ihn mir empfohlen, nachdem mich mal ein Dom mit dem Rohrstock blutig geschlagen hatte. Nicht Ty; er hat mir nur den Termin besorgt. Ich weiß nicht, ob mein Arzt auch in der Szene aktiv ist. Aber er zuckt mit keiner Wimper, wenn wir über Dinge wie Deacons Spielsachen oder die Bondage-Techniken reden, mit denen er mich während einer Session fesselt und positioniert."

Jake nickte und entspannte sich. „Ja, einen guten Arzt zu finden kann schwierig sein. Zu viele Leute verstehen nichts davon und denken gleich an Misshandlung."

„Oh ja, das habe ich auch schon erlebt. Brauche ich nicht noch mal, besten Dank auch. Jedenfalls hat er kein Problem damit, und mein Checkup ist gut gelaufen. Aber deswegen wollte ich nicht mit dir reden. Ich, äh …" Kades Stimme versagte, sehr zu seinem Leidwesen. Wenn er nicht einmal mit Jake darüber reden konnte, wie sollte er dann Deacon um das bitten, was er wollte?

„Hey, jetzt hol' erst mal tief Luft, und dann sag' mir, was los ist. Ich hab' den ganzen Tag Zeit, also nur kein Stress."

Jake drückte Kade die Hand, und nachdem Kade ein paarmal tief durchgeatmet hatte, fühlte er sich besser und eher imstande, den nächsten Teil zu schaffen. „Tut mir leid. Okay, ich habe dir doch von der Gala erzählt und wie Deacon sich an diesem Abend verhalten hat. Und von unserem kuriosen Tanz." Bei der Erinnerung musste er unwillkürlich lächeln. Nach jenem Abend hatte Kade sich im Internet über Rollstuhltanz schlaugemacht und sogar ein Tanzstudio in der Stadt gefunden, das spezielle Tanzstunden für Menschen mit verschiedenen Behinderungen anbot. Er überlegte noch, aber eigentlich hätte er schon Lust gehabt, zusammen mit Deacon dort Unterricht zu nehmen – auch wenn sie das nur bei Veranstaltungen wie der Gala neulich nutzen würden, wo Tanzen erwartet wurde. „Also, ich habe mir an diesem Abend was vorgenommen, aber jetzt traue ich mich nicht, das auch durchzuziehen."

„Ich fand's echt süß von ihm, dass er mit dir getanzt hat, aber was hast du dir vorgenommen?" Jake beugte sich vor und umarmte Kade fest. „Und was hat das damit zu tun, dass ich hier bin und deine Mittagspause verplempere?"

„Na ja, ich glaube, ich möchte wieder ins Fierce gehen. Mit Deacon. Nur auf Besuch", sagte Kade zögernd. Er hasste es, dass er schon beim Gedanken daran Herzrasen und feuchte Hände bekam. Denn eigentlich wollte er das mit Deacon unbedingt mal machen, er wollte sich nur nicht mit irgendwelchen Dummköpfen befassen müssen oder Deacon irgendwie enttäuschen. „Ich will keine öffentliche Session mit ihm halten wie mit dir früher, aber … Ich weiß, dass er mich gerne dorthin mitnehmen würde, das hat er selbst gesagt, und du hast mich ja auch schon mehr als einmal eingeladen, aber, äh, denkst du, dass er mich wirklich bei sich haben möchte, wenn wir erst mal dort sind? Und könnte ich mich da drin mit dem Rollstuhl überhaupt frei bewegen?"

„Wirklich? Das ist ja toll!", rief Jake. „Und natürlich kannst du auf Besuch kommen. Du weißt ganz genau, dass bei uns keiner zu etwas gezwungen wird, was er nicht tun will. Sicher, gesund und einvernehmlich lautet die Regel, und ja, die wird auch durchgesetzt." Jake machte im Sitzen einen kleinen Freudensprung.

„Und klar kannst du dich frei bewegen. Falls einer Probleme macht, weil er dir aus dem Weg gehen muss, bekommt er es mit Sam oder Deacon zu tun. Und falls das nicht reicht, unsere Rausschmeißer sind gebaut wie Panzer – verdammt, einer von denen heißt sogar Panzer", lachte er. „Das muss ich sofort Sam erzählen. Ich kann's kaum erwarten."

Kade schüttelte den Kopf. „Nein, bitte tu das nicht." Als Jake die Stirn runzelte, erklärte Kade hastig: „Ich habe Deacon noch nicht gefragt, ob er überhaupt mit mir hingehen will, also darfst du Sam noch nichts davon sagen, bitte. Ich weiß genau, dass die zwei sich über uns unterhalten. Und selbst, wenn das nicht der Fall wäre – Sam bräuchte sich nur zu verplappern und Deacon wüsste Bescheid, ehe ich das Thema selbst zur Sprache bringen kann."

„Wann also triffst du dich das nächste Mal mit Deacon? Und wann willst du zu Besuch kommen?"

„Morgen Abend. Wir sehen uns nicht jeden Abend, obwohl ich mir das irgendwie schon wünschen würde, aber ich verbringe immer die Wochenenden bei ihm und morgen ist Freitag", erklärte Kade achselzuckend. Hoffentlich würde er diesmal den Mut aufbringen, die Worte auch wirklich auszusprechen. Das hatte er gestern Abend schon versucht, als Deacon ihn zum Essen ausgeführt hatte, aber im letzten Moment hatte er dann doch gekniffen.

Sie unterhielten sich noch eine Zeit lang, ehe Jake wieder ging und Kade sich an die Arbeit machte. Das würde ein langer Tag werden, und morgen auch – jetzt, wo er sich dazu verpflichtet hatte, nicht nur mit dem Gedanken zu spielen, sondern wirklich Ernst zu machen.

Bis Kade am nächsten Tag bei Deacon ankam, war er schon ganz zittrig. Vor lauter Nervosität hatte er den ganzen Tag nichts essen können. Diesmal hatte er sich vor dem Losfahren besonders sorgfältig geduscht und rasiert und sich viel Zeit genommen, um sich für seinen Geliebten und Dom vorzubereiten. Als er sich der Haustür näherte, ging sie auf und gab den Blick auf einen älteren Mann frei, den Kade nicht kannte. Er war mindestens ein Meter achtzig groß und sah Deacon verblüffend ähnlich; seine Haut war sonnengebräunt und sein Haar größtenteils weiß, wenn es auch hier und da noch leicht rötlich schimmerte. Außerdem hatte der fremde Mann dieselbe Achtung gebietende Ausstrahlung an sich wie Deacon.

„Oh, hallo", sagte er und musterte Kade von Kopf bis Fuß. Sein Blick war nicht erotisch wie Deacons oder abwägend wie Sams; seiner war eher berechnend, und das wiederum machte Kades Nervosität noch schlimmer. „Sind Sie Kaden?"

Kaden, mit dem N? So nennt Deacon mich nur, wenn ich am Ausflippen bin oder wenn er verärgert ist. „Ich bin Kade, und Sie sind?"

„Dad, hör auf, meinen Boy zu schikanieren", sagte Deacon von drinnen. „Ich hab' gesagt, dass du ihn kennenlernen darfst, nicht dass du ihn einschüchtern sollst. Du bist hier nicht im Gerichtssaal."

Der Mann ließ ein breites Lächeln aufblitzen, das sein Gesicht völlig verwandelte. Auch das war genau wie bei Deacon. „Tut mir leid, mein Sohn." Er streckte eine riesige Hand aus, die Kade sofort ergriff. Sein Händedruck war nicht zu fest – er versuchte nicht, Kade die Hand zu zerquetschen – aber auch nicht zu schwach, wofür Kade dankbar war. „Mackenzie James, aber du kannst mich Mack nennen."

„Danke, Sir."

Deacon tauchte hinter seinem Vater im Türrahmen auf. „Geh ihm aus dem Weg, Dad. Er war schließlich eingeladen, im Gegensatz zu dir." Doch das leise Lachen der beiden strafte ihn Lügen. Als Mack beiseite trat, folgte Kade ihm hinein und rollte direkt weiter zu Deacon.

„Dein Dad?", formte er lautlos mit den Lippen. Er war nicht in der Stimmung für Überraschungen.

„Warum kommst du nicht mit uns in die Küche, Kade? Dad kocht, aber er bleibt *nicht* zum Essen."

Mack grinste über Deacons nachdrückliche Betonung. „Da verhelfe ich deiner Haushälterin zu einem freien Abend, und das ist nun der Dank dafür", meckerte er, wenn auch mit ungetrübt heiterer Miene. „Siehst du, was ich mir von meinem eigenen Sohn gefallen lassen muss?", fragte er, an Kade gewandt, während sie die Küche betraten.

Kade lachte trotz seiner Nervosität. „Ja, Sir."

„Mack", konterte der Mann.

„Hm?"

„Du bist sein Partner, also duzen wir uns und du sagst Mack zu mir, nicht Sir."

„Oh, okay." Kade sah Deacon hilfesuchend an. Meinte Mack das ernst? Akzeptierte er ihn so mühelos?

„Kades Eltern sind nicht wie du, Dad. Geh' schonend mit ihm um." Deacon trat zu Kade und strich ihm mit den Fingern leicht über die Kehle. „Warum trinkst du nicht was und entspannst dich. Dad hat eben einfach keine Manieren, aber er beißt auch nicht."

Ein Nicken war alles, was Kade zustande brachte.

„Gut. Ich hole dir einen Brandy." Deacon ging hinaus und ließ Kade und Mack allein zurück.

„Nach dem, was mein Sohn sagt, bist du Zahnchirurg und ein ganz reizender Mensch." Kade nickte. Chirurg war er jedenfalls. Er hoffte, dass Deacon ihn reizend fand – vermutlich schon, so oft, wie sein Geliebter das sagte. „Ich bin wirklich froh, dass er jemanden gefunden hat, der ihn glücklich macht. Nur damit du's weißt, ich werde nicht zulassen, dass jemand meinem Jungen wehtut." Kade machte den Mund auf, um seine Beziehung mit Deacon zu verteidigen, doch Mack redete einfach weiter. „Ich weiß, er ist ein erwachsener Mann, aber er wird immer mein Sohn bleiben, und ich will nur das Beste für ihn. Ich unterstelle dir hier nicht, dass du nicht gut genug für ihn bist. Ich hoffe nur, dass du dich seiner würdig erweisen wirst."

„Ich gebe mir alle Mühe, S – Mack. Deacon bedeutet mir sehr viel, und ich habe nicht vor, ihm wehzutun. Niemals, wenn es nach mir geht."

„Gut. Dann erzähl mir doch mal, was du beruflich so machst, mein Sohn. Du siehst viel zu jung aus, um schon Zahnarzt zu sein, geschweige denn um dich schon spezialisiert zu haben."

Kade lachte. Das dachten die meisten Leute anfangs. „Ich bin dreißig, und mein Partner, Harold Daniels, geht wahrscheinlich in fünf Jahren oder so in den Ruhestand. Ich mache hauptsächlich rekonstruktive Zahnchirurgie."

„Du operierst vom Rollstuhl aus?", fragte Mack und hackte dabei weiter Gemüse – Broccoli, Karotten und Spinat. „Freut mich, zu sehen, dass du deine Träume nicht aufgegeben hast."

Kade verspannte sich bei diesen Worten. Doch dabei wurde ihm auch klar, dass Mack anders war als die Leute, mit denen er es gelegentlich zu tun bekam. Eine Tatsache, für die er doppelt dankbar war – schließlich war der Mann der Vater seines Dom.

„Nein, ich gebe nicht so leicht auf. Allerdings hatte ich auch das Glück, einen etablierten Zahnarzt zu finden, der bereit war, mir eine Chance zu geben – nicht jeder hat so viel Glück. Und ja, ich operiere vom Rollstuhl aus. Alles in meiner Hälfte der Praxis ist auf mich zugeschnitten, einschließlich des speziellen Behandlungsstuhls, den ich benutze."

In diesem Moment kam Deacon zurück und überreichte ihm ein Glas, zwei Finger hoch gefüllt mit goldfarbener Flüssigkeit. „Benimmt er sich anständig?", fragte er mit einem Wink zu seinem Vater.

„Wir machen uns gerade miteinander bekannt", antwortete Kade. Er nippte an seinem Drink und gab sich alle Mühe, ruhig zu bleiben. „Was kocht er da eigentlich?"

„Lasagne. Guck mich nicht so an", fügte Deacon grinsend hinzu, als Kade ihn erstaunt ansah. *Seit wann gehört Broccoli in eine Lasagne?* „Seine Gemüselasagne ist die beste, die ich je gegessen habe."

Sie verbrachten die nächste halbe Stunde oder so mit lockerer Unterhaltung und Scherzen. Kade war immer noch ein bisschen durch den Wind, als Mack ihm die Hand schüttelte und ihm zum Abschied einen Klaps auf die Schulter gab. Sobald die Haustür hinter ihm ins Schloss gefallen war, wandte Kade sich an Deacon. „Was soll denn das, dass du mich dauernd mit irgendwelchen Leuten überraschst? Ich hätte fast einen Herzinfarkt gekriegt. Mehr als einmal!"

Deacons beiläufiges Achselzucken machte die Sache nicht besser. „Wenn ich dich angerufen und dir Bescheid gesagt hätte, dann hättest du dir nur den ganzen Tag über Sorgen gemacht, dass er dich vielleicht nicht mögen könnte. Tut er aber."

„Dabei bin ich schon seit anderthalb Tagen halb am Ausflippen, und dann überfällst du mich auch noch mit deinem Vater!" Kade klappte hastig den Mund zu und wandte sich ab. *Verdammt!* Das hatte er nicht sagen wollen.

„Kade?" Deacon trat zu ihm, umfasste seine Wange und drehte Kades Kopf zu sich, bis er ihm in die Augen sehen konnte. „Was meinst du damit?" „Können wir jetzt essen? Ich habe Hunger." Hatte er nicht, aber er war auch noch nicht bereit für das Gespräch, das er eigentlich hatte führen wollen.

Deacon nickte, ohne den Blick von Kade zu wenden. „Ich decke den Tisch. Hol du uns was zu trinken. Ich möchte den Wein, den ich schon rausgestellt habe." Kade wirbelte herum, um die Drinks zu holen. Doch Deacon war noch nicht fertig. „Und außerdem werden wir über das sprechen, was dich vor deiner Ankunft hier so aus dem Gleichgewicht gebracht hat." Damit wandte Deacon sich ab, und bis Kade zwei Gläser Wein eingeschenkt und seinen Platz eingenommen hatte – den ohne Stuhl – stellte Deacon bereits zwei Teller mit weißer Gemüselasagne auf den Tisch. Das Gericht duftete wunderbar, doch Kade wusste nicht, wie viel er tatsächlich davon essen konnte.

Kade gab sich aufrichtig Mühe, schob aber hauptsächlich nur das Essen auf seinem Teller herum. Er antwortete, wenn Deacon ihm eine direkte Frage stellte, aber er schien seine Nerven einfach nicht beruhigen zu können. Je länger sie nicht zur Sache kamen, desto schlimmer wurde es für ihn.

Schließlich legte Deacon seine Gabel weg – mit Nachdruck – und sah Kade finster an. „Muss ich dich etwa füttern, um dich zum Essen zu kriegen? Das ist normalerweise immer etwas Besonderes für uns beide, aber wenn es sein muss, kann ich es auch auf andere Weise nutzen."

„Ich, äh, was?", murmelte Kade verwirrt.

„Was du bisher gegessen hast, ist kaum der Rede wert. Also, entweder isst du jetzt was und redest, oder ich werde dich füttern und dann disziplinieren, und zwar nicht im Scherz, das verspreche ich dir." Kade war betroffen über den Ärger in Deacons Stimme. Er hatte ihn noch nie so zornig erlebt. Nicht auf sich. Nicht auf jemand anderen.

„E-es tut mir leid, Sir", flüsterte Kade. Hastig spießte er ein Stück Lasagne auf seine Gabel und steckte es in den Mund. Er kaute und schluckte, obwohl sein Magen sich davon wenig begeistert zeigte. „Es schmeckt sehr gut. Ich muss mich bei deinem Vater bedanken, wenn ich ihn wiedersehe." Seine Hände zitterten, aber er nahm einen weiteren Bissen, entschlossen, Deacon glücklich zu machen.

„Kade." Deacon hielt mit sanftem Griff Kades Hand fest und bremste seinen hastigen Versuch, etwas zu essen. Ehe Kade wusste, wie ihm geschah, hatte Deacon ihn aus dem Rollstuhl gehoben und auf den Schoß genommen. „Schau mich an, Boy."

Kade schluckte krampfhaft und versuchte, seine Hände am Zittern zu hindern. Er hob den Kopf und sah Deacon in die Augen. Statt des Ärgers, den er erwartet hatte, sah er dort jedoch nur Besorgnis und Zuneigung. „Sir?"

Deacon griff über den Tisch und zog Kades Teller näher heran. „Ich werde dich füttern, aber nicht als Bestrafung. Und wir reden über das, was dich so durcheinanderbringt und dir solche Angst macht, aber ich werde auch nicht zulassen, dass du dir selbst schadest." Er liebkoste Kades Schläfe mit den Lippen, küsste ihn auf die Wange und streichelte ihm minutenlang beruhigend den Rücken. Dann sprach er weiter, jetzt mit besänftigender Stimme: „Jetzt iss einen Bissen. Mir zuliebe."

Kade gehorchte und spürte, wie er ruhiger wurde; er genoss die Nähe und sogar das Essen. Deacon aß weiter und fütterte Kade dazwischen immer mal wieder einen Bissen von seinem eigenen Teller. Hin und wieder drückte Deacon ihm einen Kuss auf die Lippen, und jedes Mal schmolz Kade ein bisschen mehr dahin. Als er seinen Teller weitgehend leer gegessen hatte, war er wieder mehr mit sich im Reinen. Seine Sorgen schienen so weit entfernt wie seit Tagen nicht mehr und längst nicht mehr so entsetzlich.

Statt zu seinem Rollstuhl trug Deacon Kade ins Wohnzimmer und setzte ihn auf die Couch. Gleich darauf brachte er auch den Rollstuhl und das Spezialkissen. Sobald das hochlehnige Kissen an seinem Platz vor der Couch stand, setzte Deacon Kade mit dem Gesicht zur Couch darauf. „Du bist zwar noch angezogen, aber ich möchte, dass du trotzdem in Position gehst. Dann werden wir uns unterhalten, Boy."

Kade nahm eilig die modifizierte Präsentationsposition ein, in der Deacon ihn so gern sah. Er senkte den Kopf und konzentrierte sich auf Deacons Füße. Vor Deacon hatte er auf Füße nie viel Wert gelegt. Aber sein Dom hatte stets gut gepflegte Nägel, und die dünne Behaarung und die Stärke, die sich selbst hier zeigte, machte es angenehm, Deacon zu Füßen zu sein.

Nach einigen Minuten beendete Deacon schließlich das Schweigen. „Was hat dich so gequält, als du hier angekommen bist, Boy? Und lüg' mich nicht an. Du hast bereits zugegeben, dass dich gestern etwas aus der Fassung gebracht hat, was dir heute immer noch Angst macht."

Bei Deacons Kommandoton versuchte Kades Schwanz steif zu werden; das konnte er zwar nicht in seinem Käfig, doch das änderte nichts an der Wirkung, die Deacons Stimme immer auf Kade hatte. „Es tut mir Leid, Sir. Ich hätte dich vorhin nicht anschreien und mit dem Essen, das dein Vater gekocht hat, nicht so respektlos umgehen sollen."

„Der einzige, dem du damit geschadet hast, bist du selbst, Boy."

Kade schloss die Augen und kämpfte gegen die Nervosität an, die ihn schon wieder zu überwältigen drohte. „Ich wollte dich etwas fragen und war, äh, besorgt wegen deiner Antwort."

„Ich würde ja sagen, dich zum Reden zu kriegen ist wie Zähne ziehen, aber das wäre vermutlich ein bisschen daneben, bei deinem Beruf", sagte Deacon, und jetzt klang er eindeutig belustigt. „Was wolltest du mich fragen? Ich kann mir nichts vorstellen, was dein Verhalten von vorhin rechtfertigen würde."

„Würdest du … würdest du mit mir irgendwann mal ins Fierce gehen?", stieß Kade hervor, so hastig, dass der ganze Satz wie ein einziges langes Wort klang.

19

DEACON STARRTE Kade völlig entgeistert an. Die ganze Hysterie wegen eines Besuchs im Club? „Aha. Und du hast gedacht, dass ich deshalb böse auf dich sein würde?" Die Vorstellung, dass es ihn verärgern könnte, wenn sein Boy einen so gewaltigen Schritt wagte, war wirklich abstrus.

Kade nickte und holte zittrig Atem. „Wahrscheinlich ist das ja total bescheuert, aber wenn wir da hingehen, zusammen, könnten andere vielleicht … ich weiß auch nicht. Ich weiß noch genau, wie es war, als ich es damals versucht habe – anfangs, gleich nachdem ich im Rollstuhl gelandet war. Ich will dich nicht vor den anderen Doms blamieren", fuhr er fort, wobei ihm am Ende die Stimme versagte.

Im Hinblick darauf, wie er Kade heute Abend erlebt hatte – die Schauder, das Zittern – und angesichts dessen, was er über seine Vorgeschichte wusste, überlegte Deacon sehr genau, was er seinem Boy darauf antworten sollte. Mit Kade in den Club zu gehen? Seinen wunderbaren Sub stolz allen zu zeigen klang nach einer großartigen Idee, aber dass Kade sich dermaßen davor zu fürchten schien, machte ihm Sorge. Er streckte die Hand aus, wühlte seine Finger in Kades Haar und zog kurz an den längeren Strähnen am Scheitel. „Und was ist gestern passiert? Was hat dir so panische Angst vor einer Frage gemacht, die du noch nicht einmal gestellt hattest, Boy?"

„Ich habe mit Jake geredet und ihm gesagt, was ich tun will. Er war begeistert und wollte gleich Sam davon erzählen." Kade lehnte sich in Deacons Berührung. Ein leiser Seufzer entschlüpfte ihm. „Ich habe ihm das Versprechen abgenommen, das nicht zu tun. Zu warten, bis ich dich gefragt hatte."

„Okay, ich kann verstehen, dass du mir selbst sagen wolltest, was du dir wünschst. Aber anstatt in Panik zu geraten, hättest du mit mir reden sollen. Ich würde gern mit dir in den Club gehen."

Kade hob ruckartig den Kopf, doch nicht einmal jetzt sah er Deacon unaufgefordert in die Augen. „Wirklich? Das, das würdest du tun?"

Die Sehnsucht in Kades Stimme, gemischt mit Hoffnung, brach Deacon von Neuem das Herz. Es war ihm ein Rätsel, warum ein so hingebungsvoller, liebenswerter Sub wie Kade nicht schon längst in festen Händen war, aber er war dankbar dafür. „Aber natürlich. Mit dir irgendwo hinzugehen, wo wir sein können, wie wir wirklich sind, ohne Rücksicht auf andere nehmen zu müssen, würde mich sehr glücklich machen, Boy."

Als Kade plötzlich vornüber kippte, griff Deacon automatisch nach ihm, hielt sich aber zurück, als Kade sich wieder fing und den Kopf senkte, um erst Deacons linken und dann seinen rechten Fuß sanft zu küssen. „Ich danke dir, Sir." Für einen Moment war Deacon wie erstarrt. Im Laufe der Jahre hatten viele seiner früheren Boys etwas Derartiges getan, aber von Kade hätte er so etwas nie erwartet. Als Kade sich mühsam hochzustemmen versuchte, half Deacon ihm zurück in seine Position, dann beugte er sich vor und gab ihm einen sanften, flüchtigen Kuss auf die Lippen. „Wir gehen gleich morgen Abend, aber ich glaube, ich würde deinen schönen Rücken vorher gerne noch ein bisschen verzieren."

Kades scharfes, zischendes Einatmen und sein leises Wimmern erregten Deacon noch mehr. „Bitte, Sir. Wirst du – kann ich – äh", stammelte Kade, dann verstummte er ganz und biss sich auf die Unterlippe.

„Kannst du was?"

„Ich weiß, dass man nicht viel davon sehen wird, aber ein Teil meines Rückens liegt über der Lehne von meinem Rollstuhl frei." Kade verstummte erneut. Seine Finger öffneten und schlossen sich wiederholt, obwohl er seine Haltung beibehielt – Arme auf dem Rücken verschränkt, Hände jeweils um den Ellbogen des anderen Arms geklammert.

„Hmm?" Er hatte nicht vor, ihm das leichter zu machen. Kade musste lernen, seine Wünsche in Worte zu fassen, statt sie zu fürchten oder sich ihrer zu schämen.

„Kein Hemd. Wenn wir in den Club gehen. Erlaubst du mir, die Striemen zu zeigen, die du mir versprochen hast?", flüsterte Kade und errötete dabei von den Ohren bis zum Kragen seines Button-Down-Hemds.

„Dass du meine Striemen stolz zur Schau tragen möchtest gefällt mir außerordentlich, Boy. Ja, sobald wir im Fierce sind, wirst du nur noch dein Armband, deinen Käfig und deine Hose tragen. Alles andere wird abgelegt. Aber im Moment möchte ich an den Verzierungen arbeiten, von denen ich gesprochen habe." Deacon presste den Mund auf Kades Lippen, verlangte Einlass. Sobald Kades Lippen sich teilten, nahm Deacon seinen Mund stürmisch in Besitz, kostete, zerbiss und verschlang die sinnlichen Lippen seines Boys.

Schließlich waren sie beide außer Atem, und Deacon wich zurück. „Wenn wir oben sind, ziehst du dich aus, dann wählst du die Instrumente, mit denen ich deinen reizenden Rücken bearbeiten werde, und nimmst deine Position ein." Er beugte sich vor, brachte seine Lippen dicht an Kades Ohr und fügte hinzu: „Du wirst für mich schreien, ehe du Erlösung findest, Boy. Ich will deine Schreie hören und dein Verlangen schmecken."

KADE SASS neben Deacon im Auto und vibrierte nahezu vor Nervosität. Er war verängstigt und aufgeregt zugleich. Von hier aus konnte er bereits den Eingang des Fierce sehen; er wusste, dass Jake drinnen auf sie wartete, um ihm zu helfen und um sie zu Sam an den Tisch zu führen. Beim Anziehen vorhin hatte Kade sich einen Moment Zeit genommen, um seinen Rücken zu bewundern. Deacon war gestern Abend herrlich unbarmherzig gewesen. Die Spuren, die der Flogger hinterlassen hatte, waren inzwischen größtenteils verblasst, doch die Striemen von den Schlägen mit dem Rohrstock waren immer noch deutlich zu sehen. Kade hatte keine Ahnung, ob das sonst jemanden interessieren würde. Aber ihm war es wichtig, und er wusste, dass Jake, und wahrscheinlich auch Sam, das Werk seines Doms bewundern würden.

„Stimmt was nicht, Boy?", fragte Deacon vom Fahrersitz aus. „Du hast gewimmert."

„Nein, nein, Sir. Ich habe nur eben an gestern Abend gedacht", erklärte Kade lächelnd. Noch besser vielleicht als die Fesseln und die Züchtigung an sich hatte ihm gefallen, wie Deacon sich hinterher um ihn gekümmert hatte. Als er nach der Glückseligkeit des Nichts wieder zu sich gekommen war, hatte Deacon ihm eine Art Lotion in den Rücken massiert; das hatte die Schmerzen gelindert und sie doch zugleich immer wieder aufflackern lassen. Deacon hatte ihm sogar einen heißen Tee für seine Kehle gebracht – er hatte geschrien, wie Deacon es versprochen hatte – und ihn dann beim Einschlafen fest in den Armen gehalten.

Deacon lachte in sich hinein, als er in den für VIP-Gäste reservierten Parkplatz einbog. „Ich lade deinen Rollstuhl aus. Sobald wir drinnen sind, weißt du, was ich erwarte."

„Ja, Sir. Hose, Käfig und Schmuck, sonst nichts." Er stieg rasch vom Auto in seinen Rollstuhl um, und dann waren sie auch schon im Club.

Jake begrüßte sie mit einem breiten Lächeln. „Willkommen zurück im Club Fierce. Deacon, Sam erwartet dich an unserem Tisch, falls du schon mal vorgehen möchtest. Ich helfe Kade und wir kommen dann nach."

„Danke, Jake. Boy, sei brav. Lass' mich nicht zu lange warten." Deacon küsste Kade auf den Scheitel, dann ging er weiter und verschwand im Innern des Clubs.

Kade sah ihm nach, bis Jake ihn mit einem „Komm schon" aus seiner Starre rüttelte.

Er war nicht verängstigt, weil Deacon ihn allein gelassen hatte; er wollte nur mit ihm zusammen sein. Sie zogen sich in einen Nebenraum der Garderobe zurück, wo Kade sein T-Shirt und seine Schuhe ablegte. Jetzt trug er nur noch die Hüftjeans, die Deacon ihm ausgesucht hatte, und seine Accessoires.

„Oh, die sind aber hübsch." Jakes Finger zeichneten behutsam einige der Striemen auf Kades Rücken nach. „Also deshalb will er, dass du deinen Rücken zeigst. Kein Wunder."

Kade nickte; so lange er zurückdenken konnte, war er noch nie so glücklich gewesen. „Eigentlich war's umgekehrt. Ich habe ihn gefragt, ob ich mit freiem Oberkörper gehen darf, und im Gegenzug hat er mir dann die hier gegeben." Kade blickte sich um, dann beugte er sich vor und zog Jake zu sich herab, damit niemand sie belauschen konnte. „Ohne dich hätte ich nie den Mut gefunden, wieder hierher zu kommen. Ich danke dir."

„Gern geschehen. Aber jetzt komm, gehen wir zu unseren Doms und schauen wir mal, was die so vorhaben. Wollen wir?"

Den eigentlichen Club zu betreten war ein bisschen surreal für Kade. In vieler Hinsicht war hier alles gleich geblieben: die Bühne, die Durchgangsflure zu den halböffentlichen und privaten Räumen, die Bar, die Tanzfläche. Aber vieles war auch anders: das Fierce war heller, nicht mehr verraucht, und es gab Sicherheitsleute im Innenraum, nicht nur an den Türen. Kade erkannte sogar einige der Gäste – nun ja, sofern sie nicht maskiert waren. Selbst an einem so sicheren Ort wie hier blieben viele aus Furcht vor Repressalien in der Außenwelt lieber inkognito.

Je näher sie dem Tisch kamen, desto mehr Blicke fühlte Kade auf sich gerichtet. Doch er war entschlossen, den Abend zu genießen und Deacon stolz zu machen. Meist hielt er den Kopf gesenkt und manövrierte sich behutsam durch die Menge; er war froh, als sie endlich bei Deacon und Sam ankamen. Er parkte seinen Rollstuhl neben Deacon, dann lehnte er sich vor, verschränkte die Arme hinter dem Rücken und umfasste mit der rechten Hand den linken Ellbogen und umgekehrt.

Deacon legte ihm für einen Moment die Hand auf die Schulter, dann nahm er sie wieder weg, um Kade den Kopf zu streicheln und mit seinen Haaren zu spielen. Sam und Deacon unterhielten sich über den Club und ihren Besuch.

„Kade?", sagte Sam nach einer Weile. „Ich würde mir gern Deacons Werk ansehen."

Kade hob den Kopf und sah Deacon an, ohne ihm jedoch direkt in die Augen zu schauen. Als Deacon nickte, wendete Kade seinen Rollstuhl und rangierte ein Stück rückwärts, sodass Sam besser sehen konnte. Er unterdrückte ein Stöhnen, als Deacon seine Finger in einige der Striemen presste.

„Bei unserem nächsten Treffen", sagte Sam, und seine Stimme klang dabei irgendwie tiefer und weicher, „sollten wir unsere Boys gemeinsam dekorieren, finde ich. Was meinst du, Deacon?"

„Würde dir das gefallen, Boy?" Deacon rieb erneut über die Striemen und lächelte, als Kade laut aufstöhnte. „Am eigenen Leib zu fühlen, was Jake spürt und umgekehrt? Sam benutzt lieber die Reitgerte, aber ich möchte wetten, dass du den Biss des Rohrstocks nach dem Brennen der Gerte umso mehr genießen würdest."

Kade nickte, da er nicht sprechen konnte. Sein Blick huschte zu Jake, doch der war gerade in seiner eigenen Welt; Sam nutzte die Gelegenheit, um Jakes Brustwarzen zu malträtieren.

Nachdem sie sich alle wieder etwas beruhigt hatten und Kade wieder neben Deacon war, schauten einige von den anderen Doms kurz bei ihnen vorbei. Alle ignorierten Kade völlig und beachteten sogar Jake kaum – alle, bis auf einen.

Der Dom, dessen Namen Kade nicht kannte, wandte sich zuerst an Deacon. „Master Deacon? Der Boy hier trägt doch deine Spuren, oder? Dürfte ich sie mir mal ansehen?"

„Hmm? Oh bitte, nur zu. Aber keine Berührungen unterhalb der Gürtellinie."
Deacon sah wachsam zu, als der namenlose Dom zu Kade sagte: „Beug'
dich ein bisschen weiter vor und nimm die Arme weg."

Kade gehorchte leicht verwirrt, aber erfreut, dass jemand seine Striemen
bemerkt hatte.

„Tadellose Beherrschung hast du, und dein Boy trägt sie wirklich sehr
schön", sagte der Mann zu Deacon. Kade wurde ganz warm ums Herz bei dem
Kompliment. Er wusste, dass sein Sir sehr geschickt war, aber er hörte nur zu gern,
dass auch andere sich lobend über Deacons Werk äußerten – und über seinen Boy.

Etwas später kam ein Dom namens Rave an ihren Tisch und bat darum,
direkt mit Kade sprechen zu dürfen. „Es ist schön, dich wieder hier im Club
zu sehen. Viele von uns haben dich vermisst, als du so plötzlich aus der Szene
verschwunden bist."

Verblüfft blickte Kade auf, ohne ans Protokoll zu denken. „Was?" Gleich
darauf senkte er den Blick wieder, wandte dem Mann aber weiter das Gesicht zu.
„Master Rave."

„Ich kann mich noch gut an dich erinnern, obwohl es schon ein paar Jahre
her ist. Auf einmal warst du nicht mehr da, und ein paar von uns haben sich gefragt,
was wohl aus dir geworden ist. Aber dann haben wir von deinen Verletzungen
erfahren."

Kade nickte und schluckte krampfhaft. *Rave, Master Rave*, erinnerte sich an
ihn? „Ich, äh", stotterte er und deutete hilflos auf seinen Rollstuhl.

„Ich weiß, Boy. Keine Sorge; ich bin nur enttäuscht, dass du nie wieder
hergekommen bist. Deacon hat wirklich Glück", fügte Rave noch hinzu, ehe er sich
verabschiedete.

Kade starrte ihm nach; er war ganz durcheinander. *Deacon hatte Glück?*
Das ergab keinen Sinn. Kade war derjenige, der einen Glückstreffer gelandet hatte.
Er hatte einen Dom gefunden, der bereit war, mit ihm zusammen zu sein, sein
Handicap zu akzeptieren und ihn dennoch ständig dazu zu drängen, Wege um seine
Behinderung herum zu finden. Dem Kade dienen durfte, wie er es sich so sehnlich
wünschte.

Wenn Kade ehrlich zu sich war, wusste er, dass er dabei war, sich in seinen
Dom und Lover zu verlieben. Dinge wie der Abend gestern und der Besuch im
Club heute gaben ihm Hoffnung, dass er darin nicht alleine war.

„Was hast du denn?", fragte Deacon kurze Zeit später. „Hat Rave dich
verärgert?"

„Nein", antwortete Kade kopfschüttelnd. „Ich verstehe nur nicht, was er
gesagt hat. Aber es war nichts Schlimmes."

„Okay. Falls du drüber reden willst, höre ich zu, aber ich will dich nicht
zwingen."

Kade dankte ihm; er brauchte Zeit, um sich an den Gedanken zu gewöhnen,
dass es auch andere Doms, andere Master gab, die ihn vielleicht gewollt hätten.

Erneut sah er Deacon an. Der einzige Dom, den er wollte, war sein Sir. Die Session mit Sam hatte ihm gefallen, und er freute sich schon auf das vorhin angekündigte nächste Treffen, aber im Grunde wollte er nur Deacon. Sein Sir war derjenige, nach dem er sich sehnte. Es war eine außergewöhnliche Offenbarung, doch Kade schüttelte sie ab und bemühte sich, den nächsten Besuchern besser zuzuhören.

„Ich hole uns noch eine Runde Drinks", sagte Deacon und stand auf. „Bleib hier bei Jake." Deacon gab Kade einen Kuss auf die Schläfe, wie er es den ganzen Abend über immer wieder getan hatte, und schlenderte davon. Sam war vor einigen Minuten ebenfalls kurz weggegangen – an der Tür gab es irgendein Problem, um das er sich kümmern musste.

„Hast du Spaß?", fragte Jake. Er kniete immer noch dort, wo Sam ihn zurückgelassen hatte, und schien sich vollauf damit zufriedenzugeben, auf ihn zu warten.

Kade nickte. „Hab' ich, sogar mehr, als ich erwartet hätte. Dank dir."

„Ich hab' nichts weiter getan, als dich einzuladen. Und ich habe gesehen, dass Master Rave vorhin mit dir geredet hat. Er war einer von denen, die damals nach dir gefragt haben."

„Er hat mich verwirrt, aber er hat etwas von" –

Er brach ab, denn in diesem Moment traten zwei Subs an ihren Tisch. Beide grinsten. Kade kannte nur einen von ihnen, einen hochgewachsenen, schlaksigen Mann namens Riley. Sein Begleiter war deutlich kleiner, aber viel hübscher. „Ach, hallo, Kade. Was machst du denn hier?"

„Ich mache mit meinem Sir einen Besuch bei Jake und seinem Master, Riley. Wer ist dein Freund?" Kade hatte Riley noch nie gemocht; der Mann war viel zu manipulativ und machte sich oft einen Spaß daraus, die neuen Boys zu quälen.

„Das hier ist Zeek. Was willst du denn mit einem Master wie dem, der hier eben weggegangen ist? Ich glaube, ich geh' mal rüber zu ihm und frag' ihn, ob er nicht ein, zwei Sessions mit mir halten will. Der ist lecker."

„Ob er wohl auch zwei Subs nehmen würde?", ergänzte Zeek, den Blick fest auf die ungefähre Richtung geheftet, in die Deacon gegangen war.

„Er ist vergeben, Riley", fauchte Kade, wobei er sich Mühe gab, nicht ganz so knurrig zu klingen, wie ihm zumute war. Anderer Leute Doms aufzureißen war schlimm genug, aber ihm seinen Sir wegnehmen zu wollen? Nein!

„An wen? Dich doch nicht", schleimte Riley. „Du kannst kein Sub mehr sein. Scheiße, du kannst doch fast nichts, was ein Mann wie der braucht!"

„Riley!", blaffte Jake, aber Kade schüttelte den Kopf. Er wollte nicht, dass Jake dazwischen ging. Er hatte noch nie andere seine Schlachten für sich schlagen lassen; damit würde er jetzt nicht anfangen.

Riley warf Jake einen Blick zu, doch dann sah er wieder Kade an und sagte: „Was? Ist doch wahr. Du bist bloß ein Krüppel. Kann ja sein, dass er im Moment scharf auf dich ist. Aber das Bisschen, was du noch kannst, wird ihm mit Sicherheit

bald langweilig, und dann braucht er wieder einen richtigen Sub zum Spielen."
Zeek lachte, und Riley stimmte mit ein. „Du bist 'ne Kuriosität, kein Sub."

Kade versuchte, im Kopf bis zehn zu zählen, aber das nutzte nichts. Er ballte die Fäuste, starrte die beiden Schakale finster an und knurrte: „Du hast nicht zu entscheiden, wer ein Sub ist und wer nicht, Riley. Wenn hier einer kein *echter* Sub ist, dann bist du das. Für dich ist das alles ein einziges Spiel. Und was meinen Sir betrifft und ob er mich will – das tut er, und wird er auch weiterhin. Der Käfig den ich trage, die Striemen auf meinem Rücken, das Armband, das ich nie abnehme" – er hielt sein linkes Handgelenk hoch, um Riley die symbolische Manschette zu zeigen, die Deacon ihm angelegt hatte – „und die Art, wie er mich immer umsorgt, wenn wir zusammen sind, das alles sagt mir, was er für ein Mann ist und dass er *mich* will, nicht so ein billiges Fickstück wie dich."

„Was fällt dir ein!", schrie Riley und stürzte sich auf Kade, doch da packten ihn zwei starke Arme von hinten – Kade wusste ganz genau, wie stark sie waren – und hielten ihn fest.

„Du wolltest doch nicht etwa unerlaubterweise meinen Boy anfassen, oder?", grollte Deacon; seine Stimme war tiefer denn je. Kade konnte nur hoffen, dass er nie in diesem Tonfall mit ihm reden würde. „Ich weiß nämlich, dass ich dir keine Erlaubnis dazu gegeben habe, und ich weiß auch, dass Handgreiflichkeiten im Club und auf dem Gelände verboten sind."

Kade hatte gar nicht gemerkt, dass Deacon und Sam wieder da waren. Flüchtig fragte er sich, wie viel sie wohl gehört hatten, aber im Moment machte ihm der giftige Blick mehr zu schaffen, den er auf sich gerichtet sah. „Sir?"

„Hör nicht auf diesen Idioten, Boy. Er ist bloß eifersüchtig. Sam? Soll ich den Müll rausbringen, oder willst du das selbst erledigen?"

„Ich bin kein Müll!", kreischte Riley. Erst da fiel Kade auf, das Zeek nicht mehr da war. Hoffentlich ließ das darauf schließen, dass der andere Sub wenigstens einen Funken Grips im Kopf hatte und sie künftig in Ruhe lassen würde. „Der da ist nicht mal ein richtiger Sub", schwadronierte Riley weiter.

„Maine!", blaffte Sam und reckte einen Arm in die Luft, während Deacon Riley weiter festhielt.

Gleich darauf drängte sich ein riesiger schwarzer Mann mit muskelbepackten Armen und ausgesprochen finsterer Miene durch die Menge. Ohne ein Wort übernahm er Riley von Deacon, obwohl der Mann sich weiter heftig dagegen wehrte, festgehalten zu werden.

„Ich will, dass du ihn rausschmeißt. Sofort", presste Jake mit zusammengebissenen Zähnen hervor und blickte dabei zu dem Mann namens Maine auf. „Was dich betrifft", fuhr er fort, den Blick wütend auf Riley gerichtet, „Du hast ab sofort Hausverbot. Dauerhaft. Wer Subs misshandelt, hat im Club Fierce nichts verloren. So was dulde ich hier nicht!"

„Du kannst mir kein Hausverbot erteilen!"

„Kann er und hat er eben getan", schnauzte Sam ihn an. Er gab Maine einen Wink, und der trug Riley rasch davon. Sobald das Geschrei verklungen war, stieg Sam auf den nächstbesten Stuhl.

Die Musik verstummte fast sofort.

„Nur um mal eins klarzustellen, weder Jake noch ich werden zulassen, dass hier irgendwer einen Sub misshandelt oder erniedrigt." Er hob die Hand, als sich rundum Gemurmel breitmachte. „Ihr kennt alle den Unterschied zwischen Misshandlung und Spiel, also lasst den Scheiß. Subs knien vielleicht vor ihren Doms, aber deshalb sind sie noch lange kein Müll. Jake hat dasselbe Recht, jemanden rauszuschmeißen wie ich, und das werden wir auch tun. Basta."

Sam sprang vom Stuhl, und Jake neigte sich zu Kade herab. „Du bist nichts von alldem, Kade. Der Idiot ist bloß neidisch auf dich, nichts weiter."

Kade nickte; er freute sich sehr, dass Jake und Sam sich so für ihn eingesetzt hatten, aber Deacon hatte immer noch nichts gesagt.

„Kade?" Deacon ging neben Kades Rollstuhl in die Hocke.

„Es tut mir leid, Sir. Ich wollte mich nicht mit Riley streiten."

„Boy." Deacons Stimme war wieder sanft, und er umfasste mit einer Hand Kades Hals und schob ihm mit dem Daumen das Kinn hoch, sodass Kade ihm in die Augen sehen musste. „Ich habe gehört, was du gesagt hast und was er gesagt hat. Du hast nichts falsch gemacht, und … du hast recht. Du wirst gebraucht und geschätzt. Leute wie er haben weder über deinen Wert zu befinden noch dir vorzuschreiben, was du kannst oder nicht. Lass das niemals zu. Du bist mein Boy. Basta."

Kade nickte nur, da so viele wirre Emotionen auf ihn einstürmten, dass er sie gar nicht alle erfassen konnte. Er versuchte gar nicht erst zu antworten. Stattdessen schmiegte er seine Wange in Deacons Hand und schloss die Augen.

„Ich glaube, es wird Zeit, dass wir nach Hause gehen, Sam. Danke für diesen ereignisreichen Abend, und danke, dass du bei Kade geblieben bist, Jake. Das bedeutet mir viel." Deacon streichelte Kade, der immer noch seine Wange an Deacons Hand drückte und rieb. Nach einer Weile fragte er: „Bist du soweit, Boy? Können wir heimgehen?"

Kade wusste zwar, dass das eine echte Frage war, doch eigentlich kam es ihm nicht so vor. Deacon wollte nach Hause, und er selbst auch. „Ja, Sir. Und ich danke dir für alles. Euch auch, Jake und Sam. Ich ruf' dich morgen an", fügte er an Jake gewandt hinzu. Jake nickte.

Kurze Zeit später waren sie wieder in Deacons Haus und lagen aneinander gekuschelt in seinem Bett. Im Schlafzimmer, nicht im Spielzimmer. In dieser Nacht lief nichts zwischen ihnen ab, nichts Sexuelles, doch irgendwas in Kade hatte sich verändert. Auch wie er Deacon sah, hatte sich geändert, und er wollte nur von seinem Geliebten in den Armen gehalten werden, während er schlief. Ein Wunsch, den Deacon ihm erfüllte, ohne dass er auch nur ein Wort zu sagen brauchte.

20

DEACON TIGERTE zuhause in seinem Arbeitszimmer ungeduldig auf und ab, während er auf Sam wartete. Eigentlich hätte er an einem Entwurf für ein weiteres Haus arbeiten sollen; die Pläne lagen über seinen Schreibtisch verstreut, aber das war ihm im Moment völlig egal. Er hatte etwas ganz anderes im Sinn, etwas, das er schon sehr lange plante und unbedingt mit jemandem durchsprechen musste, der auch in der Szene war und dem er vertraute. Seit dem Abend im Club hatte Kade sich verändert, aber zum Guten. Außerhalb des Spielzimmers war er viel selbstsicherer und zeigte auch seine Freude spontaner, wenn sie zusammen waren.

Dabei musste Deacon wieder an den Tag denken, als Kade ihm zum ersten Mal die Füße geküsst hatte. Er stöhnte auf. Nicht, dass er so etwas je von ihm verlangt hätte, aber wenn Kade es tat, genoss er es jedes Mal – denn es war nicht bei dem einen Mal geblieben. Noch wichtiger jedoch war der Abend danach, als dieses Arschloch … Riley? Randy? Eh, sein Name interessierte Deacon nicht, nur was Kade zu ihm gesagt hatte. Zu sehen, wie sein Boy sich aufrichtete und sein Anrecht auf Deacon als seinen Dom verteidigte, war sexy gewesen. Doch Kade aller Welt seine Gewissheit verkünden zu hören, dass Deacon ihn als Boy schätzte, dass er das Recht hatte, Deacons Boy zu sein … Deacon tat immer noch das Herz weh, wenn er an diese Worte dachte.

Kade war an diesem Wochenende viele Risiken eingegangen. Blieb nur zu hoffen, dass er das Zeug dazu hatte, noch eins einzugehen – eins, das noch größer war, aber hoffentlich von Dauer.

Beim Läuten der Türglocke fuhr Deacon erschrocken zusammen, obwohl er darauf gewartet hatte. Er ging mit großen Schritten zur Haustür, machte sie auf und stellte erleichtert fest, dass Sam allein gekommen war. Deacon wollte Jake schon irgendwann in seine Pläne mit einbeziehen, aber im Moment war es dafür noch zu früh. „Hey. Danke, dass du gekommen bist."

„Du hast gesagt, dass du jemanden zum Reden brauchst", sagte Sam. Er kam herein, blickte sich kurz um und zuckte die Achseln. „Ich gehe mal davon aus, dass es um Kade geht. So nervös wirst du ja nur noch wegen ihm. Also, was gibt's?"

„Ja, es geht um Kade." Deacon führte Sam in sein Arbeitszimmer, wo ein Teil dessen, worüber er sprechen wollte, auf seinem Zeichentisch ausgebreitet lag. „Nun ja, eigentlich geht es um uns beide, und um unsere Zukunft."

Sam nickte und grinste. „Was hat dein Boy denn jetzt wieder angestellt, dass du so verkrampft bist? Soll ich dir zur Entspannung mal den Hintern versohlen?" Dann lachte er laut los.

Deacon, der diese Art von Humor gerade überhaupt nicht vertragen konnte, warf seinem Freund einen finsteren Blick zu. „Untersteh dich. Nein, ich wollte Kade die Pläne für mein neues Haus zeigen, aber ich bin ein bisschen in Sorge, ob er dann nicht die Panik kriegt." Er begann wieder auf und ab zu gehen und sprach weiter. „Außerdem wollte ich ihn bitten, einen Vertrag mit mir zu schließen, und ich möchte dich und Jake als unsere Zeugen haben."

„Vertrag?" Sam legte den Kopf schief und musterte Deacon. „Also, eigentlich überrascht mich das nicht im Geringsten, ehrlich gesagt. Man braucht euch zwei ja nur mal eine halbe Minute lang zusammen zu sehen und schon weiß man, was mit euch los ist. Hast du ihm schon gesagt, dass du ihn liebst?"

Deacon schüttelte den Kopf und brummte: „Nein. Naja, nicht so, dass er es mitgekriegt hat. Er war im Subspace, und da ist es mir rausgerutscht. Aber ich bin mir ziemlich sicher, dass er es gar nicht gehört hat."

„So kannst du ihm doch so was nicht sagen! Du Idiot", schimpfte Sam. So finster hatte er Deacon noch nie angesehen. „Dein Boy ist liebenswürdig und gescheit, aber trotzdem hat er Angst, dass du ihn nicht behältst. Dass du seine eingeschränkten Möglichkeiten irgendwann über hast. Du willst einen Vertrag? Dann sag's ihm richtig, und dann wirst du ihn erst mal dazu kriegen müssen, dass er dir auch glaubt."

„Weiß ich doch! Ist mir klar." Deacon seufzte und ließ sich auf den Stuhl vor seinem Zeichentisch plumpsen. „Das ist mit ein Grund, warum ich ihm diese Pläne zeigen will, *bevor* ich irgendwas von einem Vertrag sage. Ich will ihm klar machen, dass das hier was Dauerhaftes ist, wenn er nur will."

„Also, wenn das so ist, musst du sie ihm vermutlich erst zeigen und ihn dann fragen. Aber du kannst ihm nicht einfach die Pläne in die Hand drücken und ihn vor vollendete Tatsachen stellen. Schon gar nicht nach einer intensiven Session, wenn seine Gefühle noch bloß liegen. Jetzt zeigst du aber erst mal mir diese Blaupausen, und dann können wir deinen Antrag planen."

UNTER DER Woche bei Deacon zum Abendessen oder zu einem Filmeabend eingeladen zu sein war an sich nichts Ungewöhnliches, doch als Kade in das große Haus kam, staunte er über den Anblick, der sich ihm bot. Da stand Deacon, lächelnd und mit einer zweiteiligen blau-silbernen Rose in der Hand. Sie ähnelte der grünen Rose aus Leder und Spitze, die Deacon ihm ganz am Anfang geschenkt hatte, doch diese hatte zwei zueinander passende Blüten, silberne Dornen an ihren ineinander verschlungenen Stielen und schwarze Blätter. Die obere Rose war in einem leuchtenden Technicolor-Blau gehalten, das in Silber überging, die untere genau umgekehrt gefärbt. Diesmal war keine Spitze zwischen den Blütenblättern, doch die Schönheit und der Gesamteindruck der Rose raubten Kade den Atem.

„Unser Abendessen steht schon auf dem Tisch", sagte Deacon. Seine Stimme war tief und ruhig, sein Blick sanft.

„Da-danke, Sir." Kade schaffte es endlich, die Hand auszustrecken und die Blume entgegenzunehmen. Er lächelte, als er feststellte, dass die Dornen spitz waren.

„Nichts zu danken."

Beim Betreten des Essbereichs stellte Kade fest, dass sein Kissen zwar bereit stand, jedoch nicht an seinem üblichen Platz. Normalerweise, wenn er nicht beim Essen darauf sitzen sollte – was meistens der Fall war – wurde es weggeräumt. Ansonsten stand es dort, wo Deacon ihn haben wollte. Doch so, wie es jetzt stand, wusste er nicht, was er tun sollte. „Äh, Sir?", fragte er zögernd. „Wo soll ich heute sitzen?"

„Wir haben heute Abend ein paar Dinge zu besprechen, und ich möchte dir eine Frage stellen." Deacon nahm Kades Hand. „Aber du kannst selbst entscheiden, ob du lieber in deinem Rollstuhl bleiben oder zu meinen Füßen sitzen möchtest, Boy. Ich erwarte nichts weiter von dir als ein offenes Gespräch und ehrliche Antworten."

Kade sah Deacon an und dann wieder den Tisch, während er überlegte, was er wollte und was Deacon vermutlich lieber wäre. „Das Kissen, bitte."

Deacons strahlendes Lächeln verriet ihm, dass er richtig gewählt hatte. Zufrieden sah er zu, wie Deacon alles nach seinen Wünschen arrangierte. Dann hob Deacon ihn aus seinem Rollstuhl und setzte ihn auf seinen geliebten hochlehnigen Sitzsack. Zu Füßen seines Herrn fühlte Kade sich einfach am wohlsten. Ob im Spielzimmer oder beim Essen, wenn er die Wahl hatte, entschied er sich immer für den Fußboden. Als er es sich bequem gemacht hatte, legte er seine Rose neben sich; eigentlich hätte er sie am liebsten gar nicht mehr aus der Hand gelassen.

Wenige Minuten später aßen sie Rinderfilet und gedämpften Spargel; Deacon fütterte Kade immer abwechselnd einen Bissen und nahm selber einen. Nach einer Weile räusperte Kade sich und fragte: „Worüber wolltest du mit mir reden, Sir?"

Deacon trank einen Schluck Wein und warf ihm dann ein Lächeln zu, in dem jedoch eine Spur Besorgnis zu liegen schien. Der Grund dafür war Kade ein Rätsel. Warum sollte Deacon besorgt oder nervös sein? Es sei denn … nein, man lud nicht seinen Lover und Sub zum Essen ein, machte ihm Geschenke, ließ ihn seinen Platz selbst wählen und machte dann Schluss mit ihm. Doch Deacons merkwürdiges Benehmen ergab für ihn einfach keinen Sinn. „Sir? Deacon?"

„Nach dem Essen gehen wir in mein Arbeitszimmer; dort habe ich die Pläne für unser neues Haus bereitgelegt, damit du sie dir anschauen kannst. Bei der räumlichen Anordnung fehlen mir stellenweise noch ein paar Angaben von dir, und natürlich musst du mir auch dabei helfen, die Farben, Oberflächen und so weiter auszusuchen."

„Du ziehst um?" *Wohin? Wie weit weg? Moment mal! Hat er eben etwa „unser" gesagt?* „Hast du ,unser' gesagt?"

Deacon nickte und lächelte, wenn auch immer noch etwas dünn und spröde. „Ja, ich habe unser gesagt. Kurz bevor wir uns kennengelernt haben, hatte ich ein

Stück Land gekauft und begonnen, ein neues Haus zu entwerfen. Das hier gefällt mir zwar, aber ich möchte eins, das mir mehr entspricht. Nun ja, jetzt uns." Er nahm Kades Hände in seine größeren. „Das heißt, falls du bereit bist, zu mir zu ziehen. Mit mir zusammenzuleben ist nicht einfach, da ich sehr hohe Ansprüche habe. Aber ich glaube, wir könnten zusammen glücklich sein."

Kade schnappte nach Luft und starrte Deacon ausdruckslos an, während ihm die Worte allmählich ins Bewusstsein drangen. Mit Deacon zusammenleben? Was war mit seinem eigenen Haus? Sein Herz hätte am liebsten sofort ja gesagt, aber sein Kopf war vorsichtiger. „Zusammenleben?"

Deacons Antwort bestand lediglich in einem knappen Nicken.

„Ich weiß dein Angebot zu schätzen, Sir. Du hast ja keine Ahnung, wie sehr, aber was würde das für uns bedeuten? A-auf lange Sicht? Ich möchte nicht mein Haus und meine Unabhängigkeit aufgeben, nur um nachher hinauskomplimentiert zu werden, wenn du erst mal von mir genug hast." Die letzten Worte flüsterte er nur noch; er war sich nicht einmal sicher, ob Deacon sie überhaupt gehört hatte.

Deacons Schultern sanken herab, und er seufzte. „Ich dachte, das hätten wir alles schon durch", brummte er. „Kade, ich liebe dich. Ich möchte, dass du mit mir zusammenlebst, dass du auf Dauer mein Boy und mein Lover bist. Die andere Sache, die ich mit dich besprechen wollte …" Er verstummte. Dann kniete er vor Kade nieder.

Das war doch ganz falsch. Kade hatte zu knien – oder jedenfalls eine Haltung einzunehmen, die dem so nahe wie möglich kam – nicht Deacon. Doms knieten nicht vor ihren Subs! „Was machst du da?"

Ohne auf Kades Frage einzugehen, fuhr Deacon fort. „Ich möchte mit dir einen Vertrag schließen, Kade. Ich möchte dir mein Halsband umlegen. Unsere Beziehung als Dom und Sub offiziell machen."

„Du willst *was?*", würgte Kade hervor, der plötzlich keine Luft mehr bekam. *Vertrag? Er will mich als Sub unter Vertrag nehmen und mit mir zusammenleben? Aber …* „Was, wenn du mich sattbekommst? Nein", stieß er hervor, als Deacon zum Sprechen ansetzte. „Ich, ich lie– ich mag dich auch, aber ich weiß ganz genau, dass ich nicht dein erster Sub bin, und Sam hat mehr als nur einmal betont, dass du nicht in Clubs gehst und dir Boys für eine Nacht suchst, dass dir echte Beziehungen lieber sind – wofür ich dankbar bin – aber was, wenn du mich loswerden willst wie deine früheren Boys?"

Deacons normalerweise sinnliche Lippen wurden zu einem dünnen Strich, so fest presste er sie zusammen; seine Augen wurden schmal, und ein tiefes Grollen rumpelte in seiner Brust. „Hast du vor, fremdzugehen?" blaffte er. „Mich anzulügen und zu hintergehen? Dir in meinem Haus Drogen zu spritzen?"

Kade schüttelte den Kopf, da er keinen Ton herausbrachte.

„Dann wüsste ich nicht, warum ich dich je ‚loswerden' wollen sollte. Meine früheren Lover sind mir nicht langweilig geworden, Kade. Gewisse Dinge nehme ich eben einfach nicht hin, und das Wichtigste davon ist Verrat. Verdammt, ich habe nicht einmal mit dem mit dem Drogenproblem Schluss gemacht. Ich habe nach unserer Trennung für seine Reha in einer Privatklinik bezahlt, und ich habe ihn nicht wegen der Drogen verlassen, sondern weil er mich deswegen belogen und hintergangen hatte."

„Ich, äh, was?"

„Hast du vor, etwas von diesen Dingen zu tun?" Deacons Stimme wurde sanfter. „Ich liebe dich, Kade, und ich möchte dich vor unseren Freunden mit meinem Halsband als meinen Boy kennzeichnen."

Deacons Gesichtsausdruck war so offen, aufrichtig und liebevoll, dass Kade am ganzen Körper bebte. Wenn er über Deacons Worte nachdachte, war ihm eins besonders im Gedächtnis geblieben: Deacons frühere Liebhaber waren ihm nicht langweilig geworden, sie hatten ihn betrogen. „Ich würde dich nie betrügen, Sir! Und ich … ich liebe dich auch", rief er, warf sich Deacon entgegen und schlang ihm die Arme um den Hals. „Ich möchte dein Boy sein und dein Halsband tragen. Ich danke dir."

Die Muskeln unter Kades Fingern entspannten sich, als Deacon ihn seinerseits in die Arme nahm. „Ich danke dir, Boy."

Sie saßen eine Zeit lang so und hielten einander in den Armen, Kade auf Deacons Schoß, wechselten sanfte Küsse und Worte der Liebe. Nach einer Weile wurden die Küsse drängender, die Worte zu Lauten des Verlangens. Irgendwann trug Deacon Kade hinauf ins Schlafzimmer, zog ihn und sich selber aus und nahm ihm den Käfig ab. Den Rest des Abends über widmeten sie sich andächtig ihren Körpern. Und ganz gleich, was sie taten, wie innig Kade Deacon berührte und seinerseits berührt wurde, er konnte sich nur auf eins konzentrieren: dass er Deacon gehörte und Deacon ihm.

In dieser Nacht weckt Deacon ihn mehr als einmal auf und nahm ihn jedes Mal mit ungeahnter Liebe und Leidenschaft. Als schließlich der Morgen kam, tat ihm alles weh, aber auf die bestmögliche Art. Während das Tageslicht langsam ins Zimmer drang, lag Kade in Deacons Armen und lauscht den ruhigen Atemzügen des Mannes, den er liebte. Irgendwann hatte Deacon Kades Rollstuhl heraufgeholt, da er nicht wollte, dass Kade völlig von ihm abhängig war – worüber Kade jetzt froh war. Er wälzte sich vorsichtig herum und setzte sich auf, dann wechselte er in seinen Rollstuhl über und rollte ins Bad, um seine morgendlichen Bedürfnisse zu erledigen. Er musste bald los – schließlich war heute trotz allem ein normaler Arbeitstag. Als er ins Schlafzimmer zurückkam, saß Deacon im Bett und blickte ihm entgegen, ein leichtes Lächeln auf den Lippen.

„Morgen, Liebster."

Kade erschauerte vor Freude, als Deacon ihn „Liebster" nannte. „Guten Morgen, Sir. Hast du gut geschlafen?"

„Oh ja." Deacon stand auf, kam zu Kade und nahm ihn in die Arme, dann gab er ihm einen sanften Kuss auf die Lippen. „Aber wir müssen uns beide für die Arbeit fertig machen. Ich möchte, dass du heute Abend wie üblich wieder herkommst, aber ich würde dir auch gern die Pläne für das Haus zeigen und den Vertrag mit dir durchsprechen."

„Auf die Pläne bin ich schon sehr gespannt." Kade kaute an seiner Unterlippe und überlegte, wie er seine nächste Frage formulieren sollte. „Wird das neue Haus ... zugänglicher sein für mich? Nicht, dass es mir nicht gefallen würde, wenn du mich trägst", fügte er hastig hinzu. „Aber ich würde wirklich gerne hinkommen, wo ich hin will, ohne mir um Treppen Gedanken machen zu müssen."

„Natürlich. Ich mag Häuser mit mehreren Stockwerken, aber du wirst sehen, dass auch ein Aufzug vorgesehen ist. Tatsächlich haben ziemlich viele von den vornehmeren Häusern in der Gegend so etwas", erklärte Deacon und zwinkerte. „Oh, bevor ich's vergesse, ich habe auch bereits mit Sam geredet. Er und Jake haben sich bereit erklärt, unseren Vertrag zu verwahren. Außerdem möchte ich, dass du dir überlegst, wo wir die Zeremonie abhalten sollen. Meiner Meinung nach wäre der Club gut geeignet. Aber ich weiß auch, dass du dort einige Dinge erlebt hast, die alles andere als schön waren. Das können wir jedoch alles heute Abend besprechen."

„Oh, okay." Im Club? Vielleicht ... Vorläufig konzentrierte er sich darauf, sich anzuziehen und für den Arbeitstag bereit zu machen. Er hatte von früheren Wochenenden her noch einige Sachen bei Deacon, glücklicherweise, also brauchte er vor der langen Fahrt nicht erst noch bei sich zuhause vorbeizufahren.

Sie verließen gemeinsam das Haus. Jeder stieg in sein eigenes Auto und fuhr zu seinem eigenen Arbeitsplatz, doch das einfache Erlebnis beschäftigte Kade auf dem ganzen Weg zur Praxis. So wünschte er sich seinen Alltag. Jeden Morgen mit Deacon aufzuwachen, abends neben ihm einzuschlafen und einfach Zeit in seiner Nähe zu verbringen. In den letzten paar Monaten hatten sie selbst an den Wochenenden, wenn er bei Deacon war, nicht jeden Moment zusammen verbracht. Manchmal war Deacon in seinem Arbeitszimmer mit irgendwelchen Plänen beschäftigt, manchmal las Kade etwas oder machte ohne Deacon die eine oder andere Besorgung. Es war das Wissen, dass Deacon in der Nähe war und dass er Zeit mit ihm verbringen konnte, wenn er wollte.

In der Praxis hielt er bis zur Mittagspause durch, aber länger konnte er Katies Fragen nach dem Grund für sein häufiges Lächeln nicht ertragen, also gab er auf und lud sie zum Mittagessen ein. Gleich um die Ecke gab es ein wunderbares kleines thailändisches Restaurant, wo er sich dann schließlich ihren forschenden Blicken ausgesetzt fand, während er versuchte, sich etwas zu essen zu bestellen.

„Hör auf, so komisch zu sein, Kade", schimpfte sie, sobald der Kellner wieder weg war. Sie vibrierte praktisch im Sitzen. „Was bringt dich heute so zum Grinsen? Ist es Deacon?"

Er nippte an seinem Wasser und nickte. „Er hat mich gestern Abend zu sich zum Abendessen eingeladen, und ich bin erst heute Morgen wieder gegangen."

Ihre Augen wurden schmal, und sie schniefte. „Dass du über Nacht bleibst, ist nicht merkwürdig und auch kein Grund für dich, aus dem Grinsen gar nicht mehr rauszukommen. Das machst du ständig. Also, was gibt's? Was hat Mr. Groß, Blond und Sexy diesmal anders gemacht? Komm, spuck's schon aus, Schatz."

Kichernd über ihr Gehabe und ihre Wortwahl gab Kade nach. „Er hat mich gebeten, zu ihm zu ziehen." Sie schnappte nach Luft, aber er ignorierte das. „Genaugenommen plant er gerade ein neues Haus, und er will, dass es *unser* Haus wird, nicht nur seins", fügte er breit grinsend hinzu. Es wollte ihm immer noch nicht ganz in den Kopf, aber das war ihm egal. Deacon liebte und wollte ihn, so, wie er war. Alles andere war unwichtig.

Sie machte große Augen und starrte ihn an. „Er baut dir ein Haus?"

„Na ja, irgendwie schon. Nach dem was er sagt, hatte er das Gelände schon gekauft und mit den Planungen begonnen, ehe wir uns kennengelernt haben, aber ja, kann man so sagen. Er hat sogar gesagt, dass ich ihm helfen soll, alles rollstuhlgerecht zu machen!" So begeistert er auch war, er ließ die Halsband-Zeremonie unerwähnt, da er es nicht über sich brachte, ihr seinen Lebensstil zu erklären. Er konnte ihr auch nicht sagen, dass sie eine formelle Verbindung eingehen wollten; sie würde eine Einladung erwarten. Doch nicht einmal das dämpfte seine Freude, während sie beim Mittagessen über Häuser und Umzüge sprachen und darüber, was aus Kades Haus werden sollte – da es nicht gemietet war, sondern ihm gehörte – bis sie schließlich satt, glücklich und aufgeregt wieder an ihre Arbeit gingen.

21

AM SAMSTAG kamen Sam und Jake wieder zu Deacon auf Besuch, aber diesmal nicht zum Spielen – obwohl sie auch das weiter hin und wieder tun würden. Die vier Männer saßen um den großen, formellen Esstisch; Kade konnte kaum still sitzen, doch Deacon wirkte ganz ruhig.

„Danke, dass ihr gekommen seid, um uns zu unterstützen und unsere Vereinbarung zu bezeugen", sagte er und blickte dabei mit einem leichten Lächeln von Sam zu Jake. „Wie ihr wisst, habe ich Kade gebeten, zu mir zu ziehen, mein Halsband anzunehmen und offiziell mein Boy zu werden. Doch zuerst müssen wir beide die formellen Bedingungen miteinander ausarbeiten und besprechen, wo die Zeremonie stattfinden soll."

„Wir helfen sehr gerne, das wisst ihr", polterte Sam, und Jake ergänzte: „Wir fühlen uns geehrt, dass ihr uns bei diesem Teil auch dabei haben wollt."

„Danke." Kade sah Deacon an, ehe er weitersprach; Deacon wollte, dass er sich am Gespräch beteiligte und nicht einfach allem zustimmte, was Deacon entschied. „Erstens, Deacon hat davon gesprochen, dass er die Zeremonie gerne im Fierce abhalten möchte. Aber das ist euer Club, deshalb war ich mir nicht sicher, ob euch das recht wäre. Mir gefällt es, dass er es in der Öffentlichkeit machen will, aber … hättet ihr etwas dagegen, uns dort zu haben?"

„Ich wüsste nicht was. Andere haben auch schon ihre Halsband-Zeremonie oder dergleichen bei uns im Club gefeiert. Wollt ihr auch eine öffentliche Session abhalten?", fragte Sam.

Jake nahm Kades Hand und drückte sie kurz. *Ja, das war eine schwierige Frage.* Kade sah Deacon an und wartete.

„Hinterher würde ich gerne allen zeigen, was für einen guten, sexy Boy ich habe, ja. Ich weiß, dass du eine Aufhängevorrichtung hast, also dürfte das, was ich im Sinn habe, kein Problem sein. Allerdings wird ein Großteil der Planung für diese Session ohne Kade stattfinden, wie immer."

Kade nickte und lächelte. Er wollte nie im Voraus wissen, was ihm bevorstand. Aber ihm gefiel der Gedanke, dass Deacon ihn zur Schau stellen wollte. „Ja, bitte."

„Gut", sagte Sam. „Nachdem das jetzt also geklärt wäre, was müsst ihr noch ausarbeiten? Ihr lebt doch bereits eine funktionierende D/s- Beziehung."

„Stimmt, aber wenn er mit mir zusammenlebt und offiziell mein Boy ist, werde ich Dinge von ihm erwarten, die ich ihm jetzt noch durchgehen lasse."

„Was zum Beispiel?" Kade brannte darauf, zu tun, was auch immer er tun musste.

„So was wie das eben zum Beispiel", konterte Deacon. „Das ist eins von den Dingen, die mir Sorge bereiten, Boy. Du bist so begierig darauf, mir zu dienen und zu Gefallen zu sein, dass ich Bedenken habe, ob du im Fall der Fälle deine Safewörter einsetzen würdest. Ich möchte nicht befürchten müssen, dich zu verletzen, weil du dich weigerst, sie zu benutzen. Sicher, gesund und einvernehmlich basiert auf Offenheit und Ehrlichkeit."

Kade runzelte die Stirn; was er da hörte, gefiel ihm gar nicht. Er hatte nie gelogen, auch wenn er es am liebsten getan hätte. „Ich bin immer ehrlich zu dir, Sir."

„Aber du bist auch manchmal so devot, dass ich mir Sorgen mache, ob du dich falls nötig selbst schützen würdest. Ich schwöre, dass ich dir nie absichtlich Schaden zufügen werde, aber du musst mir versprechen, deine Safewörter zu benutzen." Kade nickte, doch Deacon schüttelte den Kopf. „Nein, du musst es laut aussprechen und auch ernst meinen. Ein Nicken reicht in diesem Fall nicht."

„Tut mir leid", murmelte Kade und senkte den Blick. „Ich verspreche, meine Safewörter zu benutzen, falls ich sie je brauchen sollte. Ich werde es nicht soweit kommen lassen, dass du mir wehtust. Auf die falsche Art", fügte er hinzu, wobei er sich nur mühsam ein Lächeln verkniff.

„Schlingel." Deacon lachte leise und lächelte dann. „Ich möchte nicht alle denkbaren Eventualitäten Punkt für Punkt mit dir durchgehen; das ist unrealistisch und würde Monate dauern. Aber es gibt ein paar Dinge, auf die ich bestehe. Als mein fester Boy wirst du mir versprechen müssen, meinen Befehlen nach bestem Vermögen zu gehorchen. Offenheit und Ehrlichkeit habe ich bereits angesprochen. Dazu zählt auch, dass du deine Wünsche offen aussprichst, ohne dich zu schämen. Und ja, ich weiß, dass du Zeit brauchen wirst, um daran zu arbeiten. Um deine Ängste und dein Schamgefühl zu überwinden. Dann gibt es da noch etwas, was ich will, und das wird nicht für immer sein, aber ich möchte, dass wir eine Therapie machen."

Kade wusste, dass alle auf seine Antwort warteten. Aber er versuchte immer noch, das alles auf die Reihe zu kriegen. Zu gehorchen, aufrichtig zu sein und seine Wünsche offen auszusprechen war zwar manchmal nicht leicht, aber leicht zu versprechen. Er wollte Deacon glücklich machen, also würde er ihm diesen Wunsch erfüllen. Aber Therapie? „Hältst du mich für psychisch krank?"

Deacon schüttelte den Kopf. Er stand auf, kam um den Tisch herum und setzte sich auf den Stuhl neben Kade, dann nahm er ihn auf den Schoß. „Nein, Liebster." Er gab Kade einen Kuss auf die Schläfe. „Meiner Meinung nach hast du ein paar Probleme wegen des Angriffs, der dich um deine Gehfähigkeit gebracht hat. Was ja auch vollkommen verständlich ist. Aber ich glaube, dass es gut für uns wäre, dort *gemeinsam* hinzugehen. Vielleicht hast du Bedürfnisse, die ich noch nicht kenne; vielleicht sogar welche, von denen du selbst noch nichts weißt. Und du machst dir immer noch ständig Sorgen, dass ich mich entweder langweilen oder die Geduld mit deiner eingeschränkten Beweglichkeit verlieren könnte. Ich glaube, diese Ängste mit professioneller Hilfe anzugehen – und zwar gemeinsam, als Paar – wäre das Beste."

„Ich kann doch nicht mit einem Psychiater über meine … Bedenken … dass du lieber einen Sub hättest, der knien oder stehen kann oder den du an ein Andreaskreuz fesseln kannst … Über so was können wir doch mit keinem Seelenklempner reden, Deacon. Der würde doch gleich denken, dass du mich misshandelst, auch wenn das gar nicht so ist!"

„Schscht … niemand hat was von Misshandlung gesagt. Wir suchen uns jemanden, der mit unserem Lebensstil vertraut ist und mit uns arbeiten will, okay? Wahrscheinlich finden wir den sogar im Fierce. Weißt du, du bist nicht der einzige Experte, der gerne dient, so wie ich nicht der einzige bin, der gerne dominiert."

„Vielleicht wüsste ich sogar jemanden, der euch helfen könnte. Als" – Jake hielt inne und schluckte krampfhaft. „Als ich letztes Jahr verletzt wurde, hat mir einer von den Doms im Club von jemandem erzählt, mit dem ich reden könnte. Der mir vielleicht wegen der Panikattacken helfen könnte, die ich damals hatte und immer noch gelegentlich bekomme."

Kade sah Jake an. „Panikattacken?", fragte er erstaunt. „Davon hast du mir nie was gesagt, oder jedenfalls habe ich nie eine bei dir erlebt."

„Ich kriege die auch nur noch selten. Aber du hast doch die lange Narbe auf meinem Rücken gesehen?" Als Kade nickte, fuhr Jake fort: „Als Sam das Fierce übernommen hat, war ich noch ein ganz normaler Haus-Sub. Er hat sich für mich interessiert, aber ein anderer Dom auch. Einer, der nicht …"

„Beruhige dich und atme, mein Kleiner", unterbrach Sam und schlang seine muskulösen Arme um Jake. Als Jake wieder besser Luft bekam, wandte Sam Kade das Gesicht zu, ohne Jake loszulassen. „Jemand, der jetzt für lange Zeit im Gefängnis sitzt, hat Jake verletzt, aber in dem anderen Club, in den er früher gelegentlich gegangen ist. Damals waren wir noch nicht fest zusammen, da ich immer noch davon überzeugt war, keinen Vollzeit-Sub zu wollen. Die Sache ist die, er wurde wirklich schlimm verletzt, und das Ganze hatte langfristige Auswirkungen auf uns beide. Und zufällig bin ich da mit Deacon einer Meinung; ich glaube, es würde euch beiden guttun. Aber er hat seine Forderungen vorgebracht. Es wird Zeit, dass du ihm deine sagst."

SECHS WOCHEN später saß Kade in einem der privaten Räume des Club Fierce und starrte die seidene thailändische Wickelhose an, die Deacon ihm für die Halsbandzeremonie gekauft hatte. Auf dem rechten Hosenbein war ein Abbild der blau-silbernen Rose eingestickt, einschließlich der schwarzen Stiele und sogar der Dornen, was er immer noch so hinreißend fand wie beim ersten Mal, als er die Hose gesehen hatte. Eigentlich war er ja kein Typ für Rosen, aber sowohl die aus grünem Leder und Spitze als auch die blausilberne mit den zwei Blüten hatten einen Ehrenplatz auf seiner Kommode. Rosen auf seiner Kleidung zu tragen passte irgendwie perfekt. Das einzige Problem dabei war – seine Hände zitterten so heftig, dass er es nicht schaffte, die Hose auch anzuziehen.

In einer halben Stunde sollte er da rausgehe, sich seinem Dom präsentieren und dann vor allen Anwesenden sein Halsband bekommen. Er fand es nur schade, dass Katie nicht da war. Doch sie hatte feiern wollen, dass sie offiziell Partner – oder, wie sie es ausdrückte, Mann und Mann fürs Leben – wurden, deshalb würden sie nächstes Wochenende in Deacons Haus eine große Party abhalten, eine Art Empfang. Es war Herbst, aber das Wetter in North Carolina war immer noch warm genug für so etwas. Wenn er nur jetzt seine blöden Hände zum Funktionieren kriegen könnte.

DEACON TIGERTE in Sams und Jakes Büro auf und ab, während er darauf wartete, bis Kade fertig war und der Abend beginnen konnte. Er trug bereits den neuen italienischen Anzug, den Kade ihm ausgesucht und gekauft hatte. Sich von seinem Boy einkleiden zu lassen war ihm schwergefallen, doch es hatte Kade überglücklich gemacht, und er musste zugeben – sein Boy hatte Geschmack. Er blieb stehen und warf einen Blick in den Spiegel; schließlich wollte er weder sich noch Kade blamieren, indem er zerzaust da rausging. Zum Ende des Abends würde er das sowieso sein, aber für die Halsbandzeremonie musste er perfekt aussehen. Deacon musterte erneut den dreiteiligen grauen Anzug, den Kade mit einer schwarz-weißen Lurex-Krawatte und einer metallenen Uhrkette kombiniert hatte. Die Krawattennadel war mit einer Rose verziert, die Manschettenknöpfe ebenfalls, und an der Spitze des linken Revers - die Aufschläge waren schwarz, nicht grau wie der Rest des Anzugs – war ein Anhänger mit blausilbernen Rosen aus Strass befestigt. Darunter trug er ein schwarzes Hemd mit weißem Kragen und weißen Manschetten sowie auf Hochglanz polierte schwarze Schuhe.

Zufrieden mit seiner Erscheinung sah er nach, ob schon alles bereit war – wobei er sich ermahnte, sich nicht mit den Fingern durch sein kurzes, rotblondes Haar zu fahren – und zu seiner Freude kam Sam ihm im Flur bereits entgegen. „Ist er soweit?"

„Ja, und die Vorbereitungen auch. Ich habe Jake reingeschickt, um ihm zu helfen." Sam grinste. „Ich dachte mir, wenn er so nervös ist wie du, braucht er wahrscheinlich Hilfe."

„Ich bin nicht ner" –

„Quatsch. Bist du wohl, das weißt du so gut wie ich. War ich auch, als ich das hier mit Jake gemacht habe, wie du dich erinnern wirst."

Deacon nickte und gab ein Grunzen von sich. „Ich weiß, und ich weiß auch, dass es eigentlich gar keinen Grund gibt, nervös zu sein. Kade will es, ich will es. Wir haben den Vertrag ausgearbeitet, von dem ich zwei Kopien habe – eine für uns und eine für dich und Jake zur Verwahrung, aber" –

154

„Pass auf, er ist bereit, du bist bereit, also packen wir's an und legen deinem Boy dieses Halsband um, damit du von den ganzen Geiern da draußen ordentlich mit ihm angeben kannst. Seit eurem ersten Besuch hier ist er für so einige Doms Gesprächsthema Nummer eins, also wollen wir denen mal zeigen, wem Kade gehört."

Deacon betrat mit großen Schritten die Bühne, entschlossen, nicht nur seinen Boy für sich zu beanspruchen, sondern auch einen klaren Kopf zu behalten – was ihm nie leicht fiel, wenn es um Kade ging. Er musterte die etwas erhöhte Bühne ein letztes Mal und nickte zufrieden. Der Bereich, den sie nutzen sollten, war nicht extra gekennzeichnet, aber Kades spezielles Kissen war bereits an seinem Platz, ebenso wie der kleine Tisch, auf dem das Halsband und beide Kopien ihres Vertrags bereitlagen. Nach der Halsbandzeremonie würde hier stattdessen die Aufhängevorrichtung aufgebaut werden, die sie für ihre erste – und wahrscheinlich einzige – öffentliche Session brauchten. Er und Kade hatten ausführlich darüber gesprochen, und während beide für weitere gemeinsame Sessions mit Jake und Sam offen waren – nur als Freunde – hatte Deacon ansonsten etwas dagegen, den Körper seines schönen Boys mit anderen zu teilen, und sei es auch nur visuell.

Als er Kade durch die Gasse, die die Zuschauer für ihn gebildet hatten, auf sich zurollen sah, schwoll Deacon das Herz vor Stolz. Außerdem war es überaus erregend, seinen Boy in nichts weiter als den Seidenhosen und dem Armband zu sehen. Er konnte es kaum erwarten, Kade auszuziehen und seinen blassen, sinnlichen Körper zu fesseln.

„KADE, KOMM bitte zu mir", sagte Deacon. Er stand aufrecht und imposant neben Kades Kissen und blickte auf ihn herab.

Kade rollte ganz bis an den leicht erhöhten Bereich heran, dann hielt er an und drehte sich zu Sam und Jake um, die in der Nähe standen. Gleich darauf setzte Sam ihn auf sein Kissen, während Jake den Rollstuhl außer Sichtweite schob. Kade wusste, dass das alles so geplant war und dass er nicht wirklich ohne seinen Rollstuhl war, aber er wollte ganz er selbst sein, wenn er Deacon zu Füßen saß – ohne Rettungsleine, ohne seine früheren Erlebnisse mit Gary und anderen in ihren Bund eindringen zu lassen. „Danke, Sir."

Deacon wandte sich an die versammelten Gäste – einige Doms, einige Subs und ein paar Freunde, die der Szene aufgeschlossen gegenüber standen – und lächelte. „Willkommen. Kade und ich möchten euch heute Abend bitten, Zeugen unserer Vereinigung zu sein." Er richtete seinen Blick wieder auf Kade und fuhr fort: „Hiermit möchte ich dir mein Halsband anbieten. Trage es als Zeichen deiner Unterwerfung, aber auch als Symbol für meinen Eid, dich zu lieben und zu beschützen. Bist du bereit, den nächsten Schritt mit mir zu gehen?"

Kade nickte; sein Herz pochte, und er musste schlucken. „Ja, Sir." Seine Stimme brach, aber das ignorierte er und sprach trotzdem weiter. „Seit wir uns kennen, hast du mir so viel gegeben – Liebe, Respekt, Freude – daher ist es mir eine Ehre, dein Halsband immer zu tragen." Kade beugte den Kopf noch tiefer. „Ich biete dir mein Herz, meinen Körper und mein Leben an."

„Ich danke dir, Kade. Sieh mich an, bitte."

Als Kade gehorchte, sah er, dass Deacon jetzt die Halskette in der Hand hielt, die sie sich damals vor Monaten zusammen angesehen hatten. Sie stammte aus demselben Laden wie das Armband; Deacon hatte sie umarbeiten und kürzen lassen, sodass sie jetzt enger am Hals anlag und Kade sie als Halsband tragen konnte. An einer Venezianerkette, etwas feiner als die an seinem Armband, hing ein Anhänger im Stil einer militärischen Erkennungsmarke; die Einfassung bestand aus Metall, doch der Rest aus demselben ungewöhnlichen Pietersit in verschiedenen Schattierungen von Blau bis Schwarz, durchzogen von feinen, rötlichbraunen Adern. Auf der Rückseite war ein kleines Rechteck aus Metall mit den eingravierten Buchstaben „DJ" und dem Datum in den Stein eingelassen.

„Mit diesem Halsband schwöre ich, dich zu beschützen, dich an deine Grenzen und darüber hinaus zu bringen und deine Bedürfnisse in allen Dingen zu respektieren, das großzügige Geschenk in Ehren zu halten, das du mir gemacht hast, und freudig alles mit dir zu teilen, so wie wir unser Leben und unsere Herzen teilen." Deacon bückte sich und legte Kade behutsam die Kette um – das Metall war kühl auf seiner überhitzten Haut – schloss sie im Nacken und küsste Kade dann sanft auf die Lippen. „Ich verspreche, das Vertrauen nie zu enttäuschen, das du mir heute geschenkt hast."

„Ich werde dich und unsere Beziehung höher achten als alles andere und mich in allen Dingen gern deinem Willen unterwerfen. Ich gelobe, dass ich mich bemühen werde, stets offen und ehrlich zu dir zu sein und der beste Partner und Boy für dich zu werden, der ich nur sein kann." Kade beugte sich vor – er hatte geübt, sodass er dabei jetzt nicht mehr aus dem Gleichgewicht geriet – und presste seine Lippen erst auf Deacons einen Schuh, dann auf den anderen, ehe er sich wieder hochstemmte und erneut seine modifizierte Präsentations-Position einnahm. Er hörte das scharfe Einatmen von oben und lächelte, obwohl Deacon es nicht sehen konnte. „Danke, dass du mich liebst, Sir. Ich werde dein Halsband stets mit Stolz und Liebe tragen."

Deacon kniete vor Kade nieder; in seiner Stimme lag so viel Emotion, dass sie ganz gepresst klang. „Danke. Ich nehme deine Unterwerfung an und heiße deine Liebe willkommen." Dann richtete er sich wieder auf und deutete auf den Tisch, auf dem der Vertrag bereit lag. „Jetzt bleibt nur noch eins zu tun, Boy. Wir haben sämtliche Punkte des Vertrags, der hier liegt, durchgesprochen und ausgehandelt. Er ist nur ein Stück Papier und hat keine größere Bedeutung als die, die wir ihm beimessen. Bist du bereit, ihn zu unterschreiben?"

„Ja, bitte, Sir. Ich wünsche mir nichts dringender, als dir in jeder Hinsicht zu gehören."

Nachdem sie beide ihre Unterschrift unter das Dokument gesetzt hatten, unterschrieben auch Sam und Jake als Zeugen und Verwahrer. Danach nahm Deacon Kade in die Arme und hob ihn hoch. Kade kämpfte schon wieder mit den Tränen, als er zu seinem gut aussehenden Dom aufblickte. Als Deacon von der Plattform stieg, ertönten rundum Glückwünsche und beifälliges Händeklatschen. Sobald Jake den Rollstuhl wieder herbeigeholt hatte, setzte Deacon ihn hinein, und sie mischten sich für eine Weile unter ihre Freunde, die alten und die neuen, ohne sich dabei je weiter als ein, zwei Schritte voneinander zu entfernen.

22

KADE WAR nervös, als Deacon ihm ein Kondom – ein blaues; eines Tages würde er ihn mal fragen müssen, was es mit dieser Vorliebe für Blau auf sich hatte – über seinen aus dem Käfig befreiten Schwanz streifte und ihn so hinlegte wie er ihn haben wollte. Dann begann er, mit hellblauem Seil ein kompliziertes Muster um seinen Körper zu knüpfen. Kades letzte öffentliche Session war schon Jahre her, und so war es nie gewesen. Das Halsband verschob sich um seinen Hals; Schauer rannen ihm über den Rücken, als der Anhänger sich bewegte.

Deacon knotete ihm das Seil von den Knöcheln bis zu den Hüften um die Beine, knüpfte eine Art Geschirr um seinen unteren Rücken und seine Hüftgelenke. Dann wiederholte er die Shibari-Bondage an seinen Armen. Ehe er weitermachte, beugte er sich über Kade und flüsterte ihm etwas ins Ohr; seine Stimme tanzte über Kades Haut wie ein Streicheln. Ein bisschen zärtlich. Sehr verrucht. „Vergiss nicht, ich will dein Verlangen hören, ich will dich schreien hören vor Schmerz und Lust. Deine Schreie gehören nur mir, Boy, so wie mir dein Körper, dein Herz und deine Seele gehört."

Kade brachte nur ein leises Wimmern zustande, während Deacon ihm das Seil um die Schultern schlang und den oberen Teil des Geschirrs fertigstellte. Er lag mit dem Gesicht nach unten und wusste, dass er in dieser Haltung von der Aufhängevorrichtung über ihm angehoben werden würde.

Wenige Minuten später hing Kade in der Luft, gehalten nur von den Seidenseilen, mit denen er gefesselt war. Seine Muskeln zuckten erwartungsvoll. Schon der leichte Luftzug, den er auf der Haut spürte, brachte ihn fast zum Weinen. Deacon umkreiste ihn langsam und berührte ihn dabei, zufällige Berührungen an Rücken, Nacken, Flanken. Schließlich blieb er vor Kade stehen und hob ihm den Kopf hoch, sodass Kade sein Gesicht sehen konnte. „Ich werde dir jetzt die Augen verbinden, Boy. Aber als erstes – wie lauten deine Wörter?"

„Zimt für Stopp und Zitrone für langsam oder Pause, Sir."

Deacon nickte lächelnd und streichelte ihm den Kopf. „Gut. Jetzt schließ die Augen und genieße." Dann legte er Kade die blauseidene Augenbinde um.

Sobald Kade nicht mehr sehen konnte, schien alles schärfer und lauter zu werden. Die zufälligen Berührungen begannen erneut; er hätte sich am liebsten gewunden, doch gefesselt und frei hängend konnte er das nicht. Er blendete das Raunen und die Kommentare der Zuschauer aus, konzentrierte sich ganz auf Deacon und darauf, was er als nächstes tun würde. Als die weichen Lederriemen eines leichten Floggers über seinen Rücken tanzten, seufzte er, da er wusste, wie gut Deacon mit seinen Spielsachen umgehen konnte. Zuerst streichelten die

158

Riemen nur seinen freiliegenden Rücken, auf und ab, doch schließlich hoben sie sich, zischten durch die Luft und klatschten zum ersten Mal auf seine Haut. Mit jedem weiteren Schlag wuchs sein Begehren, und sein Stöhnen wurde lauter.

Mit verbundenen Augen hatte er kein Zeitgefühl, aber irgendwann hörte Deacon mit dem Flogger auf, streichelte und liebkoste Kades Rücken mit den Händen. „So wunderschön, Boy. Du bringst mich dazu, dich noch mehr zu begehren."

„I-ich will dich auch, Sir."

Kade fuhr erschrocken zusammen, als etwas seine völlig ungeschützten Genitalien berührte. Gleich darauf wurde ihm klar, dass es Deacons Hand war. Deacon streichelte ihn ein paarmal, steigerte sein Verlangen, und nahm dann seine Hand weg. Plötzlich klatschte eine Reihe von lauten Schlägen auf seine inneren Oberschenkel; Kade spürte sie kaum, aber so etwas hatte Deacon schon einmal gemacht, als Vorwarnung, ehe er ... Kade schnappte nach Luft und stöhnte auf, als seine Eier wieder und wieder geschlagen wurden. Mit einer kurzen Reitgerte, wie er wusste; er hatte sie unter den Dingen gesehen, die Deacon für den Abend eingepackt hatte. Der köstliche Schmerz raubte ihm den Atem; jeder Schlag schickte so etwas wie einen elektrischen Schock von seinen Genitalien an seinem Rückgrat hinauf und wieder zurück.

Deacon peinigte weiter seinen Schwanz, seine Eier, selbst seine Rosette und seine Hinterbacken ein wenig, wobei er immer wieder lobende Worte einstreute. Kade konnte nicht denken, konnte nicht sprechen, nur „mehr" und „bitte" stöhnen. Er brauchte mehr, wusste aber, dass allein Deacon über seine Lust verfügte und bestimmte. Das ausdrückliche Orgasmusverbot die ganze letzte Woche über machte alles noch schlimmer, doch Kade war entschlossen, seinen Sir auf keinen Fall zu enttäuschen, ganz gleich, wie lange und wie wundervoll er ihn folterte.

DEACONS SCHWANZ war so steif, dass er bereits wehtat, und er hatte sich inzwischen bis auf die Anzughose ausgezogen. Kade wimmern und stöhnen zu hören war die reine Wonne, und zu sehen, wie sein Hodensack sich zusammenzog und seine Erektion unter den Schlägen von Deacons Reitgerte wippte ebenfalls.

Als sich der Klang von Kades Lauten änderte, hörte Deacon auf; er wollte nicht, dass Kade jetzt schon in den Subspace sank. Bis dahin hatte er noch einiges mit ihm vor. Er ließ die Reitgerte über Kades Rücken gleiten, über seinen Nacken und seine Wange bis zu seinen Lippen. Als Kade den Mund öffnete, lächelte Deacon. Jawohl, genau darauf hatte er gehofft.

Mit einem großen Schritt trat er vor Kade und hob seinen Kopf an. Deacon stieß seine Zunge in Kades Mund, plünderte ihn grob und tief. Er biss und saugte an den Lippen seines Boys, nahm jedes reizende Wimmern in sich auf. Er fasste nach Kades Nippeln, zwickte und drehte sie zwischen den Fingern und genoss die Schreie, die seine Berührung Kade entriss.

Schließlich ließ er Kade los, knöpfte sich rasch die Hose auf und zog den Reißverschluss runter. Er streichelte sich einmal und stöhnte auf, dann klopfte er Kade mit seinem steifen Schwanz auf die Wange. Kade öffnete sofort den Mund und drehte den Kopf in Richtung von Deacons Ständer. Bei der ersten Berührung von Kades Lippen, beim ersten Lecken seiner geschickten Zunge musste Deacon sich auf die Wange beißen, da er vorzeitig zu kommen drohte. Einige Momente lang ließ er Kade nach Belieben saugen und lecken, dann hielt er ihm den Kopf fest und begann ihn mit langsamen, beherrschten Stößen in den Mund zu ficken.

Deacon genoss das Gefühl, wie hart Kade arbeitete, um ihn zu befriedigen, wie er Lippen, Zunge und Zähne genau so einsetzte, wie Deacon es am liebsten mochte. Allmählich wurde er schneller und schwelgte in den Lauten, die aus Kades Mund drangen, während er Deacons Glied virtuos verwöhnte. Schließlich steigerte Deacon das Tempo noch weiter und stieß – wenn auch behutsam, um seinen Boy nicht zu verletzen – immer fester und tiefer in Kades süßen Mund.

Kade zögerte nicht und wehrte sich nicht, nahm einfach alles, was Deacon ihm gab, stöhnte und saugte kräftiger, bis Deacon es nicht mehr aushielt, bis sein Orgasmus sich nicht länger zurückhalten ließ. Als er schließlich gar nicht mehr anders konnte, stieß er tief hinein und hielt still, füllte Kades Mund und Kehle mit seinem Samen. Das Machtgefühl war berauschend, und er schwelgte in Empfindungen, als Kade mehrmals schluckte und ihn jedes Mal zum Erschauern brachte, ehe er sich zurückzog.

Kade keuchte und stieß mühsam hervor: „Danke, Sir", während Deacon seinen Schwanz wieder wegpackte.

„Gern geschehen, Boy. Ich liebe dich."

„I-ich liebe dich auch, Sir."

„Mmmm … da du so brav warst, bekommst du von mir sechs Schläge mit dem Rohrstock auf deinen hübschen Rücken. Ich möchte, dass du sie laut mitzählst. Du darfst mir danken, wenn du willst, aber vergiss nicht: Ich will deinen Schmerz, deine Schreie, deine Lust."

„Ja, Sir", bestätigte Kade mit fester, begieriger Stimme. „Du bist so gut zu mir."

Deacon griff nach seinem Rohrstock und brachte sich in Stellung; er hatte Kade absichtlich so positioniert, dass möglichst viel von seinem Rücken frei blieb. Er ließ den Rohrstock ein paarmal durch die Luft pfeifen, ehe er Kade damit den ersten Schlag versetzte. Dann schlug er zu und ließ den Rohrstock für einen langen Moment liegen, nahm ihn weg und bewunderte die schöne Strieme, die er hinterließ, die Verfärbung und Schwellung auf Kades Haut.

„Eins. Danke, Sir."

Der nächste Hieb traf höher und war eine Spur fester, doch Deacon gab Acht, seinen Liebsten nicht zu verletzen.

„Zwei, Sir", stöhnte Kade. „Da-danke."

Die nächsten beiden Schläge folgten dichter aufeinander, sodass Kade dazwischen keine Zeit zum Sprechen blieb.

Kade schrie auf, doch dann stöhnte er: „Drei. Vier." Er keuchte und Deacon wartete, bis er sicher war, dass Kade bereit war und immer noch okay. „Lieb' dich, Sir", sagte Kade schließlich.

„Du machst das sehr, sehr gut, Boy. Liebster. Jetzt nur noch zwei. Ich will dich hören." Beim letzten Wort ließ er den Rohrstock erneut niedersausen und sah zu, wie eine neue Strieme auf der blassen Haut erblühte.

Kade schrie erneut auf; Tränen rannen ihm übers Gesicht, als er nach Luft schnappte vor Schmerzen. Deacon wusste, wie sehr Kade das liebte – den Schmerz zu verarbeiten, bis er sich in Lust verwandelte. „F-fünf, Sir. Oh Gott, danke."

Deacon nahm sich einen Moment Zeit, um Kades Schönheit und die Liebe zu seinem Boy zu genießen, ehe er ihm den letzten Schlag gab; er wusste, dass Kade nicht weiter gehen konnte, ohne abzuheben. Als die Strieme erblühte und Kade erneut aufheulte, hörte Deacon die Veränderung; die Schmerzensschreie verwandelten sich in lustvolles Stöhnen, und Kade sackte zusammen. Er hörte nicht auf zu stöhnen, was Deacons Schwanz wieder steif werden ließ. Er würde seinen Boy hier draußen jedoch nicht nehmen. Dafür war der private Raum da, in dem Kade sich umgezogen hatte.

Deacon holte tief Atem, nahm die Laute in sich auf, mit denen Kade sich ihm und dem geistigen Zustand hingab, in den er in solchen Momenten immer verfiel. Ehe er sich selbst und seine Absichten vergaß, trat er neben Kade, schloss die Finger fest um seine latexbedeckte Erektion und begann kräftig zu reiben. „Komm jetzt für mich!"

Kade wölbte den Rücken durch und stöhnte unter Deacons Hand, dann erschauerte er ein letztes Mal und wurde völlig schlaff. Erst Minuten später drangen Deacon die Geräusche rundum wieder ins Bewusstsein. Er war so auf seinen Boy fixiert gewesen, dass er auf niemand anderen im Raum geachtet hatte. Als Sam zu ihm trat, wandte er sich ihm zu und lächelte.

„Soll ich dir helfen, ihn runterzulassen?", fragte Sam. Seine Stimme war heiser vor Lust, doch sein Blick blieb fest auf Deacon gerichtet.

Deacon nickte und reichte Jake den Rohrstock. Mit vereinten Kräften hatten sie Kade rasch wieder unten und von seinen Fesseln und dem Kondom befreit. Ohne die Zuschauer zu beachten, die immer noch warteten – und vermutlich auf mehr hofften – hob Deacon Kade hoch. Der Boy kuschelte sich an seine Brust; er trieb immer noch in seiner eigenen kleinen Welt dahin. „Bitte bring seinen Rollstuhl mit", sagte Deacon zu Jake. „Und ich danke euch beiden für eure Hilfe und eure Unterstützung heute Abend."

Als er Kade durch den langen Flur zu ihrem privaten Raum trug, fühlte er sich so glücklich und leicht wie nie, seit er zurückdenken konnte. Der Vertrag war unterzeichnet, Kade war auf Dauer sein Boy, und er hatte sich ihm so wunderschön unterworfen, dass es Deacon fast in die Knie gezwungen hätte. Er betrat das Zimmer und legte Kade behutsam aufs Bett – auf die Seite, wegen seines Rückens – dann dankte er Jake erneut und schob den Rollstuhl in Reichweite. Danach schloss er die Tür ab und legte sich neben seinen Geliebten, seinen Partner, sein Herz.

Deacon hielt Kade in den Armen, streichelte und beobachtete ihn. Er liebte es, wie Kade sich an ihn kuschelte und seufzte, während er langsam wieder zu sich kam. Deacon überschüttete ihn mit kleinen Küssen auf Gesicht und Hals und drückte ihm absichtlich die Hand auf den Rücken, da er wusste, wie sehr Kade das liebte.

„Ungh, mmm …", stöhnte Kade und konzentrierte sich endlich wieder auf Deacon, der einen Arm um ihn legte. „Sir?"

„Willkommen zurück, Liebster." Deacon knabberte an Kades Lippen; er wollte ihn schon wieder, brauchte ihn dringender als je zuvor. Er ließ eine Hand an Kades Körper entlang abwärts gleiten, rieb ihm leicht die Eier, die von den Schlägen mit der Reitgerte zweifellos noch schmerzten.

„Oh Gott, Deacon. " Kade schnappte nach Luft und zuckte unter Deacons Berührung zusammen. Er blickte an Deacons Körper hinab und lächelte. „Würdest du … Darf ich …?"

„Was, Boy? Was möchtest du?"

Kade holte einmal tief und zittrig Atem, dann blickte er auf und sah Deacon in die Augen. „Bitte, nimm mich, füll' mich aus. Ich muss dich spüren. Liebe mich, bitte."

Das Stöhnen, das Deacon entschlüpfte, kam aus ungeahnten Tiefen seines Innern. „Wüsste nicht, was ich lieber täte, Liebster. Aber ich muss nicht in dir sein, um dich zu lieben. Du hast mein Herz, genauso, wie ich deins habe."

„Ich weiß, aber trotzdem. Bitte", flehte Kade erneut und streichelte Deacon, berührte ihn überall, wo er mit den Händen hinkam, zärtlich und andächtig.

„Dann leg dich für mich auf den Bauch." Sobald Kade in Position war, ein Kissen unter den Hüften, kniete Deacon sich hinter ihn und bewunderte das Werk seiner Hände, ehe er nach Gleitgel und Kondom griff. Beides brauchte er für diesen einen letzten Schritt, um Kade vollkommen in Besitz zu nehmen. Er schob Kades Beine weiter auseinander und bückte sich, spreizte Kades pralle, runde, rosa Hinterbacken und nahm mit der Zunge die enge kleine Öffnung aufs Korn.

„Sir!", schrie Kade auf und grub stöhnend die Finger ins Bettzeug.

Deacon verbrachte nicht viel Zeit damit, Kade zu verschlingen, aber er wollte dafür sorgen, dass Kade alles bekam, was er brauchte. Schon bald brachte er seine Finger mit ins Spiel, dehnte seinen Liebsten und machte ihn bereit. Als Kade seiner Meinung nach soweit war, drehte er ihn wieder auf die Seite und umfing ihn mit seinem größeren Körper.

„Ich liebe dich, Kade", murmelte Deacon, während er langsam in ihn eindrang, immer tiefer, bis sein Unterleib flach an Kades Hintern lag. „Verdammt, du fühlst dich so gut an, Liebster. Alles an dir ist perfekt, perfekt für mich." Er verbrachte lange Minuten damit, immer wieder langsam in Kade hineinzustoßen, nachdem er sich fast ganz aus ihm zurückgezogen hatte, womit er sie beide verrückt machte.

„Deacon", stöhnte Kade, als er sich ein bisschen schneller zu bewegen begann. Deacon hob Kades Bein an und drapierte es über seins, um den Winkel zu verändern, ehe er Kades triefende Erektion in die Hand nahm. Er streichelte ihn langsam, im Gleichtakt mit seinen gemessenen Stößen in die perfekteste Wärme aller Zeiten. „Ich liebe dich, liebe das hier so sehr. Bitte komm für mich, Sir, ich brauch' dich in mir. Muss wissen, wie viel Freude du an meinem Körper hast."

Kade drehte sich, so gut er konnte, bis er Deacon zu fassen bekam, und zog ihn in einem unbeholfenen, feuchten Kuss. Auf Kades Bitte hin steigerte Deacon das Tempo, da er dasselbe brauchte. Ein elektrisierendes Kribbeln rann ihm das Rückgrat hinab und setzte sich tief in seinen Eiern fest. Je größer sein Verlangen wurde, desto schneller stieß er zu, bis Kade nach Luft schnappte und in Tränen ausbrach. Deacon schaffte es gerade noch, „Komm!" zu brüllen, dann packte ihn der Orgasmus, auf den er schon zutrieb, seit Kade ihn gebeten hatte, ihn zu nehmen.

Als er sich wieder auf etwas anderes konzentrieren konnte als auf die schwindelerregende Lust, die nur sein Boy ihm schenken konnte, half er Kade beim Umdrehen und kümmerte sich dann um das Kondom. Erst danach merkte er, dass Kade immer noch weinte. „Liebster? Habe ich dir wehgetan?"

„Nein", murmelte Kade kopfschüttelnd. „Nein. Ich bin nur ... ich hätte nie gedacht, dass ich das haben könnte, dass irgendwer mich jemals als liebenswert und begehrenswert sehen könnte. E-entschuldige bitte, dass ich weine", fügte er hinzu und verbarg sein Gesicht an Deacons Brust.

„Nein, Kade. Ich verstehe. Du weinst vor Freude, nicht vor Schmerz, und ich liebe" – Deacon küsste ein feuchtes Augenlid – „jeden" – er küsste das andere – „Teil von dir." Er zog Kade fest an sich und drehte sich auf den Rücken, sodass Kade auf ihm lag. Kades Rücken war übel zugerichtet, daher streichelte Deacon ihn ganz behutsam, um die Striemen von Gerte und Rohrstock nicht zu reizen. Doch er wollte ihm Trost und Liebe schenken. „Fürchte dich niemals davor, mir zu zeigen, was in deinem Herzen vorgeht, Kade. Es ist der schönste Teil von dir."

„Ich liebe dich auch", seufzte Kade und legte Deacon den Kopf auf die Brust. Kurze Zeit später schlief er ein, und Deacon bald darauf ebenfalls, glücklicher und zufriedener, als er je erwartet hätte.

EPILOG

KADE ÖFFNETE die Augen und blickte sich nach Deacon um, stellte jedoch verwundert fest, dass er alleine war. Er spähte nach dem Wecker auf Deacons Seite des Bettes: 6 Uhr morgens. Deacons Abwesenheit stellte ihn vor ein Rätsel. Es war eine wundervolle Nacht gewesen; Deacon hatte ihn genüsslich genommen und ihn dabei die ganze Zeit im Käfig gelassen. Allein aufzuwachen, und auch noch an ihrem ersten Jahrestag, machte Kade alles andere als glücklich.

Sie waren diese Woche in das neue, zweistöckige Haus gezogen, und Kade kam jetzt ohne Deacons Hilfe überall hin – was ihm überaus gut gefiel. Andererseits gab es nichts an ihrem neuen Haus, was ihm nicht gefiel. Das ganze Haus war rollstuhlgerecht, von der Breite der Türen über die Höhe von Arbeitsflächen und Tischen bis hin zu Seilzügen und Kabeln an den Schaltern. Einige Dinge waren so gestaltet, dass Kade sie zu sich herabziehen konnte – wie die Küchenschränke – und einige dienten seiner freien Beweglichkeit, wie der Aufzug.

Wo zum Teufel steckt er? Kade unterdrückte seine Gereiztheit gleich wieder und rief: „Deacon?"

„Verdammt!", murmelte Deacon, der gerade ins Schlafzimmer kam. Gekleidet in die seidenen Pyjamahosen, die er am liebsten mochte, war er ein sensationeller Anblick. Kade hätte fast das Tablett übersehen, das Deacon in den Händen hielt. Er konnte nicht erkennen, was darauf stand, abgesehen von einer schlanken Vase mit einer einzelnen silbernen Rose.

Deacon stellte das Tablett auf den Nachttisch, dann stieg er wieder ins Bett, wo Kade sich inzwischen zum Sitzen hochgestemmt hatte und am Kopfteil lehnte. „Morgen, Kade. Du hättest eigentlich nicht aufwachen sollen, solange ich weg war."

„Tut mir leid, dass ich deine Pläne über den Haufen geschmissen habe", erwiderte Kade und unterdrückte nur mühsam ein Kichern über Deacons verdrossene Miene.

„Schon verziehen." Deacon hauchte Kade einen angedeuteten Kuss auf die Lippen. „Ich habe uns Frühstück gebracht, Liebster", verkündete er, dann stellte er das Tablett über seinen und Kades Schoß. „Dachte, wir könnten doch hier essen. Und wenn du ganz brav bist, ehe Sam und Jake nachher kommen und wir ausgehen, nehme ich dich heute Abend so richtig mit Genuss und lasse dich diesmal sogar kommen."

„Mmm … klingt gut. Sagst du mir auch irgendwann, wo wir hingehen?" Gestern Abend beim Abendessen hatte Deacon ihm mitgeteilt, dass sie heute mit

Jake und Sam ausgehen würden, sich aber bisher standhaft geweigert, irgendwas über das Wohin, Warum und Wozu preiszugeben.

Deacon griff nach einem Stück Orange und hielt es Kade zum Abbeißen hin. „Iss, Boy. Ich will viel Zeit haben, bevor sie kommen."

Kade runzelte die Stirn, ließ sich aber pflichtbewusst von Deacon füttern. Er kaute und schluckte, während Deacon selbst etwas von dem einen großen Teller auf dem Tablett aß.

„Schau nicht so finster, Liebster. Ich habe versprochen, mich um dich zu kümmern, nicht?" Kade nickte. „Dann hab' Vertrauen und sei brav."

„Ja, Sir." Kade wartete geduldig, bis Deacon ihm den nächsten Bissen reichte.

Nachdem sie so ziemlich alles aufgegessen hatten, stellte Deacon das Tablett neben dem Bett auf den Fußboden. „Bist du glücklich, Boy? Mit dem Haus? Mit unserem Leben?" Deacons Stimme war täuschend ruhig, doch Kade wusste, dass seine Antwort wirklich wichtig war.

Er tastete nach seinem Halsband und lächelte bei der Erinnerung an das vergangene Jahr. Die letzten anderthalb Jahre, genau genommen; er seufzte. Wer hätte geahnt, dass er bei einem Abendessen bei seiner besten Freundin sein Herz und sein Zuhause finden würde? „Ja, das bin ich. Du hast jedes einzelne Versprechen gehalten, das du mir gegeben hast, als du mir dies hier vor einem Jahr um den Hals gelegt hast. Du hast mehr getan, als ich je für möglich gehalten hätte. Ich danke dir für alles, Sir."

„Du brauchst mir dafür nicht zu danken, obwohl ich froh bin, dass du so empfindest." Deacon fasste nach dem Anhänger an Kades Halsband. „Bisher hielt ich den Tag, an dem ich dir das hier umgelegt habe, für den schönsten Tag meines Lebens, weißt du. Aber ich habe mich geirrt."

Kade fuhr auf und funkelte seinen Dom und Lover empört an. „Was!"

„An diesem Tag hat nur alles für uns wirklich angefangen", fuhr Deacon fort, als hätte Kade nicht geschrien. „Wollen wir uns dann mal fertig machen, Liebster? Wir haben heute viel vor. Und ich habe zwar nichts dagegen, dich gelegentlich im Spielzimmer mit Sam und Jake zu teilen, aber deinen Körper behalte ich lieber ganz für mich allein, wie du weißt."

Er schlüpfte völlig ungerührt aus dem Bett, und Kade starrte ihn an. „Äh …" Deacon wollte, dass Kade ihm vertraute, und das tat er auch. Bedingungslos. „Was soll ich anziehen, Sir?"

„So ein süßer Boy. Ich habe dir schon alles bereitgelegt, was du heute brauchst. Es liegt auf dem Tisch in deinem berollbaren Kleiderschrank."

Kade lächelte; er liebte diese Bezeichnung. Sein Ankleidezimmer im Stil eines begehbaren Kleiderschranks war ganz auf ihn zugeschnitten. Die Kleiderstangen hingen tief, die Kommode an der Wand war niedrig und lang, und der Bereich für seine Schuhe war erhöht – alles, um es ihm einfacher zu machen. Außerdem hatte Deacon ihm einen Tisch hineinstellen lassen, auf dem er Kleidungsstücke zum Anziehen bereitlegen konnte – was sich sein Sir oft zunutze machte, vor allem, wenn sie ins Fierce gingen oder einen anderen Dom zuhause besuchten.

Eine halbe Stunde später, als Kade in seinen Schrank rollte – frisch geduscht und nur mit seinem Käfig, Armband und Halsband geschmückt – sah er, was auf dem Tisch für ihn bereitlag. Die schwarzseidene thailändische Wickelhose, die er bei seiner Halsbandzeremonie getragen hatte, lag neben einem T-Shirt aus demselben Material. Keine Unterwäsche. „M-hm." Kade zuckte die Achseln und schlüpfte behutsam in die Sachen; er liebte das Gefühl von Seide auf der Haut.

Als er angezogen war, kehrte er ins Schlafzimmer zurück und sah sich nach Deacon um, der gleich darauf aus seinem begehbaren Kleiderschrank trat. Er trug schwarze Hosen, ein schwarzes Hemd mit silberfarbenem Kragen und Manschetten, eine silberfarbene Krawatte und ein schwarzes Sakko. Der Schlüssel zu Kades Käfig baumelte an seinem Revers. Das Ganze erinnerte sehr an den Anzug, den Deacon letztes Jahr bei der Halsbandzeremonie getragen hatte.

„Bist du soweit, Boy?", fragte Deacon und lächelte auf Kade hinab.

Kade erwiderte das Lächeln, hob die Hand und strich mit einem Finger über den Schlüssel, den Deacon so offen zur Schau trug. „Seit wir uns kennen, hast du mir so viel gegeben, vom allerersten Moment an: Hoffnung, Freude, Liebe. An dem Abend, an dem du den hier von mir angenommen hast, habe ich zum ersten Mal wirklich angefangen, mich sicher zu fühlen." Er wich zurück und berührte sein Halsband. „Und als du mir das hier gegeben hast, bist du meine Zuflucht geworden. Ich danke dir, und ich liebe dich, Sir."

„Ich danke dir, dass du mir dein Herz und deine Unterwerfung geschenkt hast, Boy." Deacon hauchte Kade einen Kuss auf die Lippen und trat dann zurück. „Du bist ein wahrer Schatz. Jetzt komm, ich höre Sam in die Einfahrt einbiegen."

„Ich bin bereit – was auch immer du tun willst, wo auch immer du hingehen möchtest." Damit wendete er seinen Rollstuhl und folgte seinem Geliebten, offen für alles, was ihre Zukunft für sie bereithielt.

TEMPESTE O'RILEY ist pansexuell und genderfluid; heute bekennt sie sich stolz dazu, doch in ihrer Jugend war sie nicht so mutig wie ihr bester Freund, der getan hat, was sie nicht konnte: dem Hass zu trotzen und sich zu outen. Seither ist er ihr Held.

Tempe ist hoffnungslos romantisch und liebt starke Beziehungen und Happy Ends. Sie schreibt erst seit kurzem M/M-Romance; sie hat in ihrem Leben schon vieles gemacht, doch das Schreiben hat ihr immer Rückhalt gegeben – ganz gleich, was das Leben ihr sonst in den Weg gelegt hat. Am dankbarsten ist sie für ihre Freunde, ihre Familie und ihre Muse. Sie lebt mit ihren Kindern in Wisconsin, wo sie liest, schreibt und das Leben genießt.

Außerdem ist Tempe ein stolzes Mitglied der Romance Writers of America, der Rainbow Romance Writers und der WisRWA.

Weiteres zu Tempeste und ihren Werken ist nachzulesen auf ihrer Homepage unter tempesteoriley.com oder auf Facebook.

Von TEMPESTE O'RILEY

Zuflucht im Käfig

Veröffentlicht von DREAMSPINNER PRESS
www.dreamspinner-de.com

H.B. Pattskyn

DAS GRAUE
Halsband